JN060506

跳ね返りとトラウマ

そばにいるあなたも
無傷ではない

カミーユ・エマニュエル 著

吉田良子 訳

柏書房

跳ね返りとトラウマ　そばにいるあなたも無傷ではない

Camille EMMANUELLE : “RICOCHETS”
© Éditions Grasset & Fasquelle, 2021
This book is published in Japan by arrangement with
Éditions Grasset & Fasquelle,
through le Bureau des Copyrights Francais, Tokyo.

［凡例］

・本書は以下の日本語訳である。Camille EMMANUELLE, *RICOCHETS*（Éditions Grasset & Fasquelle, 2021）

・本文中の［　］は著者による、〔　〕は訳者による補足である。原注は傍注として示し、訳者による補足が長くなる場合は「訳注」である旨を記したうえで、同じく傍注として示した。原注・訳注を問わず、通し番号は行間に入れている。

・原文の《　》は原則「　」で示し、適宜傍点も用いた。イタリック体での強調も、基本的には傍点や強調書体を用いてあらわしている。英語が使われる箇所は原語を併記するか、煩雑にならないよう書体変更で対応した。

・外国語文献や第三者の文書からの引用はゴシック体であらわした。既訳がある場合は参考にしながら訳出した。既訳がない場合はすべて訳者による訳である。

・原文にはpsyという言葉が頻出するが、曖昧な表現であるため文脈に応じて訳し分けている。広く「こころの専門家」を指していると思われるが、特に本書との関連でいえば、クライエントの相談に応じる職業全般を指し、薬の処方や診断といった医学的対応までおこなえる「精神科医」なども含まれる。各場面で果たしている役割に注目し、なるべく自然と思われる訳語を選んだ。

・本文においてpsychologiqueは「精神的」「心理的」「心的」「心の」などと文脈に応じて訳し分けた。ただしPTSD（心的外傷後ストレス障害）に関する文脈においては、「精神的」という表現により「気のせい」「思いこみ」といった主観的なニュアンスが強まらないよう、より客観性の強い「心的」を採用した。

・原文には挑発的な発言や政治的見解の分かれる議論も含まれるが、「跳ね返りによる被害者」の経験・心情を綴った回想録であることを考慮し、そのまま訳出している。

人生なんてクソだ、
それを見ているときは。
人生は笑いで、死は冗談というのが、真実だ、
すべてがショーだといつかわかるだろう、
かれらをずっと笑わせておけ。
ただ最後の笑いは、
きみに向けられることを覚えておくことだ！

モンティ・パイソン（イギリスの代表的なコメディグループ）
『オールウェイズ・ルック・オン・ザ・ブライト・サイド・オブ・ライフ』
（一九七九年公開の映画『ライフ・オブ・ブライアン』のエンディング曲）

セリーヌ、私の揺るぎない岩、私の跳ね返りに。
カミーユに、あなたの素晴らしい友情に値する人間でありたいと願っている。
リュズに、病めるときも、そしてとくに健やかなるときも。

誰かの妻たちに、誰かの夫たちに、誰かの恋人たちに、
誰かの両親たちに、誰かの兄弟姉妹たちに、
誰かの子どもたちに、誰かの友人たちに。

目次

誕生日のピザパーティー

二〇一五年一月七日、二十時十七分

パリのオルフェーヴル河岸三十六番、パリ警視庁本部の中庭から、私は一本の電話をかけた。

「こんばんは、ピッツェリア・ラッキー・ルチアーノにようこそ！」

「こんばんは。十名で予約していた者ですけれど、キャンセルをお願いできますか。カミーユと言います」

「少々お待ちください。（沈黙）今晩の八時半ですね？　もう十分前ですよ？　テーブル一つをご用意しておりますが！」

「ええ……本当にすみません……。電話のバッテリーが切れていたもので……。夫の誕生日で、サプライズパーティーのはずだったんです。でも、ご存じかわかりませんけど、今朝、シャルリ・エブドで襲撃事件が……。シャルリの人が三人来る予定で……二人は生きているけれど、その……ええと……来れない人が……だから……誕生日のお祝いはできないんです」

「（絶句）それは……なんとも……。ニュースをずっと見ていました。おそろしいことです。お察しします……」

「ええ、ありがとう。それじゃあ……また。失礼します」


二〇一五年一月七日、二十時十七分。フランス中で、そして世界中で、何百万もの人々が呆然とし、ショックを受け、動転し、ときには涙を浮かべながら、その日の朝、週刊紙『シャルリ・エブド』で起きた襲撃事件で死者十二名と重傷者を含む負傷者十一名が出たというニュースに見入っているとき、私――カミーユ、三十四歳、ジャーナリスト、シャルリで長年働いているが編集会議に遅刻したために殺戮（さつりく）を免（まぬか）れた風刺画家の妻――は、ピッツェリアの予約をキャンセルしていた。

とんでもなく個人的な行為だった。歴史的で世界的な悲劇が起きたというのに。被害者の生活が、生存者[*1]やその近親者の生活がくつがえされ、二度と元に戻らなくなったばかりだというのに。

ピッツェリア・ラッキー・ルチアーノに電話をかけたのは、私がひどく礼儀正しい人間だからではなかった。二十歳（はたち）のときに読んだ、レイモンド・カーヴァーの短編『ささやかだけれど、役にたつこと』を思い出したからだった。

　舞台はアメリカの小さな町。ある女性が、息子スコッティの誕生日ケーキをパン屋に注文する。ところが誕生日の当日、八歳になったスコッティは車にひかれてしまう。そして病院に運ばれ、昏睡(こんすい)状態のまま三日後に息をひきとった。その間、事故のことを知らないパン屋はひどく腹を立てていた。作ったケーキを誰も取りにこないからだ。そこで彼は両親の家に電話をかけた。何度も何度も。謎めいた非難の言葉で両親を責め立てた。「スコッティを忘れたな……」と陰気な声でしつこく繰り返したのだ。両親は悲しみで頭がおかしくなりそうだった。だが、とうとう脅迫の主が誰であるかに気づき、二人でパン屋に行って、この「化け物(モンスター)」と対面する。パン屋は事態のむごたらしさ、自分の行為のおぞましさ、夫妻の苦悩を知り、かれらを店の奥に招き入れて、三人で一晩中パンを食べて過ごすのだ。

　これは、人生がわずか数秒でくつがえされてしまうという物語。人は心ならずも加害者になりえるという、悲劇的だけれども平凡な物語だ。

　一月七日の夕方、警視庁に着いたときには、携帯電話のバッテリーが切れかけていた。充電器はその日の午後、ニコラ・アペール通りの劇場に設けられた救護所で、知らない女性に貸したままだった。そこからは警察官に囲まれ、カメラを避けて慌ただしく移動したので、その女性を充電器も一緒に見失ってしまったのだ。

蛍光灯に照らされ、三名の私服警官に警護された広くて凍えるほど寒い待合室で、私は現場にいた人たちの近親者に囲まれて座っていた。当人たちは上の階で、それぞれ目撃したことを話している。私たちは待っていた。互いに名乗りあった。「……の夫です」「……の友人です」と。誰か充電器を持っていませんか、と私はたずねた。ふと思い出したことがあったからだ。

ピッツェリア。キャンセルしなくてはいけない。ピッツェリアに電話をしなくては。父親にもまだ電話していないけれども。

カーヴァーのヒロインとは違って、私は子どもを亡くしてはいなかった。でも、十名分のテーブルをおさえていた。だから、夜の九時にいらだったメッセージを聞かずに済むようにしたかった。

そんなメッセージが残されていたら、つらくて崩れ落ちてしまうかもしれない。しっか

＊1　訳注：シャルリ・エブド襲撃事件をはじめとする具体的な事件・事故等の生存者、とくに現場にいて生き延びた当事者を表す際、原文では rescapé が使われる傾向にある。これについては「生存者」と訳した。なお、原文では一部 survivant も使用されているが、こちらに関しては被害者学の用語として理解し、「災厄後、すなわちトラウマ体験後を生きる者」という意味合いで、そのまま「サバイバー」とカタカナで訳すことにした。

りしなくてはいけないときに。強くあらねばならないときに。
混沌(カオス)のなかで、死者と負傷者と血と、苦悩と恐怖の叫びに満ち、国が戦争状態になった一日のなかで、私はこの夜、現実的で具体的な何かに、自分の力でできる何かにしがみついた。レストランに電話して予約をキャンセルすることは、パリの真ん中で、水曜日の朝、週刊紙の編集会議中に、ジャーナリストや画家や仕事で訪れていた人たちがカラシニコフ銃で殺されたと考えるよりも楽だった。犠牲者のなかには夫の親友や助言者(メンター)や同僚たちがいて、当の夫は数分違いで難を逃れたと思うよりも怖くなかった。二人のテロリストがいまだに逃亡中であると知るよりも怖くなかった。想像を絶するほど耐えがたいこの事件の現実よりも、現実的だったのだ。

この電話が、私の新たな役割の始まりだった。支える、慰(なぐさ)める、聴く、答える、予測する、整える、せきとめる、危険を引きつけて周囲を守る、さらに答える、パートナーを安心させる、気を配る、そこにいる、しっかりする、くじけない、強くなる、おそれを鎮(しず)める、涙を受け止める、不安に備える、軽さを見つける、数えきれないほど引っ越しをする、日常生活をこなす、私たちが脅迫されていないかどうかを確かめる、喜びを与える、将来の話をする、生活をになう。

などなど。

自分に割り当てた役割。あやふやな役割。外傷（トラウマ）をもたらす出来事によって心的に傷ついた人間を完璧に支えるマニュアルなど存在しない。でも、この役割を定義すると思われる表現がある。それが、「跳ね返り（リコシェ）による被害者（victime par ricochet）」。

ぽちゃん

二〇一五年一月七日。午後の二時か三時だった。二十名ほどいただろうか、私たちは、蛍光灯に照らされた病院の待合室で、無言のまま、プラスチック製の椅子に座っていた。どこにでもある歯科医の待合室を思わせるような光景。違うのは、ここにいる誰もが、数時間前にパリの中心部で起きた、覆面をした二人組の男による虐殺事件の関係者だということだ。

数メートル先の廊下で、フランソワ・オランド〔第二十四代フランス大統領、当時〕が、医療関係者や居合わせた人々と握手をしている。

「あなたも大統領と握手したい?」と、少し笑みを浮かべて、横に座っているリュズにそっと聞いた。

「願い下げだ」。そう答える声は落ち着いていた。

よかった。彼は震えが止まらず、ショックを受けて、この数時間で十歳老けたように見える。でも、アイデンティティまでは変わっていない。この日、大統領を間近に見たのはこれが二度目だ。最初は朝、シャルリの事務所が入っている建物の前で、救急車や叫び声や混乱のただなかにいるときだった。

さほど遠くない席に座っていた、三十歳くらいの褐色の髪の女性が、ガクッと崩れ落ちた。ずっと泣いている。知らない女性だった。ここにいるのは、事務所にいたか、建物のなかにいたか、もしくは通りにいた人たちだ。トラウマ〔以下、基本的には「心的外傷」の意味で使用〕についての小さなパンフレットが配られた。被害者へのアドバイスが書かれている。「事件後の数時間、あるいは数週間は、ジャーナリスト、とくにテレビやラジオ関係者に対して、コメントをしないようにしましょう。あとになって後悔する可能性があります」。オーケー、それはわかった。でも、どうすればいい？　すでに私たちの携帯電話には、数十ものメディア関係者から取材依頼が流れこんでいる。これをどうやって止めればいいのか、パンフレットには何も書かれていなかった。

果てしなく感じられた三十分後、リュズが看護師に呼ばれた。隣の部屋で、救急医療センターの臨床心理士が、応急の面接をおこなうという〔以下、医療ではないさまざまなこころの専門家によるセラピー的な面接は「セッション」と訳し分ける〕。彼は一緒に来てほしいと言った。

まるでロッカーのような本当に狭い診察室で、私たちは入院患者用のベッドに並んで腰いる。

かけた。この心理士の顔も名前も覚えていない。ただ、その穏やかな声だけが耳に残っている。

そこで私は、夫が沈黙と涙で言葉を途切れさせながら、体験したことについて、見たことについて詳しく語るのを初めて——そして最後に——聞くことになる。

その間、私の頭のなかを二つの数字がぐるぐると回っていた。

二十三年間。彼は二十三年間働いてきた。二十三年間、絵を描き、笑い、口論し、そのうち何人かとは一緒にヴァカンスに行くこともあった。同僚であり、親しい友人でもあった。その人たちが殺害されたのを、床に横たわっているのを、カラシニコフ銃で撃ち殺されたのを見たばかりなのだ。私は二十七歳から三十一歳まで、パリのアート関係の広告代理店で働いた。たった四年間。すべてが順調だった。それでも、いまも少なくとも週に一度、かつての同僚や上司が夢にあらわれる。夫は、これからどのくらいの年月、夢を、悪夢を見るのだろう？　彼の顔に浮かぶ苦悩が私の心を突き刺した。私は無力だ。彼が見たものを消すことはできない。できるのはただ、その手を強く握ることだけだった。

そして二分間。夫は、テロリストたちが事務所に入った二分後に着いたという。たった二分……。寝過ごしたせいだ。誕生日だったから。彼の誕生日だったから……。

最後に、その心理士は私に向き直ってたずねた。「それで、マダムは大丈夫ですか？」驚いた。私は付き添ってきただけなのに。「あなたは被害者の近親者ですから、跳ね返りによる被害者なのですよ」。そのあと彼女が何と続けたかは覚えていない。ただ、とてもかわいい表現だと思った。小さいとき、水切り（リコシェ）が大好きだったから。

私はブルターニュのはずれに住んでいて、週末は家族でよく浜辺に出かけた。天気が良くても悪くても、海辺を散歩するのが習慣だった。流木の枝で、砂に自分の名前を掘るのが好きだった。Camille の i の文字の上にハートマークを付ける。丸い小石が打ち上げられた浜辺では、海が穏やかなときは、一番平らで一番よく波に磨かれて一番いい石を探すのが決まりだった。両親は水切りがうまかった。姉もけっこう上手だった。そして私はと言えば、たまに石が沈む前に三回続けて跳ねると、大はしゃぎで叫んだものだった。ねえ、見てくれた？

跳ね返りによる被害者……。どうしてそんなことを言うのだろう？　今日、水に落ちたのは、平らですべすべした、きれいな灰色の小石ではなかった。私たちの上で砕け散ったのは、どれほど大きいのかさえもまだわからない津波だ。

それに、なぜ被害者？　被害者は私ではなく、横に座っているヒゲの男性だ。しかも彼は生きている。でも、まあ、「こころの専門家」というのはいつだって大げさに言うものだから……。

饒舌

四年半が経ち、私はこの本を書き始めた。生活は、生きることから数か月間生き延びることに変わった。夫がもちこたえるようにと気を配る毎日だ。夜は彼の悪夢と叫びに眠りを中断され、昼間はおそれを抱いて過ごす。目立ってはいけないという強迫観念にとらわれ、精神的にも疲労している。転居は八回に及んだ。パリを離れたことに苦しみを、孤独を感じている。仕事のチャンスもいくどとなくつぶされた。親しい人たちを絶えず安心させなくてはならないのは重荷で、他人の無理解と向きあうのも負担だ。夫と連絡を取りたくて私の携帯の番号を聞き出そうとするジャーナリストがいまだにいる。ワインと抗不安薬が手放せない。政府は私たちを助けてくれなかった。記念日（アニバーサリー）〔事件の起きた日のこと〕が来るたびに心はひどく動揺する。それでも、率直に言って、私は調子がいい。

考えてみれば、私はうつ状態でベッドにもぐりこんでいるわけではない。以前より難しくはなったものの、セクシュアリティとフェミニズムの問題を取り上げるジャーナリストとしての仕事をなんとか続けている。二〇一五年末に産んだ娘は健康で、毎日必ず笑わせたりびっくりさせたりしてくれる。古くからの友人を失ってはいない。シャルブ〔襲撃事件当時の編集長、本名はステファヌ・シャルボニエ〕のことはそれほど知らなかった。夫を亡くしてもいない。彼は身体的には傷を負っていない。それなのに被害者だって？　私は、ＳＮＳで自分を被害者だと主張したり、傷ついただのトラウマだのとむやみに言い立てたりする人たちに真っ先にいらだちを覚える人間だ。

それでは何を書くというのか？　「跳ね返りによる被害者」という概念をことさら取り上げて、本まで書こうとするのはどうしてか？

最近の例を一つあげよう。水曜日の夜。暑くてテラスは満席だった。私は仕事でパリに来ていた。数日間の出張にかかる経費はほぼ五百ユーロ、そして報酬は三百ユーロ。出張の際の悩みは、ＲＥＲ Ｂ線〔パリの路線の一つ〕ではなく飛行機に乗らなくてはならないときの交通費だ。それはさておき、そのテラスで友人、というよりも知人に会った。ジャーナリストとして以前に二度会ったことのある男性で、その日はセクシュアリティとテクノロジーに関連する彼のアートプロジェクトについて取材する予定だった。いろいろおしゃべりしながら、私は赤ワインを何杯も飲んだ。話の流れで私の夫がリュズだとわかると、彼は親切にも事件やその後をどう乗り越えたのかとたずねてくれた。

彼は聞くべきではなかった。私は飲んでいたから。だからその後一時間以上にわたって、不安に満ちた最初の数週間や被害妄想の発作やシャルブや離郷について語った。気の毒に、彼はセックスと拡張現実(AR)（現実世界にバーチャルな視覚情報を重ねあわせて表示または合成する技術）について話すためにきたのに……。

翌日、私は身体的にも精神的にも二日酔いになっていた。そうなるのは初めてではなかった。いや、むしろ、酔うと饒舌(じょうぜつ)になることがだんだん増えていた。

どうして怒濤(どとう)のように言葉を吐き出したのだろう？　どうして自分だけがしゃべり続けたのだろう？　同情してほしいからではなかった。哀れみなんて求めていない。ただ、こうした記憶を自分ひとりで抱えているのがいやだったのだと思う。ほかの夜もそうだった。小石がいっぱい詰まったバッグをいつも持たされているような気分で、目の前にいる人にその小石をせっせと分け与えてしまうのだ。でも翌日、空になったはずのバッグは、やはり重いままだった。

この行動には「ジキル博士とハイド氏」に似たものがある。昼間は、二〇一五年一月の襲撃事件にはふれないでほしいと願っている。そのほうがよかった。私はリュズの妻というだけの存在ではないのだから。これは私の物語ではない。私は『シャルリ・エブド』のメンバーではなかった。パリにいるのは仕事をするため、ジャーナリストとして働くため、前に進むためだった。

夜は、ワインを何杯か飲むと別の人格が目を覚ます。人によっては、酔った勢いで別れた恋人にエロティックなメッセージを送るだろう。でも私は、こうわめきたくなる。「みんな、起きたことを忘れないで！　あの残虐行為を覚えておいて。お願いだから。年に一度悼むだけの象徴的な行事に変えてしまわないで。罪なく殺された人たちの名前を忘れないで。フレデリック・ボワソー、フランク・ブランソラロ、カビュ、エルザ・カヤット、シャルブ、オノレ、ベルナール・マリス、ムスタファ・ウラド、ミシェル・ルノー、ティニュス、ヴォランスキ、アフメド・ムラベ、クラリッサ・ジャン＝フィリップ、ヤン・コーエン、ヨアブ・ハタブ、フィリップ・ブラアム、フランソワ＝ミシェル・サアダ。これがかれらの名前。そして身体に傷を負ったあらゆる人たちのことも忘れないで。心に傷を負った生存者たちのことも。その近親者たちのことも忘れないで。それから十一月十三日のテロや〔その後に発生した〕ニースやストラスブール、その他すべてのテロの被害者たちのことも。忘れないで。生活が続いていたとしても忘れないで。お願い。テロは、テロリストたちが死んでも終わらないから。その後もずっと続くから。影響は何年も続く。たとえ直接被害者（victime directe）でなくても、妻だというだけでも。これは本当のことだから」と。

こうした「ワインと饒舌」の夜を何度も過ごしたあと、毎回語っているいくつかのことをさらに進めようと決心した。記憶を掘り下げるべきだ。いっさい誇張せずに。そして同じ体験をしている人たちに会うべきだ。

書店で探したが、欲しいものは見つからなかった。喪失や別離や移行や運命について語る哲学的なエッセイはあった。テロやトラウマ体験やレジリエンス[*2]を描く小説、映画、演劇もあった。でも、心に傷を負った人間（ひと）の近親者を扱う作品は一つもなかった。

跳ね返りによる被害者団体もなかった。たとえあったとしても、入会するかどうかはわからない。でも、話したり気持ちを共有したりする場が欲しかった。いまの私には、何が起きたのかを理解すること、そして寄り添う人たち、つまり、心に傷を負った被害者と強い愛情で結ばれているがゆえに生活をくつがえされてしまった人たちが、何を経験したのかを理解することが必要だった。この役目を、この状況を、冷静に見つめることが必要だった。法的に、精神的に、内面的に、何が変わるのか？　集団の物語のなかに埋もれてしまわない、一人ひとりの物語を書くことが必要だった。

二〇一五年一月以降、フランスではテロ事件によって二百五十人以上の死者、数百人の身体的負傷者、数千人の心的負傷者が生まれた。ということは、このほかに数千人の間接被害者（victime indirecte）がいるはずだ。でも、こうした発想は社会ではないがしろにされている。テロとは別の話だが、家庭内暴力の二次的被害者（victime secondaire）、つまり子どもたちについて、誰が語っている？　患者に共感して苦しむ看護師について、誰が語っている？　レイプされた二十歳の妹の話を聞き、支え、寄り添う姉のことを誰が気にかけている？　事故の被害者の身内に対して、被害者本人に関すること以外を誰がたずねている？　これらの人々は大丈夫なのだろうか？

＊

一年経ってこの原稿を読み返すと、「跳ね返りによる被害者界のアルベール・ロンドル」とでも呼びたい意気込みに苦笑させられる〔Albert Londres は社会問題に鋭く切りこむルポルタージュを数多く発表したジャーナリスト〕。

こうした思いから、私はこのテーマについて本を書いた。しかし、単なるジャーナリストとしての立場、いや、ゴンゾー・ジャーナリストとしての立場〔主観的な記述を特徴とするジャーナリズムのスタイル〕にさえもとどまることはできなかった。数十名の証言にもとづく全国的かつ国際的な調査をおこなうこともしなかった。変わった性癖、生理、セックスワーカー、マスターベーション、あるいはフェミニズムについて語るときには、いつもそ

＊2　訳注：精神科医セルジュ・ティスロンによれば、résilience という言葉は生態学、金融、政治学などあらゆる領域で使用されており、国によっても研究者によっても必ずしも同じ意味で使われていない。さしあたり、心理学においては「トラウマ（外傷）を乗り越え、かつまた不都合な環境（逆境）のなかで自らを構築し続けていく能力」と定義されてきたが、詳細な議論は『レジリエンス』（阿部又一郎訳、文庫クセジュ）を参照されたい。

うしている。私生活について語ることもあるが、調査すべき人物をリストアップし、コンタクトを取り、電話をかけ、かけ直し、インタビューし、編纂（へんさん）し、総括し、分析するのが基本だ。一冊ごとに、エクセルでたくさんのセルや色やデータを使って大きな表を作り、たくさんの連絡先や日付や引用を入力する。それを印刷し、デスクの前にテープで貼る。何ひとつ忘れないために。リュズはそれをおもしろがった。セックスについて書く女性の仕事場というよりも、ルロイ・メルラン〔住宅改修およびガーデニングの小売業者〕のマーケティング・サービス部門で働く男性のオフィスのようだと。

今回は、何もかもが普段通りにはいかなかった。普通の調査ではなかったから。私の人生についてだったから。

私の作ったジャーナリストとしての小さくて完璧なエクセル表は、よりプライベートな言葉や記憶を受け入れていった。大きくなる表のなかで、「私」のセル、個人的な物語のセルは、どんどん大きくなった。少しずつ小さくなっていくはずだったのに。結局、跳ね返りのなかで、弧を描くうねりは時とともに大きくなるのだ。

狂った小道具係

誰にでもこんな経験があるだろう。困った出来事や深刻な事件が続いて、こう思う。「なんだか出来の悪い映画のなかにいるみたい。こんなこと、ありえない」と。この言葉を、私は二〇一五年一月七日につぶやいた。その後に続く日々にも。だが、その映画のなかでは、誰ひとり死んだふりをしているのではなかった。

（本番）よーい、アクション。

1．屋内―アパルトマンの寝室―昼間

男と女がベッドのなか、羽布団の下で抱きあっている。朝の光がブラインド越しに差しこむ。ローテーブルの上に置いた携帯電話のアラームが鳴る。八時二十五分。男（四十三歳）がくしゃくしゃの髪のまま、ボタンを押して音を止める。女（三十四歳）は壁に向かって寝返ると、羽布団をすっぽりかぶる。

次の筋書き：二人は姿勢を変えて、まだ抱きあっている。アラームが再び鳴り出す。男が起き上がり、電話を手にとって時刻を確かめる。九時三十七分だ。

男：まずい、九時半だ。

女も起き上がる。

女：いけない。二度寝しちゃった。頭が痛い。昨日は飲み過ぎたし、寝るのも遅くなかった？

男、再び横になる。

男：ああ。このままでいたいな。行きたくない。

女：でも、編集会議に遅れちゃう！

男：昨日インド料理を食べたって言おうか……〔腹を下す、の意味。インド料理に対する偏見が含まれる〕

女（笑いながら）：いったい何度シャルブにそう言ったの？　二十年以上もシャルリで働いて、遅刻するたびに前の日にインド料理を食べたって言ったわけ？

男：少なくとも年に三回かな。でも、ときどき中華料理に変えたよ。

女は笑ってベッドから出る。

女：もうこんなに遅くなってる。さあ、がんばって。朝食を持ってくる。

男：でも、本当にこのまま抱きあっていたいんだ……。

以下省略。

女が寝室に戻ってくる。持っているトレイの上には、コーヒーがなみなみと注がれたカップが二つ、保温器に入ったスポンジケーキ、その上にローソクが二本。ベッドの上の男は目を見開くと、起き上がってほほえむ。

女（歌いながら）：ハッピー・バースデー・トゥー・ユー・私の愛しい人(モナムール)！　ハッピ

ー・バースデー・トゥー・ユー・マイ・ラブ！　ハッピー・バースデー・トゥー・ユー・モナムール！

男（愛情に満ちたまなざしで）：マイ・マリリン……〔一九六三年、ジョン・F・ケネディ大統領の誕生日パーティーに女優マリリン・モンローがバースデーソングを歌ったという逸話から〕

女はベッドに腰かけ、トレイを置くと男を抱きしめる。

女：シャルリの人たちには遅れると言ってもいいんじゃない、誕生日なんだから！

男：そうだな。それに今週のテーマはもう決めてるんだ。よし、じゃあ、シャワーを浴びてくる！

2．屋内―アパルトマンのリビングルーム―昼間

女は一人で小さなデスクに向かい、ノート型パソコンを開いている。白いバスローブを着て、コーヒーを飲む。何通かのメールに返事を書く。携帯電話が震えるが、パソコンの画面に集中したままだ。それからコーヒーをもう一杯入れにいこうとして、携帯電話を見

る。

十分前に男からメッセージが届いていた。

「愉快で勃起するほどセクシーな誕生日の目覚めをありがとう！　心臓が破裂しそうなほど愛している！」

彼女はほほえむ。

返事を書く。「素敵な誕生日を！　ラブ　ラブ　ラブ」

iPhoneに三つの点が表示される。彼女は返信を待つ。

「シャルリで人質事件。俺は外にいる。あちこちで銃声が聞こえる」。彼女は画面を見たまま数秒間固まる。それからキーを打つ。「どういうこと?!」返事がくる。「武装した男たち！　覆面！　カラシニコフ銃」。彼女は電話をかけるが、呼び出し音がむなしく響く。彼は出ない。彼女はアドレス帳で「セリーヌ　姉」を探して電話する。以下、二人の会話。

姉：もしもし！　元気？

女：ねえ、リュズからメッセージが来た。シャルリで人質事件が起きたって。
姉：えっ⁈　本当？　彼は大丈夫？
女：返事がないの。でも、外にいるみたい。怖いけど。銃を持った男たちがいるって書いてあった。どうしよう？　行くべき？
姉：行ったほうがいい。あなたが着く頃には警察も来ているはず。彼だって来てほしいでしょ。犯人が誰だかわかっている？
女：知らない。脅(おど)しだと思うけれど。でも、そうね、行ってみる。みんなショックを受けているだろうし、あとでカフェに行くと思うから。私もいたほうがいい。じゃあ、切るから。また連絡する。シャワーを浴びなくちゃ。
姉：わかった。でも、来月はタイに行くんでしょう？
女：行くけど、どうして？
姉：だから、警備がつくってことでしょ？　その警察官、一緒に行くことになったら喜ぶんじゃない？
女（少々ぎこちなく笑って）：バカね。じゃ、またあとでかける。

3．屋内――浴室と玄関――昼間

女はさっとシャワーを浴び、浴室から出て、携帯電話を確認する。男からのメッセージ。「死者が出ている、虐殺……虐殺だ」。女は返信する。「いま行く」。急いで服を着て、アパルトマンの玄関にある鏡の前で口紅を塗り、小走りに家を出る。

4. 屋外—走っているタクシーのなか—昼間

タクシーのなかで、女は再び「セリーヌ 姉」に電話する。手が震えている。


女(押し殺した声で):私。メッセージが来た、死者が出ているって!

姉:えっ! 誰が? あなたはどこ?

女:何もわからない。タクシーのなか。もうすぐ着くけど、道がふさがれている。

タクシーの運転手(ぶつぶつ言う):ここから先は行けないな。マダム、封鎖されてます。銃撃戦があったんですよ。

女(いらだった様子で運転手に):ええ、知ってます!

(姉に):走って行かなくちゃ、またかける。


もしも私がプロデューサーで、このシナリオを受け取ったなら、余白に赤字で書きこむだろう。「女が口紅を塗る？　この状況ではありえない」と。

その通りだ。現実世界で「死者が出ている」「虐殺だ」というメッセージを送ってきた夫のもとに駆けつけるのに、二秒かからないと言えども口紅を塗るようなバカで軽薄な人間がいるだろうか？

いる、私だ。どうして口紅を塗ったのだろう？　確かにあの頃、出かけるときにはいつもそうしていた。しかし、この状況ではあまりに無意味に見えないか？　それにどうしてシャワーを浴びたのか？　おまけにどうしてタイでの警備について、姉と冗談めいた会話まで交わしたのだろう？

起こったことが想像を絶していたからだ。パリで。水曜日の朝に。週刊紙の編集室で、それは起きた。ムハンマド風刺の件については知っていた。事務所が放火されたことも知っていた。二〇一一年から一三年まで、数人のメンバーに護衛の警察官が常時二名ついていたことも知っていた。

ある秋の晩、一緒にクスクスを食べにいくために、事務所でリュズとシャルブと落ちあった。建物の下にパトカーが停まっていた。でも、一月七日には停まっていなかった。二〇一四年十一月、脅威は去ったと内務省が判断したから。まったく素晴らしい判断だ。

そのうちにまた放火事件が起きるのでは、と思ってはいた。だが、罪のない人たちがカラシニコフ銃で虐殺されるとは思っていなかった。夫の長年の友人や同僚が、死んだり負傷したりするとは思っていなかった。

だから口紅を塗った。

しかし、シャネルの口紅のことなど、誰も気にしていないのではないか？　それなのにどうしてここに書くのか？　克明に覚えているからだ。ほかのどんなことよりも。記憶にはっきりと刻まれている。そして、もしもその身振りが取るに足らないものならば、記憶もまた取るに足らないもののように思われる。

私が悲劇の中心にいなかったせいだろうか？　事件のあとにその場所には行ったけれど、襲撃の最中にはいなかった。悲嘆に暮れる人々に囲まれていたけれど、私自身は身内を亡くしていなかった。しかし、喪失の初期段階、またはショックや否認や不信の初期段階について書かれたものを読むと、自分にもそれがあったと思い当たる。トラウマ的出来事（喪失、病気の宣告、性的暴行など）のあとには、しばしば感情をなくすことがあるとされている。記憶もまた、保護のメカニズムを働かせるのだろう。体験したことを事実通りに話そうとするときによく起こる現象だ。

一月七日については、本当に多くのことを忘れてしまった。時間の概念を失っているのだ。「市民保護（シヴィルプロテクション）」〔フランス全土で救助活動等をおこなうボランティア団体〕の応急処置ステーションとなった劇場を出て、オテル・デュー〔市内の病院〕に向かったのは何時だった？　そこにはどのくらいとどまっていた？　まったく覚えていない。場所に関しても混乱している。病院ではまず講堂に集められた。六十人、いや、七十人ほどいただろうか？　目撃者も生存者も一緒だった。ごった返していた。水の入ったボトルが配られた。それから個別包装されたおそろしく不味（まず）いマドレーヌ。「まるで罰ゲームみたいなマドレーヌ」と、隣にいた女性に私は言った。全員——なぜかわからないけれども私とリュズ以外——プラスチックケースに入ったIDカードを首から下げていた。引率されて飛行機に乗る子どもたちのように。それから待合室に移動し、続いて診察室で心理士と話した。でもそのあとは？　そこから直接、警視庁に行ったのだったか？　私の記憶はささいな事柄の一つひとつに集中している。イメージや会話の断片に。

　オテル・デューに行くときだっただろうか、パリ交通公団（RATP）のバスの座席に腰かけていると、パトリック・ペルー〔医師で『シャルリ・エブド』の医療担当コラムニスト〕が乗ってきて大声で言った。「ご乗車の皆さま（メッシューダム）、乗車券を拝見いたします」。事件後、初めて笑った。

　バスのなかでは、金色のサバイバルシートが配られた。寒かったからだ。それにくるまると、フェレロ・ロシェ〔イタリアのチョコレートメーカー「フェレロ」のチョコレート菓子〕のようで、みんなバカみたいに見えた。

　パリ警視庁では、ピッツェリアに電話したあと、シャルリの女性従業員の恋人と言葉を交わした。その女性は現場にいたけれども襲撃を免れたという。「電話番号を教えてほしい。お互いに必要になると思うから。かれらを助けるために」と、私は彼に告げた。

それから父に電話した。父は元麻酔科医で、公立病院の元救命救急医で、消防隊のボランティア医師もやっていた。

「お前が強くならないといけない。いいな？　リュズはトラウマ後ストレスを発症するだろう〔事実上PTSDを意味するため、以下PTSDと訳す〕。彼が打ちのめされたなら、お前がしっかりしなくちゃいけない。わかっているな？」父は冷静に言った。

「わかってる。もちろん」

強くなろう、しっかりしよう。当たり前のことだ。

「それで、パトリック・ペルーはどうしている？」

「よくない。彼はすぐに現場に駆けつけたの。全員を診て、応急処置をして、友だちを救おうとした」

「なんてことだ。被害者たちを知っているのに、医者として行ったのか？　よくないな、それは。まったくよくない……。つらいだろう、彼にとっても」

その後、タバコを吸いに中庭に出たとき、目撃者の対応をしているらしき私服警官二名にたずねた。テロリストたちは発見されたのかと。まだだ、と言われた。それならば、やつらは生き残りを探して殺そうとするかもしれない。生存者は今夜からでも警護されなくてはならないのでは？「検討する予定です。われわれが対処しますから、マダム」。夫は対処してもらえる、わかった……。夫には警官が付き添ってくれるのだろう。でも今晩、私の部屋の下に警官はいない〔のちに書かれるが二人は別々に住んでいた〕。建物内でかすかな物音がしただけで、エレベーターが動いただけで、飛び上がることになりそうだ。

こうした記憶は断片でしかない。現実そのものを映し出してはいない。私が状況を完璧に把握していたように思われるかもしれないが、実際は取り乱していた。台風のまっただなかで荒れ狂う風に吹かれながら、つなぎとめてくれるものもなく、興奮して怒り狂う雌牛のようだった。うろたえる雌牛。

その晩、二人で私の家に帰ったのは午前一時頃だった。私はパスタをゆでて、作ってあったペストソースを添えた。夫は一口も食べなかった。IKEAの赤い革のソファに座って紙巻タバコを吸っていたが、ワイングラスを取ろうとする手が震えていた。私は隣に腰かけた。

「ねえ、結婚するとき、これからの年月は、一緒に人を弔うんだと思ってた。まずは私の祖父母、ずっとあとになってからあなたの両親、私の両親、そして病気の友だち……。でも、あなたが一週間に八人の友人を亡くすだなんて思ってもいなかった。どうしよう、黒いドレスは一着しか持っていない。葬儀は八回なのに……」

彼は声を上げて泣き出した。私はなんてひどい冗談を言ったのだろう。「ごめんなさい。なんでこんなこと言ったのか自分でもわからない。本当にごめんなさい」。私たちは抱きあって、長いこと泣いた。そのあと何を話したかはよく覚えていない。彼はシャルブの話をしていた気がする。パスタにはまったく手をつけなかった。そして三時間ほど眠った。

別の断片。

十日後。ポントワーズの展示場でシャルブの葬儀がおこなわれた。その入り口でインナ・シェフチェンコとサラ・コンスタンタンに会った。二人はフェメン〔ウクライナで結成された女性権利団体〕のメンバーで、シャルブともリュズとも親しかった。インナはコートに「私はシャルリ（Je suis Charlie）」のバッジをつけていた。私は革のブルゾンに、錨がデザインされたピンバッジをつけていた。「どうしてそれをつけているの？　どういう意味？」とインナに聞かれて、「別に意味はない。私はブルターニュ生まれだから」と答えると、彼女は無言で私を見つめた。そのとたん、このピンバッジが途方もなく間が抜けたものに思えた。

会場では、舞台に向かって左側、最前列にリュズと彼の父親に挟まれて座った。式が始まる数分前に、「当局者」が挨拶にきたので立ち上がる。クリスチャーヌ・トビラ〔ギアナ生まれの女性政治家、当時司法大臣〕がリュズの手を握り、大きな声で言った。「すぐにわかりましたよ。いつも髪がくしゃくしゃですからね」。リュズも言い返した。「お互いさまですね！」

座り直したとき、彼が小声で聞いてきた。「いまの返事はセクシストかレイシストになるかな?」とんでもない、先に言ったのは彼女のほうだ。

二年後、仲間うちでシャルブの葬儀について話をしていたとき、夫は、式の途中で私が泣き出したと言った。本当に突然、長いあいだ激しく泣いて、どうにも止められなかったという。でも、私にはまったくその記憶がない。

赤い口紅、リトルブラックドレス、ヘアスタイル、ペストソース・パスタのレシピ……。私は襲撃事件後の記憶を、『エル(*ELLE*)』の編集者のように扱う。

作家アニー・エルノーの『娘の記憶[*3](*Mémoire de fille*)』を読み返してみた。彼女は、「現実に起きた恐怖の入り混じった動揺」のなかで、脳は普通のことにしがみつかざるをえなかったと説明している。

これは一九五八年の夏を描いた作品だ。著者は当時十七歳。書くことが困難だったのは、記憶が欠けていたからではない。「むしろ私は、イメージ——寝室やドレスやエマイユ・ディアモンドの歯磨き粉など、記憶は狂った小道具係だ——が論理的につながって、私を意味のない映画に魅(み)せられた観客にしてしまわないよう抵抗しなくてはならない」と、著者は書いている。

著者は林間学校において、ひどく粗暴でエゴイストな指導員との初体験がどのようにおこなわれたかを語っている。レイプという表現は使っていないが、明らかに、無理やり屈服させられての暴力的な性行為だった。にもかかわらず、彼女はこの男に「狂おしい愛」

を捧げ、翌晩もまったく同じように乱暴な関係をもつ。おかげで、ほかの若者たちからは軽蔑と嘲笑を浴びることになる。著者は、両価的(アンビヴァレント)な自らの欲望を詳細に分析し、この夏と続く数年間が彼女の身体や他者との関係に与えた影響を物語る。この本は何よりも書くことについての作品であり、書くことが「物語の深奥(しんおう)から外に出て、起きたことやしてしまったことを理解する――それに耐える――手助けとなるもの」を引き出すことを可能にするのだ。

私の「物語の深奥」から出てくるものは何だろう？　書くことは、私がまだ理解していないことに、どんな答えを与えてくれるのだろう？　それについてはまだわからない。しかし、アニー・エルノーは、私をバカげた記憶の細部と和解させてくれた。

こうしたすべてについて、別の書き方ができたような気がしている。たとえば、あるがままの事実を報告するように。あるいは、詳細にもとづいて。初めての夜の化粧石鹸、赤い歯磨き粉に書かれた文字、二日目の夜の閉じられたドア、タリホー・コーナー〔ロンドン郊外の一角〕にあるコーヒーショップでジューク・ボックスから流れていた〝アパッチ〟、高校の机に深く刻まれたポール・アンカの名前、レコード屋でR

＊3　*Mémoire de fille*, Annie Ernaux, Gallimard, 2016.〔未邦訳〕

と一緒にボックスで聴いてから購入し、土曜日の夜にイヴト市の自室で、消灯した暗闇のなかでひとりスローダンスを踊りながらかけた〝オンリー・ユー〟の四十五回転レコード。体験しているまさにそのときには意味のないことが、書くことの可能性を広げるのだ。

実際、記憶は狂った小道具係だ。ドレス、口紅、サバイバルシート、ピンバッジ、マドレーヌ……。私はいまだに小道具の真ん中で、一つではないその映画の意味を探している。ニコラ・アペール通りにある『シャルリ・エブド』の事務所で始まった映画の意味を。

（本番）よーい、アクション。

4．屋外―パサージュ・ポパンクールとリシャール・ルノワール通りの交差点―昼間

女（息を切らせて）：リュズに会いたいんです。夫です。事務所のなかにいて、人質事件と銃撃があって。死者が出たって……。でも彼は生きていて……。

警察官：誰ですか、リュズって？

幕間Ⅰ：疑問

跳ね返りによる被害者。被害者。跳ね返り。一月七日について語る前に、まずはこの表現に立ち戻る必要がある。

病院で「ricochet（リコシェ）」という言葉を聞いたとき、すぐに連想したのは水面に投げられた平らな小石の跳ね返り。でも、ricochetという言葉にはもう一つ別の意味がある。「固い物体に当たった発射物が起こす跳ね返り（つまり跳弾）」だ。それでは「跳ね返りによる被害者」とは、直接被害者が受けた衝撃によって起きた渦（うず）にのまれた人か？　それとも、直接被害者に当たった弾丸の跳ね返りによって傷ついた人？　これはいい表現、いい用語だろうか？　被害者という言葉は適切か？　近親者の体験を表すのにふさわしいか？　こうした疑問が二〇一六年からつきまとって離れなくなっている。その主な原因は、神経精神科医ボリス・シリュルニクとのやり取りにある。

彼にとても長いメールを書いたのは、二〇一六年六月十二日に、アメリカ合衆国のオーランドにあるゲイ・ナイトクラブで銃乱射事件が起きたあとだった。この事件により私は、尋常ではないほどのショックを受けた。いく晩も泣き明かし、インターネットでフロリダまでの航空料金を調べるのに何時間も費やした。

メールには、私たちの物語と私の物語を綴った。間接被害者に関する「一般読者向け」の文献が存在しない現実に直面し、「この一年半に夫のかたわらで経験してきたことのすべて、体験したことや考えたことのすべてを、ほかの人たちのために役立てたい」と記したのち、これについて会って話せないかとたずねた。一か月後に「それはむしろ〝慈悲によるトラウマ（traumatisme par compassion）〟と呼ぶべきでしょう」との返事が届いた。そしてスケジュールがおそろしいほど「過密」なため会うことはできないと記されていた。

それだけだった。

返事の短さにも少々失望させられたが、それ以上に、恣意的と思われるその定義が納得できなかった。私にトラウマをもたらしたのは、慈悲ではない……。私は六年間ラテン語を学んだ。慈悲（コンパシオン）はcum（クム） patior（パティオール）、つまり「ともに苦しむ」だ。もちろん夫が苦しむ姿を見るときは、私も夫と「ともに苦しんで」いる。でも、申し訳ないけれども、私にとっての慈悲とは、イエス・キリストやマザー・テレサやそういった人々を思わせる響きをもっている。私はやはり跳ね返り（リコシェ）にこだわりたい……。

だがシリュルニクは、慈悲という言葉を使うことによって私に疑問を抱かせた……。彼が「résilience（レジリエンス）」という物理学の言葉に由来する概念を普及させたのならば、おそらく私は新しい用語を探さなくてはならないのだろう。人は、自分がその名を呼べるものしか理解できないのだから。

青いコート

リシャール・ルノワール通りでタクシーを降り、パサージュ・サンタンヌ・ポパンクールまで走った。そこからシャルリのある通りに出られる。だが、警察による最初の通行止めがされていた。柵の向こうには若い女性警察官が平然とした様子で立っていたが、明らかに私を通すつもりはなさそうだった。横でもう一人、若い女性が足止めされていた。

「誰ですか、リュズって?」警察官がたずねた。

「『シャルリ・エブド』の風刺画家です。夫です。行くって知らせたから、あっちで待っているんです。彼は生きていて、寝坊したので、今朝」。私は早口に、途切れ途切れに言葉を発した。

「待っているというのはどこで?」

「だからシャルリで! そこで絵を描いているって言ったじゃないですか!」

かなりいらだちはじめていた。それが声に出ていた。顔にも表れているにちがいない。

「でも、『シャルリ・エブド』の事務所には誰も入れませんよ、マダム」

「そうみたいだけど、それなら建物の下で待ちます！　通してください。ここにいるわけにはいかないいんです。行くって連絡したんだから。ひとりにさせておくわけにはいかないんです！」

「それではここでお待ちください」


い、いここで待たずにどこに行く？　どこかにコーヒーを飲みにいくとでも思っているのか？

女性警察官は、数メートル離れた場所に配置されていた少し年上の同僚に近づいて何か話している。左横にいた若い女性が私に向き直った。

「私はジャーナリストですけれど、プレスカードがないので通してもらえないんです。CDD（期限付き雇用契約）で働いているので、まだカードがないものですから。それで……」

だから？　それが私に何の関係がある？　顔をそむけたが、彼女は手帳を開いた。

「では、あなたはリュズの奥さんなんですね？　今朝寝坊してしまったと。そうですね？」

ほら始まった……。

「ええ。でもお話ししたくありません。ごめんなさい」

私は、話しあっている二人の警察官を凝視していた。周囲ではパトカーと救急車のサイレンが入り混じって鳴り響き、その音がますます不安を掻（か）き立てる。

ようやくかれらが戻ってきた。「ついてきてください」と年かさの警察官が言った。ああ、よかった、ありがとう。小走りにあとをついていく。二つ目の通行止めの前を通り過ぎた。柵の向こう側には何十人ものジャーナリストや写真家、カメラマンが群がっている。急ぎ足で通り過ぎながら、その多さに唖然（あぜん）とした。もう来ているのか？　愚かにも自分がＢＦＭ〔フランスのニュース専門局〕よりも早く駆けつけたつもりでいた……。

建物の前はさらにすさまじい混雑ぶりだった。救急看護隊員、救急隊員、警察官、誰もが慌ただしく動き回っている……。私は消防車と歩道のあいだに立っていた。いらいらとタバコに火をつける。手が震えていた。

五メートルほど先に、黒服の人だかりとカメラが見えた。「そうか、シャルブが記者会見を開いているんだ。人質事件のあとだから」と思った。「死者が出た」というメッセージを受け取っていたのに、どうやらすでに否認〔トラウマ体験への防衛機制の一つ〕の状態に入っていたらしい。

黒服の集団が散ったとき、中央にいるのがボディガードに囲まれたフランソワ・オランドだとわかった。深刻な顔をしている。でも……ここで何をしている？　まったく理解できなかった。夫はどこ？　建物の下で待っているというメッセージを送った。

負傷者を乗せた担架がすぐ横を通った。ホースが見える。消防士たちの叫び声が聞こえる。手が震えるのを感じた。携帯電話がずっと振動している。『アンロック（*Inrocks*）』誌の編集長アン・ラフテから、この通りにきているとのメッセージが届いていた。私の背後で、柵と警察官に阻(はば)まれた報道陣のなかにいるという。親しい人間がすぐ近くにいると知ってほっとした。彼女に電話して数分間話した。でも何を言ったかは覚えていない。ひたすらシャルリのある建物の入り口を見つめていた。出入りする警察官と救急隊員の慌ただしい動きが、不吉な予感を抱かせた。

気詰まりを感じていた。目立たずにいようとしたけれども、エレクトリックブルーのコートにヒールのブーツ姿では、どうあがいても無理だった。救急隊のメンバーと思われるはずもない。

「マダム、どなたですか？　ここにいることはできませんよ」と、体格のよい男性が眉(まゆ)をひそめて問いかけてきた。

「リュズの妻です。事務所にいるので、ここで待っていて……」

心細くなり口ごもった。涙がにじんできた。

「いや、いいんだ。彼女はかまわない。知り合いだ」と、右横で男性の声がした。

クリストフだった。シャルブのボディガードの一人。よく知っていた。私の結婚式にも来てくれたから。シャルブはつねに二名の護衛官に警護されていたのだ。クリストフは泣いていた。がっしりとしてタフで陽気な彼が泣いている？　まさか……。

「聞いているかい？」と彼がたずねてきた。

苦悩で顔がゆがんでいる。そうなのか。わかった。否認は終わった。

シャルブは死んだ。

足元がぐらつく。私はタバコを投げ捨て、両手で顔を覆（おお）った。涙があふれてくる。その直後、まるで傷ついた戦士のように、両側から二人の男性に支えられてパトリック・ペルーが近づいてきた。目には苦悩と恐怖が満ちている。地獄から戻ってきたように。いや、ようにではない。まさしく地獄から戻ってきたのだ。服には血がついていた。

「何もできなかった。なんとかしようとしたんだ。でも、何もできなかった」

彼は何をした？　いったい何を見た？

「全力を尽くしたんだ」。よろめくように歩きながら、彼は繰り返した。

けが人は何人出たのだろう？　死者は？　それは誰？　夫はどこにいる？　長いあいだ待った。何本もタバコに火をつけ、半分吸っては投げ捨てた。携帯電話に安否を気づかうメッセージが流れこんでくるので、震える手で短い返事を送った。「彼は遅刻したので生きている。怪我もしていない」と。十二時半を過ぎていた。夫はどこにいる？　相変わらずサイレンが鳴り響いている。

ついに彼の姿が見えた。二人の人物と一緒に建物から出てくる。遠くから呼びかけると、こちらにやってきた。私たちは互いの腕のなかに飛びこむように抱きあった。彼は大声で泣き出した。

「私はここにいる。大丈夫。愛している。ここにいる。ここにいるから」と、耳もとでささやく。

「シャルブのこと、知っているか?」

「聞いた……」

「カビュも、ティニュスも、ヴォランスキも、ベルナールも、エルザも、ほかにもたくさん……。虐殺だ……」

「ええ……」

「いいやつらだった。みんな、いいやつらだった、知ってるだろう……」。あとはしゃくりあげるような音に変わった。

抱擁の最中に救急隊の一人がやってきて、私たちを十メートルほど離れたコメディー・バスティーユ劇場に案内してくれた。ここに市民保護の応急処置ステーションが設置されていた。生存者や目撃者や被害者の近親者たちのためだ。外には、劇場の入り口のすぐ前に大きなオレンジ色のテントがいくつも建てられていた。

私たちは観客席に入り、補助席の赤い肘掛け椅子に座った。舞台の上に魔法瓶を載せた大きなテーブルが並べられている。劇場や市民保護のスタッフが、小さなゴブレットに入ったお茶を手渡してくれた。それからクレモンティーヌ〔マンダリンオレンジの一種〕も。周りにはひっそりと泣いている人たちがいた。そのほかの人たちはみじろぎもせず、苦悩に満ちたまなざしでどこか一点を見つめていた。

リュズは親しい人たちを見つけた。彼は泣き、ひどく震えている。私の知っている人は誰もいなかった。ときどき、あれは誰かと小声でリュズにたずねた。「ヴォランスキの義理の息子」「レ・エシャペ社の編集者」「シャルリのジャーナリスト」。みんな違うかたちで会いたかった。

しばらくのあいだこの場所にいた。私は赤い肘掛け椅子に座りながら、ある男性を観察していた。いかにも人のよさそうな風情(ふぜい)でお茶やクレモンティーヌを配っている。一人ひとりに声をかけながら劇場内をぶらつく姿を見ていると、いまにも口笛でも吹き出しそうだった。救急隊のメンバーかと思うところだが、そうではない。ここにいるすべての目撃者と同様に、彼も首からプラスチックケースを下げていたから。知っている人かとリュズに聞いてみた。

「シャルリの人間だよ」

「じゃあ……襲撃のときそこにいたってこと？」

「ああ」

「そう。異常なくらい正常に見える。じつは連続殺人犯だったとわかるか、それとも二十四時間後に緊張が解けて爆発するかのどちらかね」。私はつぶやいた。

どちらにもならないだろう。涙と怯（おび）えに満ちた沈黙のなか、彼はああいうかたちで応答していただけなのだ。クレモンティーヌを配りながら。ほかの反応と比べて、人に不安を与えないかたちで。もっとも、それがわかったのはもっとあとになってからだった。このときの私は、ただ唖然として彼を見つめていた。この男はデクスターなのだろうか〔アメリカのサイコ・サスペンスドラマ『デクスター　警察官は殺人鬼』より〕。きっと血や犯罪現場に慣れているのだ。そうでなければ、ありえない……。

一人の女性が座席のあいだを歩き回っていた。でも、こちらは心配そうだった。

「誰か、オノレの合い鍵を持っていない？」と、何人かにたずねている。

オノレは殺害された犠牲者の一人だ。彼の鍵を持っている人はいなかった。

「鍵が必要なの。彼は猫を飼っていて、えさをあげなくちゃいけないから」。彼女は繰り返した。

リュスだ。彼女の記事はいつも読んでいる。動物保護を専門とするジャーナリスト。

数分後、リュズが携帯電話を充電するために「舞台」に上がったとき、別の女性が座席から、泣き叫びながら呼びかけた。

「彼はあなたの誕生日プレゼントを用意してたのよ！　この週末に買ったの。小説。『犬を愛した男（*L'Homme qui aimait les chiens*）』。ＭＫ２の本屋で。あなた犬が好きなんでしょう？　いいプレゼントだって、彼、喜んで……」

彼女はジャネット・ブグラーブ。彼とはシャルブのこと。そして『犬を愛した男』は、私の愛読書の一つだ。キューバの作家レオナルド・パドゥーラの作品で、トロツキーの暗殺が描かれている。

　劇場のなかも外も混雑してきた。いつまでここにいなくてはいけないのだろう？　どんどん人が増えている。でも、こころの専門家はいなかった。だから「関係者」――この劇場にいる人々を指す公式な用語だ――の対応をし、近親者にむごい事実を告げる役目をになう人間は誰もいなかった。

　リュズと二人で外に出て、市民保護のテント前でタバコを吸った。彼の手は震えている。寒さのせいで。ショックのせいで。そのとき、小柄で活発そうな女性がテントのそばにやってきて、あふれ出そうなほどの不安を目にたたえてリュズに近寄り、すがるように言った。「見たんでしょう？　彼が生きているかどうか教えて」。リュズが口ごもりながら何か言おうとしたとき、救急隊の女性が遮った。「マダム、この方は何も話せません。ムッシュ、これはあなたの役目ではないのですよ」。でも、それなら、誰の役目なのか？　誰が彼女の相手をするのか？　耐えられなかった。劇場内に戻ったとき、その姿が見えた。彼女はシャルリの人たちのなかに加わり、そして事実を知らされた。

　叫び声が上がった。悲痛な叫び。夫と子どもたちの父親を、同時に失ったのだから。その声はいまも私の記憶に刻まれている。それは、私が発したかもしれない叫びだった。

　二〇一五年一月七日。数分ずれていたら、私は夫を亡くしていた。これが私の運命の現実だ。数分違っていたら私はこの女性になって、ニコラ・アペール通り五番地のコメディー・バスティーユ劇場で苦悩の叫び声を上げていた。しかも彼女と違って、当時の私には子どもがいなかった。一日としてこう思わない日はない。「どうして私ではなかったのか？」テロのその後に生きる者（サバイバー）が罪悪感を抱くのと同じように、サバイバーの妻も罪悪感を抱くのだ。

*

　市民保護のテントは白だったか、オレンジだったか？　記憶があやふやだったので、グーグル画像検索をしてみた。「ニコラ・アペール通り　二〇一五年一月七日」。あの日、通りをふさいだ柵の後ろにあれだけ多くのカメラが群がっていたのだから、写真が絶対にあるはずだ。

　もちろんあった。とてもたくさん。そのなかの一枚に、私は飛び上がるほど驚いた。二〇一六年一月九日発行のカナダの日刊紙『ル・ドゥヴォワール（*Le Devoir*）』で、「そして突然かれらは笑いをやめた」と題された記事に添えられた写真。十名ほどの私服警察官や救急隊員がいるなかで、エレクトリックブルーのコートを着た長いブロンドの女性がこちらに背を向け、男性を抱き締めている。周囲が慌ただしげに見えるなか、かれらは静止している。コートの青が、たくさんの黒い服のなかでひときわ目を引く。男性は女性の首に顔をうずめている。彼のメガネが曇っているのがわかる。

私たちだ。なんてこと……。

私たちだ。

パソコンでこの写真を見つけたとき、曇ったのは私のメガネのほうだった。言葉にならないほど心を揺さぶられていた。私たちの人生のなかで最も取り乱していたあの数秒間が、プロの撮った鮮明な写真として存在していたのだ。

AP通信社、レミ・ドゥ・ラ・モヴィニエールと署名された写真の下には、キャプションが記されていた。「二〇一五年一月七日、『シャルリ・エブド』の建物の前、騒乱のなかで支えあうふたり」。

「騒乱のなか」――バーバラ・カートランド〔イギリスの作家〕の甘ったるい小説のタイトルになりそうな響き。私たちが、この「ふたり」だった。「騒乱のなか」だった。そしてまさしく、私が彼を支えていたのではなく、私たちは「支えあって」いた。あの青いコートを着ることは二度となかった。あの通りに足を踏み入れたこともない。そして、一月十一日のデモが、私の参加した最後のデモになった。

ハトの羽ばたき

断崖上に建つレンガ色の屋根の、壮麗で広大な白い邸宅。すぐ横にはインゲンマメのかたちをした大きなプールが見える。カリフォルニアの贅（ぜい）を象徴するようなこの写真は、二〇〇三年、海岸浸食の進行を研究するための大掛かりな調査の一環として、ケネス・エーデルマンによって撮影された。問題は、この邸宅の所有者バーブラ・ストライサンド〔アメリカの歌手・女優〕が、同州の「反パパラッチ法」に違反するとしてエーデルマンを訴え、写真の削除を要求したことだ。エーデルマンとその弁護団は、写真はヘリコプターからマリブ海岸を撮影したものであって、著名人の所有物を撮ったものではないと主張し、勝訴している。ところがこの一件が知れ渡ったために、この写真は一般のサイトにコピーされ、その後ひと月で四十二万回閲覧された。これが「ストライサンド効果」と呼ばれるようになり、差し止めの試みがどのように急激な「逆効果」を生んだのか、つまりその写真がどのようにしてインターネット上で拡散したのかが現在、情報コミュニケーション学の講座で学ばれている。

私はこの話が大好きだ。人に対しておこなった行為が自分に降りかかってくるという一面もおもしろいが、不安を掻き立て心を乱す、「インターネットの狂気」としても。私のささやかなストライサンド効果は、一羽のハトだった。

二〇一五年一月七日から十一日にかけて、私はほとんどSNSで発信しなかった。完全にトラウマ性ストレスを起こしている人間と暮らしていたので忙しかったうえに、SNS自体に警戒心をもっていたからだ。

ここ数年、私はジャーナリスティックなテーマに関してSNS上での発信を控えている。実際にできているかはあやしいけれど。二〇一四年、「すべての人のための抗議活動」〈伝統的な家族観を支持する運動〉のワークショップに関する私のルポルタージュの一つが、ツイッター上で一人のアンチ（hater）に攻撃された。その男は私をレイプすると脅し、「頭を剃って」やると言い、私の住所を投稿したのだ。私は告訴し、ツイッターのアカウントも「非公開」にした。

一月七日の真夜中、私はフェイスブックに「友だち」限定で、「被害者の近親者全員と、深く傷ついたシャルリのメンバーを支えるメッセージを送ってくださったすべての人に感謝します」と投稿した。

一月十一日の朝はとても寒かった。警察官が私たちを迎えにきて、アクリマタシオン庭園近くの駐車場で降ろしてくれた。そこからパトカーに護衛されたバスが、シャルリのメンバー全員と一月七日、八日、九日のテロによる被害者の近親者を、デモがおこなわれる場所まで乗せていくことになっていた。待っているあいだに一人の女性が近寄ってきた。そしてリュズの妻かとたずねたあと、リュズが前日に『アンロック』で答えたインタビューはひどく「不快」であり、彼はそれを生涯悔むことになるだろうと言った。私は唖然として、立ち去る彼女を見送るほかなかったが、その攻撃的な口調に、はからずも引き受けた新しい役目、「夫のメディア対応アドバイザー」に対する自信が揺らいだ。『アンロック』のインタビューに答えたのは私ではない。でも、そうするように勧めたのは私だ。リュズはジャーナリストたちに追い回されていた。この三日間、トゥーレーヌ地方の新聞からCNNまで……。メッセージ、電話、メール。私のほうも、リュズと連絡を取りたがる何十人ものジャーナリスト仲間に「ごめんなさい、無理です」という言葉を繰り返していた。そして一月十日、覚悟ができた、話したいと言った彼に、『アンロック』のアン・ラフテの名前をあげたのだ。知り合いだったし、信頼できるとわかっていたから。一月七日、完全に取り乱しながら電話で話したけれど、そのときに私が発した言葉を、彼女はいっさい記事にしなかった。

だから一月十日、リュズが話すべき相手は彼女だと思った。そして、その勧めを彼は受け入れた。インタビューで彼はこう語った。「メディアはわれわれの絵を誇張している。世の中から見たら、取るに足らないミニコミ誌、高校生の作るミニコミ誌のようなものだ。そんなミニコミ誌が国家的かつ国際的な象徴になっている。だが、殺されたのは表現の自由ではなく人間だ！　世間の片隅でちっぽけな絵を描いていた人々なんだ」と。

十一日の朝、見知らぬ女性に非難され、自問した。下手なアドバイスをしてしまっただろうか？　私は二〇〇三年から二〇〇五年まで、スイユ・ジュネス社の広報係として働いていた。ジャーナリストたちの対応をしていたが、テーマはテロではなかった。絵本の『クゥクゥ　トゥルトゥトゥ！（*Coucou Turlututu!*）』に関する記事……。そしていま、私は自らの意志とは無関係に夫の個人的な広報係になり、電話に出ないことや要望を厳しくはねつけることを仕事にしている。

バスはヴォルテール通りで、行列の先頭に私たちを降ろした。一帯は警察官に囲まれていたけれど、遠くから伝わってくるざわめきが、私たちの背後にとんでもない数の群衆がいることを感じさせた。寒いなか、出発まで長いあいだ待たされた。不安な思いで通りのバルコニーを見上げていた。もしもスナイパーが「最後の仕上げ」をしようとするなら、おあつらえむきの状況ではないか……。

私はサラ・コンスタンタンと一緒に三列目に並んでいた。「デモ史上最悪のデモね」と、彼女が少し笑いを浮かべて言った。なにしろ一時間以上経つのに、一メートルも進んでいない。リュズが列から離れて、後ろに誰がいるのか見にいった。そしてすぐに戻るとこう言った。「世界中から首脳クラスが数十人来ている！　バカなやつらの顔がこんなに近くにあるのに描けないとは、まったく欲求不満がたまるよ」

「きみたちは子どもを産むんじゃないかな」と、漫画家のリアド・サトゥフ〔二〇〇四年から一四年までシャルリで連載していた〕が、サラと私に言った。はあ？　何の話をしているんだ？　「いいかい？　火山地帯に住む鳥の行動に関する動物生態学の研究によると、同じ種類でも、火山近くに住む鳥のほうが卵を多く産むんだ。危険が近いことが遺伝子に組みこまれるから、繁殖するんだよ」とサトゥフ。サラが言い返す。「そのためにはまずセックスしないとでしょ。でもご無沙汰なの！」

どうして進まないのだろう？　最前列にいるシャルリの生存者たちは泣いている。われわれは「当局者」を待っている。ようやくマニュエル・ヴァルス首相とフランソワ・オランド大統領がやってきて〔いずれも肩書は当時〕、カメラの前でかれらに挨拶した。大統領がパトリック・ペルーと言葉を交わしているとき、リュズがカトリーヌ・ムリス〔シャルリの風刺画家。リュズと同様に会議に遅れて難を免れた〕のほうに身をかがめるのが見えた。二人とも泣いている？　ああ……。

そうではなかった、かれらは涙が出るほど笑っていた。パトリックと話している大統領のスーツにハトが糞（ふん）を落とした。その汚れをパトリックがおどけたしぐさで落とそうとしたのだ。笑いの波が追悼する市民の行列を揺らす。前の列から後ろの列へと、この話が伝えられていく。レピュブリック広場まで届くだろうか？　私は携帯電話を取り出し、フェイスブックに「友だち」限定でこのエピソードを投稿した。親しい人たちに伝えたかったから。シャルリの精神ここにあり。何があろうとも。私たちは無神論者だけど、みんなが同じことを思ったと。シャルブ、カビュ、ティニュス、ヴォランスキ、オノレ、その他の仲間たちが、この凍りつくような悲しい一月の朝、一瞬でも私たちの涙が渇くようにと、そして少しでも笑えるようにと、天からこのハトを送り届けてくれたのだ。

予想外だったのは、「友だち」のジャーナリストの一人が、私のコメントを切り取ってすぐさまツイッターに投稿したことと、それをジョアン・スファール〔バンド・デシネ作家〕がリツイートしたこと。予想外だったのはその日の午後、十紙ものオンライン新聞がこれを記事に取り上げ、同日夜にはカナル・プリュス〔フランスの有料民間テレビ局〕の「プティ・ジュルナル」が、オランドとその汚れた肩と大笑いするリュズとカトリーヌの動画を放映したこと。おかげで最初に公開された私の発言は、「リュズの妻、糞をしたハトについてつぶやく」になってしまった。上品でしょう？

そもそも私はハトが大嫌いだ。羽の生えたネズミにしか思えない。足があるべき場所に、汚らしい翼がついているだけ。公園でハトにエサをやっているお年寄りがいたら逃げ出すことにしている。要するに、ハト愛好家どころかハト恐怖症と言ってもいい人間だ。

数日後、知人たちから「ハトの話、ものすごくよかった」と言われたとき、フェイスブックへの投稿は大失敗だったと悟った。内輪に向けたときには、おかしくてほろりとさせる話だったのに、拡散したあとにはグロテスクで事実とは異なる話になっていた。一月十一日に体験したことが、過度に単純化されてしまった。

ナント大学情報コミュニケーション学科の教授オリヴィエ・エルツシャイドは、ストライサンド効果を研究している。メディアやインターネットにおける感染現象を解読するスペシャリストだ。彼に連絡を取って、私の「ピジョン（ハト）効果」について話すと、しゃれた表現だと言ってもらえた。嬉しかった。彼は十二年間、この現象の本質を明らかにしようと試みてきたという。それでも……。

彼はこう言った。何が感染するかは誰にも予言できないが、それでも、そのすべてが集まったときに感染が起こるであろうと予測できるいくつもの状況がある、と。ハトの一件においてもそうだったように。

まず、「注意」の効果と「感情」の効果との結びつきがあります。感情とはもちろん、一月七日の悲劇についてです。そして注意とは、メディアの介入があるにせよないにせよ、各人が抱いているものです。ところで、ソーシャルネットワークがわれわれの感情を道具として相互作用やクリックを発生させること、そして最も自然に感染しやすい感情は不公平感だということがわかっています。アメリカ同時多発テロ事件以降、この不公平感が最も強く最も明白になったのが、シャルリの襲撃事件に対してなのです。

二〇〇一年九月十一日〔米同時多発テロの発生日〕に、どんな冗談やミーム*4が飛びかっていたかはよく覚えていない。だが、二〇〇四年にフェイスブックが、二〇〇六年にツイッターが誕生した。ハトの一件を共有（シェア）した多くの人たちは、「(笑)」やスマイルをつけていた。〔「私はシャルリ」をもじって〕「私はピジョン」と書いた人までいた。これらの行為は、葬儀で大笑いしたも同然だろうか？　そうとも言えない、とエルツシャイドは言う。

「注意」と「感情」のペアには、もう一つの異なる状況が加わります。この新たな状況は、感染現象をいわば悪化させるものであり、予測不可能で、唐突で、偶然によって起こるものであり、意味を変え、当初の状況を変質させる力をもちます。ここではハトや大統領やデモの行列がそうです。これが笑い話、もしくは笑い話を生み出すおかしな状況が作られる法則です。しかし、ソーシャルネットワークとその技術的な構造は、注意と感情の特殊な面にフォーカスします。そのため、この新たな状況がもつ意味は、ときとして最初の状況――今回で言えば喪と儀礼――を押しつぶすこととなり、その点が（少し）新しく、葬儀におけるただの大笑いとは異なってくるのです。

エルツシャイドは、感染に関する四つの原則を分析した。曰く、「四つ目にはこっけいな名前――カコノミー――がついています。これがあなたの探している答えの一部になるかもしれません」。確かにこっけいな名前だ。でも、意味はそれほどこっけいではない。カノコミー（kakonomie）とは、「低レベルで、深慮や熟考、あるいは分析を必ずしも必要としない相互作用――交換・会話――に対するわれわれの好みを特徴づけるもの」。ということは私も、巷でのくだらないおしゃべりに多少は貢献したことになる。

それがあの悲劇的な状況のなかで、少しの「軽さ」をもたらしてくれたと思うこともできるだろう。ユーモアにはネガティブな面などないのだと。ただし私は、この「バズり」のなかに身動きできなくなるような何かがひそんでいるのを感じている。まるでマーク・ザッカーバーグの罠にかかってしまったかのように。エルツシャイドは否定しなかった。

*4　訳注：進化生物学者リチャード・ドーキンスが提唱した言葉で、文化的情報の伝達単位を意味する。今日ではユーザーが生み出したコンテンツなども指す。

笑いは機械的なクリックをもたらします。人は、何かを見ていらだったり怒ったりするときと同様に、何かを見て笑うとき、ほぼ反射的にそれをシェアしようとする傾向があるのです。そのとき人は、シェアすることの意味を真剣に考えることも、発信しようとしているものの真実性を疑うこともしません。さらに、人々がクリックしてシェアすればするほど、フェイスブック（やその他のソーシャルネットワーク）のビジネスモデルは好調になる。ここからわかるのは、大半の人々においてフェイスブックのニュースフィードは、いたずら好きのかわいすぎる猫と、かわいすぎる猫を殺したくさせるほど絶望的な世間のニュースとに分かれるということです。

一月十一日の物語は百四十字では要約できない。語るのは、さらにちょっと難しい。

デモの行進がはじまった。最初はどの列にも厳（おごそ）かな沈黙がただよっていた。皆ごく静かに歩いていた。すべての通りが通行止めとなっていたので、車も通らず、クラクションも聞こえず、人影もなかった。でも、細い道と交わる角に近づくにつれ、ざわめきが聞こえてきた。群衆がいた。すさまじい数の群衆が柵の向こう側に密集していた。そして行列がかれらの前を通り過ぎるとき、拍手喝采が起きた。ひとつ、ふたつ、みっつ。それから数十、さらに数百。

最初は理解できなかった。なぜ拍手喝采？　生きていることへの賞賛（ブラボー）？　私は拍手を受けるに値しない、付き添っているだけだから……。この列のなかでは同伴者にすぎない。それでも少しずつ、この響きが心に染みわたってきた。誰もが共感していた。この通りにいる一人ひとりが心動かされていた。衝撃を受けたのは、犠牲者の近親者と生存者の近親者だけではないのだ。一つの跳ね返りが何千もの水音を立てていた。なぜなら次の通りでも、そのまた次の通りでも、同じことが起きたから。十五メートルごとに交差点を通るたびに、心を揺さぶられた人々の顔や拍手する手のひらが、「私たちはここにいる」と告げていた。人波は尽きることがないように思われた。いったいどのくらいいるのだろう？

女性が、男性が、若者が、高齢者が、誰もが、「私はシャルリ」という文字や絵が書かれたプラカードを掲（かか）げている。ある男性は「自由、平等、ユーモア」と書かれたプラカードを持っていた。リュズが列を抜けてバリケードに近づき、彼を抱きしめると叫んだ。「そうだ！　自由、平等、ユーモア！　自由、平等、ユーモア！」と。私はリュズと、そしてサラと、腕を組んだ。涙は乾き、いまや声をあわせてこの怒りを、この悲しみを、パリ中心部で起きたこの蛮行に対する抗議の意志を、叫んでいた。そうだ、ここには確かに象徴がある。でも、それだけではない。数百、いいえ、何万ものすれ違う顔。シャルリの読者とは限らない人たち、ユダヤ人コミュニティに属していない人たち、警察官ではない人たち、それでもひとりで、あるいは友だち同士で、あるいは家族で来てくれた人たち。

理由はたくさんあるだろう。そんなのどうだっていい。私はかれらを見て、かれらの声を聞いた。シャルリの生存者や遺族が、見知らぬ人々から成るこの集団の愛を、思いっきり、胸いっぱいに受けとめるのを見た。そうだ、これは愛の一つのかたち。いまなお大きく開いた傷口はふさがらず、心は乱れ、あまりに悲しい物語を背負っているけれども、数分間、確かなかたちでそこに存在し、何も見返りを求めない愛なのだ。

二〇一六年、娘が誕生した数週間後、親しい友人が非常にリアルなハトのぬいぐるみを贈ってくれた。本物かとみまがうほどだった(とてもありがたいことに翼はついていなかったけれども)。ハトはそれ以来、ジャイアント・パンダやミッキーやクマのミーシャなど、ベッドを占領している二十七個のぬいぐるみの仲間入りをしている。

二〇一七年初頭、私のカウンセラーに、もしも必要になったとき、一月七日の事件について娘にどのように話せばいいかとたずねた。「記念日」のあいだ、私たちは寡黙(かもく)になり、それを娘が――赤ん坊のときですら――感じ取っているのがわかっていた。音に関する絵本を読み聞かせているとき、「クラクションがプップーと鳴りました」「馬がヒヒーンと嘶(な)きました」はちゃんと読むのに、私もリュズも「ピストルをパーンと撃ちました」というページはめくってしまうのに気づいていた。そのページをつねに飛ばしてしまうことで、暴力や死を連想させるすべてをつねに覆い隠してしまうことで、不健全な禁忌(タブー)を作り出すおそれがあった。

カウンセラーは、フォトアルバムを作るよう勧めてくれた。私たちの歴史と娘の歴史（妊娠、出産など）を、写真で綴るのだ。そこで実行してみた。アルバムの最初四分の一には、結婚式やベルリンで過ごした週末、メトロのメニルモンタン駅でのキスなどの写真が貼ってあり、そのあとにあるのが、一月十一日の夫と私を写した一枚。彼は片方のこぶしを振りかざし、もう片方の腕を私と組んでいる。彼は眉間にしわを寄せ、私は涙で目を曇らせている。インターネットで見つけた報道写真を使わせてもらった。

このアルバムを娘と一緒にときどき見る。娘は、赤ちゃんだったときの裸の写真が大のお気に入りだ。でも、やはりこの写真で手がとまる。交わす言葉はその都度変わる。たとえば四歳のときはこうだった。

「ほら、わかる？　パパとママよ。通りにいるでしょう。このときはすごく悲しくて、そして怒ってもいたの」

「どうして悲しかったの？」

「パパがお友だちを亡くしたから」

「死んだの？」

「そうよ」

「どうして死んだの？」

「殺されたの、悪い人たちに」

「ハンター？」

「いいえ……」

「オオカミがいたの？」

「ちがうの……」

「私はどこにいたの？」

「まだいなかったのよ」

「じゃあ、私のお尻が写っている写真はどこ？」


いつか、私はたぶん、娘にハトの話をするのだろう。思春期を迎えた娘にSNS上での発言のもつ影響力を説明するときに、とても親密でとても大切なことは公開してはいけないのだと繰り返し聞かせるときに。娘が私を軽蔑したような生意気な態度をとるときに（本当に待ち遠しい！）。カコノミーとは何かを説明するときに。旗を掲げなくても象徴的な時間を過ごすことができるのだと話すときに。すべてを「（笑）」に変換しなくても、ユーモアを重んじることができるのだと話すときに。

その日には必ず、ヴォルテール通りにつながる通りに集まっていた人たちについて話すだろう。そしてかれらの偉大な愛についても。

ボニーとクライド

近況を伝えるために書く手紙がある。近況を知るために書く手紙、友情や親への心情や愛情を伝えるために書く手紙がある。あるいは釈明のために書く手紙。そして、出さない手紙もある。その手紙がパソコンのなかに隠れているのを見つけた。ファイル名は「プライベート」。

二〇一五年一月二十六日
出さなかった手紙

あなたに手紙を書きはじめていた。最初は毎日書いた。それから間隔が空いてきた。時間がなかったり、パソコンが空いていなかったり、構文だけでも正しい文章を書くための元気がなかったりしたから。

それに、書こうとしても言葉では表現できないような気がしていた。単語の一つひとつがむなしく響くように思えた。知っていると思うけれど、私が好きなのは、鳴り響く言葉、色を染める言葉、音を立てる言葉。そう、私たちの笑い声のように。だから、最初に書いた言葉はすべて消した。いつか、その後の言葉であなたに書くことができるだろうか？　いずれにせよ、その間の言葉はひどくつらいものになる。

　数日前からある考えにとりつかれている。どうやったら、私たちのものであるこの軽さ、無鉄砲さ、好奇心を保つことができるのだろう？　どうやったら、あんなにもたくさん一緒に笑えるようになるのだろう？　こうしたすべてのあとに、どうしたらそれが可能になる？

　昨日の夜、メニルモンタンでアンと飲んだ。彼女は十一時頃に帰ったけれど、私は家に戻らずフェリンに行った。陽気な人々でにぎわう店で、私はひとりだった。誰ともつながらず。ぽつんと。まるで、瞬間移動でこのバーに連れてこられて、私は人々を観察できるのに、かれらには私が見えていないかのよう。でも、このフェリンで私は、エイリアンではなかった。店主（マスター）のパットが挨拶してくれた。それから大きなハグ(hug)、アスリートみたいなハグをして、タトゥー入りの太い腕で抱きしめてくれた。ほら、体格のいい人だから、気持ちがよかった。「どうしているかと思っていたよ。よく来てくれたね」と言われて泣きそうになった。それからビールをおごってくれた。そのビールを手に、私はカウンターのそばにずっといた。何をしにきたのかわからなかった。楽しむためにきたのではない。話したいわけでもなかった。飲みたくもなかった。それならなぜ？　そこで何をしていた？　昆虫学者が虫を観察するように、店にいる人たちをじっと見ていた。かれらは何の憂（うれ）いもなく見えた。かれらにとっては何も変わっていない。私は来たときと同じようにその店を出た。何も言わずに。無表情に。そして外に出たときにわかった。ここに何を探しにきたのかがわかった。あなただ。以前のあなた。七日より前のあなただった。

　二〇一三年十二月二十八日。インタビューを終えたあと、私はあなたをフェリンに誘った。私の行きつけの場所。自分がほかの女性とは違うのだと、知ってほしかったのだと思う（笑ってしまうけど）。たくさん笑って一緒に踊った。とくにブラック・ストロボの〝アイム・ア・マン〟にあわせて。あなたは膝が痛いと言っていたけれど、それでも踊った。カウンターで私がビールのお代わりを頼んだとき、さえない男がぎこちなく声をかけてきた。彼氏と一緒だからと断ったのを覚えている？　あまりフェミニスト的ではないけれど、とても効果的な対処法。そのあと、お行儀よくキス（ビズ）して別れたけれど、互いに確信していた。近いうちにセックスするだろうと。そうだ、昨晩私がフェリンで探していたのは、あの私たち。すべてが可能だった私たち、「世界は俺たちのものだ」というあんなにもエレガントなスローガンを掲げていた私たち、人生のすべてがおかしくて、エロティックで、しゃれていた私たち。ギターの男臭い音色や革ジャンを着た男たちや超ミニのスカートをはいて真っ赤な口紅を塗った女たちや男だか女だかわからない人たちのなかで踊って、汗をかいて、飲んで、吸って、笑っていた私たち。

こうして書いているけれど、あなたに読ませるつもりはない。少なくともすぐには。あなたを苦しめるのが怖いから。こんなにもごく最近の過去を懐かしく思わせるのが怖いから。あなたの肩に悲劇とその影響の重荷を負わせるのが怖いから。あなたはもう、私とフェリンに行くことはできない、警察官を連れてフェリンに行くことはできない。パットは歓迎してくれるだろうけれど！ でもいつか、私たちの心地よい軽率さとユーモアと愛を取り戻せることを願っている。もう少し無頓着になれることをおそれを抱かずにいられることを。悲しまずにいられることを。軽くて自由な未来を想像できることを。眉間にしわを寄せずに生きられることを。愛している。

三年後。二〇一八年六月十四日。

フェリンは閉店した。私は夫の隣にいる。でもここは、ビールの匂いのする薄暗くて騒がしいバーではない。ダークグレーのカーテンがかかった、白と灰色の静かな小部屋だ。私たちは青いソファに座っていた。アロマキャンドルの匂いがただよっている。イチジクか何かの香りだ。私たちの前にあるローテーブルには、水がたっぷり注がれたグラス二つとティッシュボックスが置かれている。そして、その向こうの肘掛け椅子に、落ち着いた色合いの花柄のロングワンピースを着た四十歳くらいの女性が座ってメモを取っている。

私たちはカップルセラピーを受けにきていた。

その数週間前、私は爆発した。いや、爆発とは言えない。沈黙のなかに閉じこもったのだから、もっと悪かった。離郷に、パリからこんなに離れていることに、もう耐えられなかった。遠すぎるせいで、仕事の依頼を断わらざるをえないことがしょっちゅうだった〔詳細は書かれていないが、二人は一時期フランスを離れて別の国にいた〕。友人たちとのおかしくて活気があって楽しい政治的な議論が恋しかった。親しい人たちの誕生日や出産を祝うことも、葬儀に参列することもできない。愛のための犠牲は限界にきていた。このまま夫と娘に挟まれて孤独に暮らすのは、我慢できなかった。息が詰まりそうだった。呼吸をしたかった。逃げ出したかった。胸が押しつぶされそうだった。大声でわめきたかった。すべてに怒りを感じていた。運命に、人々に、夫に、そして自分自身に。ヨガのレッスンのたびにこの怒りを吐き出そうとしたが、うまくいかなかった。

「最初に太陽礼拝のポーズをとる前に、このプラクティスの目的を声に出してください」

とインストラクターが言う。

「もううんざり、もううんざり、もううんざり」と言ってから、みぞおちに手を置いて祈りのポーズを取る。

度重なる転居とあまりにも不安定な生活に、精神的に疲れ果てていた。朝、目が覚めると泣きたくなる。フェイスブックで「友だち」の女性ジャーナリストたちが、オートクチュールよりも流行(はや)りだと知って半年前からフェミニストになっていたり、おもしろそうな会議に参加していたり、すっかりバーンアウトしていると愚痴を言っていたり、その理由が「だってわかるでしょ？　休めないって」だったりすると、罵(ののし)りたくなる！　夫に新しい絵を見せられると、「あら、すごいじゃない」と冷めた口調で答えたくなる。彼が共通の友人たちに「パリを離れて幸せだ」と話しているのを聞くとひっぱたきたくなる。

パリがたまらなく恋しかった。私がパリに抱く幻想は、愛しながらも慌ただしく別れを告げて、なおも未練を抱く恋人に対する思いに似ていた。愛が冷めてはいないから。もちろん、パリのすべてが恋しかったわけではない。夜に、メトロ四番線の焼けたゴムと尿の入り混じった不快な臭いを思い出して泣いたりはしなかった。欲していたのは、自由の感覚、陽気なエネルギー、意外な出会い。パリには仕事で定期的に行っていたが、帰りに空港に向かうタクシーに乗るたびにのどが締めつけられるのを感じた。映画のシーンのように、窓に顔を押しつけ、郊外のものすごく下品な落書きを一枚一枚、別れがたい思いで見つめた。新しく住んでいる街に着き、タクシー乗り場に並んでいる人々が私とは異なる言語で話しているのを聞くと、泣きたくなった。とりわけ複雑だったのは、離郷の影響が、私と夫では同じでなかったことだ。夫が立ち直ったのは、パリから離れたことが大きかった。離郷は彼にとっては救いであり、私にとっては苦痛だった。私たちの状況はひどくねじれていた。直接被害者を治すことが、跳ね返りによる被害者を傷つけるのだ。

夫とセックスしたいとも思わなくなっていた。夜になっても家に帰りたくなかった。出ていきたかった。ドアをバタンと閉めて。荷物をまとめて。そうしたかった。以前だったらそうしていた。走って逃げ出すのが、不運から身を守る私のやり方だったから。でも、いまはできない。夫を愛しているから。子どもがいるから。それでも、この二つの理由から荷物を詰めこむことのできないでいるスーツケースが、クロゼットを開けるたびに私の視線を引きつけた。

セックスセラピストになる訓練を受けたことがあったので、カップルセラピーが自由で穏やかな言葉による分析で、多くのカップルを救ってくれることを知っていた。ただし、行くのが遅すぎなければ。まだ愛が冷めていなければ。そこで私は予約を入れた。

静かな相談室で、セラピストはメモを取っている。自己紹介をする。彼女が最初の質問をする。「こちらにいらしたのはどうしてですか?」二〇一五年以降、新しいセラピストに会うのはこれが三度目だ。夫にとっては四度目。これまではそれぞれにカウンセリングを受けていたが、おこなわれることは例外なく同じだった。名乗ってから、手短に体験を語る。「じつは夫はシャルリで働いていて、一月七日に起きた襲撃事件の生存者なんです」。あるいは、「シャルリで風刺画家として働いていましたが、七日は編集部に着くのが遅れたんです」。するとセラピストはメモを取る手を止め、一瞬間(ま)をおいてから、「えっ？」と驚いた顔をこちらに向ける。バカバカしいけれど、そのびっくり加減がちょっとおもしろい。なにしろ実生活では、自分が誰でどんな体験をしたかを知らない人に話すことは絶対に、何があろうとも絶対になかったから。これまでの経験では、こころの専門家の前に座ると、ずっとおとなしくさせられていた子どもがようやくうまい冗談を言うのを許されたときのような気分になるのだった。たとえそれが、おかしいというよりかは悲劇的な事柄であっても。あなたはたぶん、私がここに来たのはうつ気味だとか、母親が毒親であるとか、出会う相手が自己愛性パーソナリティ障害者ばかりだとか、上司がどうしようもなくバカであるとか、そんな理由だと思っているのでしょう？　ハズレ。二〇一五年一月の襲撃事件でした。びっくりした？

それでも反応はさまざまだった。リュズが会ったセラピストの一人は、最初の面接(セッション)で……泣き出した。彼は二度とそこに行かなかった。また、二人一緒に会ったあるセラピストは、セッションの最後に、必要がある場合はスーパーバイザーに患者の話をしているのだが、このことは内密に話していいかとたずねてきた。「もちろんかまいません。よくわかります。簡単ではありませんから」と、私は答えたのだった。

私たちがここに来たのは、私がひそかに抱いている怒りが主な原因だった。口に出すことのできない怒り。これについてある友人に話したところ、「ちょっと待てよ、きみの夫は生きているじゃないか。幸せだと思うべきだよ」と言われた。思い切り平手打ちをくらった気分だった。硬直した状態から目を覚まさせる平手打ちではない。焼けるような痛みがいつまでも残った。そうか。私は幸せなはずなのか。不満をもつべきではないのか。化学療法を受けている夫に寄り添う妻に、「夫が汚れた靴下を散らかして」などと文句を言う権利はあるのだろうか？　夫を亡くしていない私に怒る権利はあるのか？　いや、そもそも、この怒りを彼に向けていいのか？　私たちに起きたことに関して、彼にはまったく責任がないうえに、彼は直接被害者なのに？　彼が信じられないほどのレジリエンスの証を見せているのに、自分の苦しみやおそれや喪失を私の肩に背負わせまいとあらゆることをしてくれているのに、どうして怒るのか？　かわいらしい娘がいて、よく笑い（以前と比べると減ったのは確かだけれど）、住む家があり、冷蔵庫のなかはぎっしり詰まっていて、クリエイティヴな計画があるのに。私はどれだけ自己中心的なのか？　こうしたことを、私は泣きじゃくりながらこのセラピストに話した。おかげで気分が楽になった。

二時間後、彼女はおだやかな口調で説明してくれた。ざっと言えば私たちカップルは、二〇一五年一月七日以前の私たちを葬らなくてはならない。だが同時に襲撃後の私たちからも離れて、別のカップルを創り出さなくてはいけないのだと。娘と、パリから遠く離れた生活と、私たちの特異な体験とともに。

「二〇一四年のあなたたちカップルをイメージするとしたら、どんなものですか？」

「ボニーとクライド」。私は即座に答えた。

ウォーレン・ベイティとフェイ・ダナウェイが主演した映画のポスター。そこには「かれらは若く……愛しあい……危険をおそれず生きていた……」と書かれていた。夫と出会ったとき、私はベッドの上にこのポスターを貼っていた。危険にさらされることも警察に追われることもなく、かれらの悲劇的な最後をうらやんでもいなかったけれど、私たちはちょっと戦闘的で魅力的な二人組だった。

一月七日は、一緒になってちょうど一年経っていた。たった一年間。激しく愛しあった一年間。共同でルポルタージュを書いた。彼はシャルリのために、私は『ロブス（*L'Obs*）』誌のために。ネバダの売春宿やベルリンのBDSMクラブ（ボンデージ（拘束）、ディシプリン（調教）、サディズム、マゾヒズムの頭文字で嗜虐的な性向を表す）、ロンドンのドラッグ・クラブ、フェミニストのポルノ・フェスティバル。自由だった。私たちが出会ったのは、土曜日の夜に映画を観にいったり、日曜日の昼にブランチしたり、いつか子どもを作ったりするためだけではなかった。愛をこめて、エロティックに、ジャーナリスティックに出会った。私たちは世界を駆け巡りはじめた。彼は絵を、私は言葉をたずさえて、いかがわしく、エロティックで、フェミニズム的で、こっけいで、社会的で、バカげて素晴らしい活動の場を求めて。私の企画はほんの少しだけ知られはじめていたが、彼はそのすべてを支えてくれた。彼はすでにとてもフェミニストだったが、私はジェンダーに関する問題を絵に取り入れるよう勧めた。そして二〇一四年四月のある晩、彼にとって初めての前立腺マッサージを贈って結婚を申しこんだ。結婚式は二度あげた。パリでは立会人は四人だけで、その一人はシャルブだった。それからラスベガスでは、街で一番エルヴィス・プレスリーに似ている司祭に式をあげてもらった。もちろん、ときには緊張が高まることもあった。当たり前のことだ。でもそれ以外では、私たちは狂おしいほど愛しあっていた。それぞれが住まいをもち、それぞれが職業生活と非常に緊密な交友関係をもっていたけれど、会っている時間はまさしく互いのためだけに存在した。二人だけの仮装パーティーを開いたものだ。テーマは一九六二年のヒューストンだったり、一九四〇年のロサンゼルスだったり、何でもよかった。過密スケジュールに追われるよそよそしい四十代のパリジャンに慣れていた私は、彼の愛の参加（アンガージュマン）に圧倒された。

「では、現在のお二人を象徴するイメージはありますか？」

「ソファ。ポスターの下の」

ただのソファではない。ＩＫＥＡで買ったフェイク・レザーの赤いソファで、この数年間、転居のたびに運んできた。いくつものペアのお尻がこの上に座ったものだった。それはともかく、いまの私たちのイメージは二人で、ときどき小さな人間――私たちの娘――があいだに割りこんできたときには三人で、このソファに座っている姿だ。私たちは横に並んで動かない。居心地が悪いわけではないけれど、この赤いソファの上で固まっているのは、少々間が抜けて見える。そして私は、居間の端にあるドアを見ている。ささやく声がする。「逃げろ、さあ逃げろ」。別の声が言う。「本当に？　すべてを乗り越えてきたのに、いまになって降参するのか？」

　夫にとっても、私たちカップルの最初のイメージは、やはりこのポスターだった。いまは庭師だという。わが家の庭は、きれいな花が咲き、マルチカラーのかわいい風車もあるけれど、水が多過ぎたり逆に足りなかったりして枯れた植物もあって雑然としている。「あなた、庭仕事なんてしたことないでしょう？　世話しているのは私よ？」と私は言った。その通りだと彼も認めたけれど、やはり庭が大好きなのだという。「Ｍ６〔フランスのテレビ局の一つ〕で、『家と庭（*Maison et jardin*）』という素敵な夫婦を描いた素晴らしいハリウッド映画が放映されたのですが、そのことでしょうか？」と私はセラピストに言った。

　それでも私たちは同じものを体験している。自由と軽さの喪失感、息ができなくなり、愛が減衰するおそれ、でも同時に、互いの晴れやかな顔を見たいという願い。

六回のセラピーで問われたのは、欲望、代理表象、親であること、感嘆、家族、近親者。どんなカップルにも共通すること。喪や犠牲や誠実や真実も話題になった。私は怒りを鎮めることができた。怒りの反響を、つまり、彼のなかにある怒りを見つけたから。自分たちの感情から何としても相手を守ろうとするのではなく、すべてについてもっとよく話しあうことを学んだから。

最後のセッションで、セラピストはいまの私たちカップルのイメージをたずねた。

私の答えは、海に浮かぶ三本マストのヨット。嵐に打ち勝ち、これからも嵐に立ち向かいながら港を目指す、雄々(おお)しく美しい帆船。詩的で愛にあふれたイメージが、かなり誇らしかった。

「それではムッシュ、あなたは？」

「バナナ」

「は？」

「だからバナナ。どうしてかわからないけれど。それが浮かんでくるイメージです。すみません」

私は、私たちの心地よい軽率さとユーモアがなくなってしまったのではないかと心配していたのだが……。

ピーポーピーポー

一九八〇年、アメリカの神経内科医リチャード・チトウィックが、友人宅での夕食に招待されたときのこと。その友人は出した料理を味見して、こう謝った。「若鶏に鋭さが足りない」と。彼は、味覚と単純な幾何学的形態——視覚によるイメージ——とを結びつけたのだ。これをきっかけにチトウィックは共感覚〔シナスタジア〕を発見し、すでにおこなわれていたこのテーマに関する研究をさらに発展させた。

共感覚にはいくつものかたちがある。音を見たり色を味わったり、なかでも一番多いのが色を文字や数字に結びつけるもので、色字共感覚と呼ばれる。これは大部分が遺伝による認知特性で、人口の一〜五パーセントに見られるとされる。私にも共感覚をもつ友人がいる。彼女にとって、たとえば十二月は茶色で、一月はベージュ、七月はピンクだ。文字にもパーソナリティを感じるという。Nは親しみやすく、Rは陰険なのだとか。かのカンディンスキー〔二十世紀前半に活躍したロシア出身の画家〕は音楽を絵に描いている。

私も共感覚が欲しかった。とても魅惑的で好奇心をそそられる。けれども襲撃事件のあとに私の脳内で起きたのは、もう少し単純で、決まった順番で起こる連想だった。救急車やパトカーのサイレンを聞くと、リュズが殺されるイメージが浮かぶのだ。

さあ、舞台は整った。ここは二〇一五年以降の私の脳内。席について、くつろいで。彼がすぐ横にいるときは気にならない。でも、五百メートルでも数キロメートルでも、数分間でも数時間でも離れると、サイレンの音が聞こえただけでパニックになる。「大丈夫？」とメッセージを送る。とくにトラウマ体験後の最初の数か月間は、何度も何度も送った。そしてどんどんパニックになる。返信がすぐにこないと、おそろしいシナリオが頭に浮かんでくるからだ。地獄のシナリオ、それが「映画」となって上映される。

彼は襲撃された。彼は死んだ。だから対処しなくては。そうだ、まず知らせがくる。私は泣く。わめく。それから友人に電話して、娘を学校に迎えにいってくれるよう頼む。何時に行けばいい？　十四時十五分、わかった、二時間後ね。姉にも電話しなくては。もしも母がいまから来てくれるなら、夜には着いて娘の面倒を見てくれるはず。リュズの両親にも知らせなくては。マスコミに追いかけられることになったら、私もどこかに隠れなくてはいけないのでは？　警察官はどこにいる？　ホテルに行かなくては。準備をしよう。いや、ダメだ、こんなふうにひとりきりではホテルになんて行

けない。姉が一緒に来てくれるのならいいけれど。それに娘はどうする？　なんて話せばいい？　娘は父親を亡くした……。私は愛する人を亡くした。

「映画」がここまで進むと目に涙があふれるので、頬を二、三回たたくとハッと我に返る。そして、しばしばこのタイミングでメッセージが届く。「絶好調だよ。今晩はキッシュかピザを俺が作ろうか？」私は気がおかしくなってもいないし、マゾヒストでもない。私が体験しているこれこそが、ＰＴＳＤの症状の一部なのだ。こうした「映画」があまりにも苦しく、途方もないほど精神的なエネルギーを消耗させるので、あるこころの専門家に相談したところ、「病的な幻想」だと言われた。要するに私は、最悪の事態に対する準備を脳にさせているのだ。想像のなかで「やるべきこと」をすべてリストアップし、パニックになっている脳に「落ち着きなさい、ちゃんとやるから」と告げているのだ。もちろん、本当のことではない。でも、脳を少し落ち着かせてあげるため。手をとってこう言う。大丈夫だと。完全に狂うことはないからと。苦しみによっては。

最初の二年間は日常的に地獄のシナリオが浮かんできたが、いまは半年に一度ぐらいになっている。

それでも、サイレンの音への被害妄想的な関連づけは変わらない。原因はすぐにも思いつく。ニコラ・アペール通りで、救急車やパトカーに囲まれていたから。そこで担架が目の前を通るのを見たから。ピーポーピーポーという音を聞くと、以前ならばこう思った。「どこかで火事でもあったのかな」「いやだ、事故があったみたい」あるいは、「雨が降っているから、お年寄りが歩道ですべって顔に怪我したのかも」。いまや他人事には思えない。私の脳内で、ピーポーピーポーという音は、愛する男性が死ぬ可能性と関連づけされている。私の生涯の男性の喪失であり、そして……。

ピーポーピーポー、アンコール

ストップ。乱暴にパソコンを閉じた。タバコを四本吸う。携帯電話でフェイスブック、続いてインスタグラムのスレッドをチェックする。知的で興味を惹かれる、あるいは笑える何かがあったら気晴らしになると思ったのだ。パスカルが言った気晴らしの意味で。気晴らしとは存在の死すべき運命から逃れることを可能にする活動なのだから。それから自分に言い聞かせる。さあ、書きはじめなくては、と。

三週間かかっていた。どこで止まってしまったかはわかっている。この章だ。そして、とても複雑だということも。

よし、続けよう。

私にはもう一つ耐えられなくなった音がある。武器の音だ。バーンとか、タタタタタ。夫は、テロリストたちが『シャルリ・エブド』の事務所から出たときに空に向けて撃った銃声を聞いている。たぶん私は、夫の体験を無意識に統合してしまったのだろう。一種の跳ね返りによるトラウマか？　それとも、何かの映画で耳にした銃声か？

この音を聞くと血が凍りついて、動きも神経も固まってしまう。でも、実生活では消防車のサイレンほどは困らない。近所には、武装して庭で獲物(えもの)を狙う人もいなければ、週末に森で動物を撃って楽しむハンターもいないから。でも一度、問題が起きたことがある。二〇一五年十二月三十一日のことだった。

聖シルヴェストルの日〔大晦日〕には、しばしば往来で爆竹騒ぎが起きる。そうなったら耐えられないとわかっていたので、数週間前からホテルを予約していた。三十一日は、静かで歴史ある小さな村のホテルに一泊。素晴らしい思いつきではないか?

間違いだった。ホテルから十五メートルのところに素敵な中世のお城があった。そこで三十一日に盛大な花火大会が開かれることになったのだ。二階のボックス席から見物できるのだから、なんという幸運! 二十三時から深夜の一時まで、爆発音が途切れることはなかった。七月十四日の花火もこれと比べたらなんでもないほどだった。四分の一秒ごとに響くパンパンパンパン、さらにはヒュルルー、パァーン。

私たちは互いに不安を隠しながら、『ミスター・ビーン』〔イギリスのコメディ〕の再放送を観て気をまぎらわせようとした。「人生最悪の大晦日」と私が言った。彼はそれを悪く受け止めた。非難されたと感じたのだ。私は事実を言っただけなのに。二人とも疲れきっていた。生後数週間で、眉のあいだに黄色いかさぶたをつけた赤ん坊と一緒に、全方位から攻撃されているようなホテルの部屋に取り残され、神経がいらだっていた。口論が起きた。その後、相変わらず耳をつんざくような爆発音が降りそそぐなか、ベッドのなかで落ちこんでいると、横にいる彼の体が不規則に震えるのを感じた。爆発するか、それとも気がおかしくなってしまうのか？　ベビーベッドですやすや眠る娘に目をやった。この子の両親は、自分たちのベッドで、目を見開いたまま身動きできずにいる。一人は全身を震わせ、もう一人は胎児のように体を丸めながら。でも、何よりも新年おめでとう、かわいい子！

別の夜のこと。二〇一五年二月、私がまだ妊娠していなかったときだが、私たちはホテルのベッドのなかで、サン＝ドニ大聖堂の横臥(おうが)像と同じポーズを取っていた。

数か月前にタイへの往復チケットを二人分予約していた。タイに行くのは四度目だ。新婚旅行は一月にいったんキャンセルしかけた。気分と、それからもちろんセキュリティの問題から。でも結局、二月五日、私たちは無事にバンコクに着いた。空港ではフランスの私服警官に迎えられた。かれらの通常任務は、フランス人の軽犯罪者を捕まえること。そうした人間は、警察の目を逃れようとしてタイに来るものの、結局ここでもあやしげな取引に手を出してしまうそうだ。「逮捕したら三日間、タイの拘置所に入れておきます。そうすると大物ぶることもなくなり、泣き出して母親に会いたがり、すべてを白状しますよ！」滞在中、この二名の警察官に会うことはなかったが、島では隣のバンガローに二人のタイ人男性が泊まっていた。同じ寝室を使っていた。「ゲイか、タイの要人警護(シークレットサービス)の人間にちがいない」と考えた。夜には物音ひとつ聞こえなかったばかりか、翌日、私たちが海から上がって浜辺にいるのを見て、何の遠慮もなく写真を撮ってきたので、二番目の説をとることにした。

バンコクは騒々しく、人が多過ぎて汚いので、少々息苦しく感じた。最初の夜はホテルで過ごした。私はパリから離れて嬉しかった。暑くてしめっぽい気候もたいそう気に入った。だが心配なこともあった。リュズがぼんやりしているように見えたのだ。そこで、とてもいいことを思いついた。私のパソコンで『アンダーカヴァー（*La Nuit nous appartient*）』を観よう。二〇〇七年に映画館で観たけれど、ナイトクラブのシーンやエヴァ・メンデスの演技、ホアキン・フェニックスの整った顔立ちなど、とてもいい印象があった。ところが、すっかり忘れていたのは、銃撃戦、自動火器による殺戮、壁に飛び散る血、崩れ落ちる体など、すさまじいバイオレンス・シーンがたくさんあること。画面から聞こえる銃声に私の顔はひきつった。彼にこの映画を見せたことを悔やんだ。「ごめんなさい。めちゃくちゃバイオレンスだった。大丈夫？」大丈夫だと彼は答えた。落ち着いているように見えた。

けれどもすぐにおかしくなった。何も言わなくなり、完全に閉じこもり、私を避けた。

一時間以上も。十二平方メートルしかない部屋だから、いやでもそうとわかる。いまさらながら悔まれた。バイオレンス・シーンがないかどうかをチェックしてから見せるべきだった。

「あれがよくなかったって言ったらどう？」私はとがめるように言った。

「そうだな、でもいい、やめろよ……」

冷淡で攻撃的な口調だった。

「やめろ？　何をやめろっていうの？　あなたのメンタルを心配するなってこと？　あなたの調子を気にするなって？　本気？　見てみなさいよ、部屋の隅にひきこもって、まるで『レインマン』〔自閉症の兄との兄弟愛を描いたアメリカの映画〕みたいだって言うのに、それをかっこいいと思わなくちゃいけないわけ？　世界の果てに来て、あなたがおかしくなったら、私はひとりぼっち。どうしたらいいの、誰に電話すればいい？　あの二人の警察官？　私と口を聞きたくないと思うのはあなたの権利。でも、私にだって心配する権利はある。それが私にとって簡単だと思う？　十日間一緒に過ごさなくちゃいけないのに。あなたの調子がよくないのは当たり前だけど、最低限は口をきくべきよ。そうでなきゃ私がおかしくなる。あの映画はひどかった。観るべきじゃなかった。でも、これまでやってきたことのあとで、私にそういう言い方をしなくてもいいでしょう」

声が高くなっていく。私は部屋を出て、ホテルのバーに行った。戻ってきたとき、彼はベッドで眠っていた。その体に背を向けて、私は縮こまった。翌日、彼が打ち明けたことには、その晩私が眠っているあいだ、バルコニーにうずくまって、誰かが私たちを狙撃しないかどうかを見張って朝まで過ごしたという。これは過覚醒と言って、ＰＴＳＤの症状の一つ。夜はもう、私たちのものではない……。

映画を選ぶこともできなくなった。二〇一五年五月のある晩、警備の目を盗んで家を抜け出し、映画館に行くという冒険をした。『マッドマックス 怒りのデス・ロード（*Mad Max: Fury Road*）』を観ようと決めていた。フェミニズム的な映画だと聞いていたから。でも、とんでもなかった。ぽんこつ車と銃がどっさり出てくる映画だった。そうではないかと疑うべきだったのに……。鑑賞後に映画館から出たときは、完全にふらふらになっていた。映像のせいではなく、ドルビーステレオで聴かされた銃声のせいだ。どうにも耐えがたかった。

トラブルが起こるのは、聴覚にせよ視覚にせよ、極端な暴力が突然現れるときだ。『ザ・ソプラノズ（*Les Sopranos*）』シリーズは、すぐに引き金を引くマフィアの物語だけれども、何の問題もなく楽しめた。でも、『ザ・シンプソンズ（*Les Simpson*）』シリーズのシーズン十九、エピソード四では、人質と発砲の場面で、リュズは飛び上がって泣き出した。このシリーズは彼とシャルブのお気に入りだったから当然だ。二人でいつもこのシリーズの話をしていたものだった。

二〇一五年以降、安直でわけもない流血シーンは、極力観ないようになった。安易なレイプ・シーンも同様だ。「一分間レイプ（minute viol）」についてはご存じだろう。テレビや映画の刑事ものでは、短いスカートをはいて少し酔っている若い女性が、パーティーの帰り道に薄暗い袋小路でレイプされると決まっている。ストーリーにはまったく関係ない。女性の名前も経歴もどうでもいい。彼女の役目は、その物語のなかで変な男がうろついていることを知らせるだけだから。でも、びっくりするのは、この悪者がキャバレーから出てきた男の財布を奪うシーンがめったに出てこないこと。それよりも裸のお尻のほうが好まれる。二〇一八年にフランスで起きたレイプ事件では、加害者の九十一パーセントが被害者の顔見知りであり、そのうち四十五パーセントが配偶者か元配偶者だった。しかし、テレビ映えするのは、目出し帽をかぶった見知らぬ男と破かれたストッキングのほうなのだ。ところで、ここでレイプの話をするのはどうしてか？　二〇一二年のニューヨークで私自身がレイプ事件の被害者になってから、テレビにしろ映画にしろ、「セクシー・ドラマ」における性的暴行の過剰表現を見ると、ひどく侮辱（ぶじょく）されているような気分になるからだ。以前はそれが見えていなかった。二〇一五年一月より前には、アメリカのドラマには銃撃戦が異常なほど多く登場することがわかっていなかったのと同じだ。いまやそれしか見えないのに。

そこで、いまでは映画やテレビシリーズに関する基準を設けている。「なるべく武器を使うシーンが多過ぎず、テロリストが登場せず、レイプ・シーンが多過ぎないものが好ましい」と。ある晩、ネットフリックスで新しいシリーズが始まったとき、それがジハード[*5]を扱っているとわかって悔しかったがパソコンを閉じた。私たちは一生、『ルイ・ラ・ブロカント（*Louis la Brocante*）』〔フランスのテレビドラマ。古物商である主人公が周囲で起きた事件の謎を解いていく〕を観ていなくてはならないのだろうか？

幸い、私たちの助けになってくれそうな男性がいる。五十九歳、一メートル九十三センチ、ヒールを履くと二メートル十センチ、世界中の誰よりもブロンドのかつらが似合う。その名はルポール・チャールズ。ドラァグ・クイーン[*6]（drag-queen）であり、コメディアンであり、アメリカのテレビ番組のパーソナリティでもある。彼は二〇〇九年に『ルポールのドラァグ・レース（*RuPaul's Drag Race*）』というリアリティ番組を立ち上げた。そのなかで、審査員団とともに、十一名の候補者のなかから「アメリカズ・ネクスト・ドラァ

＊5　訳注：djihadは、イスラム教の文脈で異教徒と闘う「聖戦」と訳されることが多いが、本来は神の道に邁進するための日常的な「努力」を意味する言葉である。

＊6　訳注：派手なメイクや衣装に身を包んで女装し、ステージでパフォーマンスをする男性。長い歴史があり、ゲイ・カルチャーと深い関わりをもつ。

グ・スーパースター」を選んでいる。

見はじめてすぐに、私たちはこの番組の大ファンになった。笑わせて、泣かせて、気をもませてくれる。なぜなら、スパンコールとファンデーションの裏側でこのショーが語るのは、しばしば性的指向を隠さなくてはならない人たち、ハラスメントの被害にあった人たち、数知れない試練を味わってきた人たち、そしていまや、美しくこっけいであると同時に、誇り高く常識はずれな国民的スターとなった人たちが、これまで歩んできた道のりだから。私たちは差別されているアメリカ人のゲイではまったくないけれども、『ルポールのドラァグ・レース』のクイーンに自分たちを重ねあわせている。

というのも二〇一五年以降、私たちはつねに控えめにしていなくてはならず、身元を隠さなくてはいけないことも多かったから。それ以前も、ラメ入りのワンピースに巨大なつけまつ毛をつけて、パリの街をぶらついていたわけではない。だが私たちは、自分の仕事に誇りをもっていた。セックスについて書くジャーナリストと、時事について描く画家。そして私たちの生活には、まがいものの宝石を身につけてパーティーに繰り出すような大胆さや突飛さがあった。

いまやすべてにおいて目立たないようにしなくてはならない。それが平和で安全に生きるための条件だから。周囲には嘘をついて過ごしている。誕生日のパーティーで「あなた方、お仕事は何をしているの？」と聞かれたら、「ええっと……ちょっと……カルチャー関係で……」と答えてそそくさと話題を変える。「あら、ザクロジュース、これ大好きなの！」

最初は、こうした嘘をつくのはたいしたことではないと思っていた。そもそも、知らない人に職業生活の話をする必要などあるか？　でも、社交的な集まりで重荷に感じることが度重なった。嘘をついたり、でたらめなことを言いそうになったり、隠しておきたいことを知られてしまうよりも、黙っているほうがいい。いくつかのお茶会（グテ）やブランチやアペリティフの時間が悲惨な結果になってから、かなりの数の招待を断ることに決めた。私たちの交友関係は、この状況にずっと束縛されるだろう。目立たないようにして秘密を守ることの代価は、孤立というかたちであらわれる。

『ルポールのドラァグ・レース』は、目立たないようにしなくてはいけないのは不当だと私たちに気づかせてくれる。ときには実生活においても、そこが舞台やキャットウォーク（catwalk）であるかのように歩かなくてはならないと。自分たちのクリエイティヴな仕事について語り、笑い転げ、無作法にしゃべりまくり、あやしげな服を着て、バカな人間を大っぴらにけなす、それが重要なのだと……。

だから夫は定期的にドストエフスキーを読み返し、私は毎朝フランス・キュルチュール〔ラジオ・フランス運営のチャンネル〕で「哲学の道」を聴いているけれども、私たちを慰め向上させてくれるのは、過度にプロデュースされ、過度にシナリオが描かれ、過度に商業的なアメリカのショーなのだ！　ルポールに「自己啓発」の言説だけではなく、形而上学的な答えを見出しているのは私だけではない。哲学者リシャール・メムトは、クイーンたちのクイーンと、ミシェル・フーコーの関係を分析している。[*7]

「私が誰であるかたずねないでほしい」と、フーコーは『知の考古学』の前書きに書いている。そして、「同じままであり続けるようにと言わないでほしい。それは戸籍の道徳であり、われわれの身分証明書を規制している道徳である。書くことが問題であるとき、そのような道徳にはわれわれを自由にしておいてほしいものだ」と。この言葉は、楽屋で支度を整え、いままさにかつらを被り、つけまつ毛とつけ爪をして、新しい人生を描き出そうとしているときのドラァグ・クイーンの言葉のように、ずっと私の胸に響いている。（中略）ルポールは、それが最も伝統的なバロック様式の衣装であるかのように、祖先から伝わる宇宙のなかの自分を覆う衣装であるかのように、アイデンティティを連想させる。なぜなら彼のアイデンティティの定義は、主観性と無個性とを関連づけているからだ。「お前は裸で生まれて、あとは全部ドラァグだ(You're born naked and the rest is drag)」。この言説にフーコーのポップなバージョンを見出すならば、それはルポールのキャンディピンクの英知が、一九七〇年代のゲイ・カルチャーのなかで、「自己のテクノロジー」という観念と同じ源から生まれているからだ。フーコーが批評し分析するそのときに、命令し支配するのがどのような指導者であってもかまわない。そこにさほどの違いはない。一方は哲学者で、一方はかつらをかぶって上手に踊るアーティストだ。

かつらをかぶってピンヒールを履いたフーコー、『マッドマックス』、タイ、短機関銃（サブマシンガン）の音、中世の城、消防士……。これが「階段を下りる頃になって返事を思いつく〔反応が遅いことを意味する表現〕」ということか？　階段と言えば、この本を書きはじめて以来、いつもつまずく段がある。以前かかったこころの専門家に言われた「病的な幻想」という概念だ。こうした「映画」を作り出して快を得ることで、私は自分の頭を落ち着かせようとしているのだろうか？　実際はそうではない。むしろこの表現は私を戸惑わせる。この二つの単語の結びつきは奇妙ではないか？　一方は幻想、夢、願望。そしてもう一方は死。エロスとタナトス。

襲撃事件後の最初の三年間は、夫の葬儀を想像することすらあった……。病的だけど、

＊7　*Sex friends : comment (bien) rater sa vie amoureuse à l'ère numérique*, Richard Mèmeteau, Zones, 2019.〔未邦訳、直訳は『セックス・フレンド――デジタルの時代にいかにして（うまく）愛情生活を損なうか』〕

どうしようもない。問題の「映画」はとても鮮明だ。実際に私も参加した、シャルブの葬儀。しかし、壇上でシャルブについて語るリュズの代わりに、私がリュズについて語っている。だからスピーチも音楽も参列者も、私が考え出したもの……。

考えたくないのに、こんな侵入思考〔トラウマ体験が意図に反して繰り返し思い出されること。PTSDの症状の一つ〕が頭に浮かぶのはどうしてだろう？　シャルブの葬儀で私は動揺していた。リュズが壇上でスピーチをしているとき、シャルブの棺を見ながらこう考えていた。夫がこのなかにいたかもしれないと。もしそうなら、亡き夫について語るのは、シャルブの妻ではなく私のほうだった。この耐えがたいイメージを私の脳が変換し、投影する。非常に正確な記憶を背景としながら、役者だけを取り換えて。

精神科医のキャサリン・ウォンとのインタビューで、「病的な幻想」という用語は適切かとたずねたところ、彼女は否定した。それは主に精神分析の訓練を受けている人たちが使う用語だと言う。

私ならば、夫の葬儀を想像するときのあなたは、非常に不安な状況を体験しているのだと言うでしょう。襲撃事件の影響は、あなたにこうした想像を抱かせ、うまくコントロールできない不安を引き起こします。それをコントロールする唯一の方法が、何か非常に具体的なものに結びつけることなのです。つまり、「私はそのとき何をするだろうか？」と考えることです。葬儀でのスピーチは、その「何か」の一つでしょう。夫の葬儀を想像し、とても大きな不安に襲われたとき、あなたはスピーチをすることで感情を抑えようとします。こうすることで、ある瞬間に自分を締めつけにかかる不安をなだめているのです。これはあなただけではなく、多くの人がおこなっている方法です。

そこに幻想によるものは何もない。

幕間Ⅱ：鳥たち

二〇二〇年一月のある朝、ラジオで、ヴァンシアンヌ・デプレのインタビューを聴いた。科学哲学者である彼女は、著書『鳥として生きる（*Habiter en oiseau*）』について語っていた。とくに印象に残ったのが、縄張り（テリトリー）に関する鳥の社会的行動についての分析だ。かれらにとってテリトリーとは、食物を確保したり繁殖したりするためだけではなく、「寄り添ってともに生きる」場所だという。すぐに彼女と連絡をとった。動物行動学に精通しているのだから、「跳ね返り」以外の用語を見つける手助けをしてくれるはず。こう思いこんでいた。

どうして鳥なのか？　いや、どうして鳥ではいけないのか？

私の知らない種類の鳥がいて、その鳥はパートナーや仲間やヒナが嵐に怯えているとき、寄り添うように行動するのだと想像した。そう書いてみたが、彼女からの返事は懐疑的なものだった。「われわれ人間に起こることを理解するのに、動物の行動が役に立つという確信はありません」。ダメだった。

それでもこの本を買った。ナイトテーブルに載せておいたが、その横にあるのが、フィリップ・ランソン〔シャルリ・エブド襲撃事件で重傷を負ったジャーナリスト〕の『断片[*8]（*Lambeau*）』だ。数週間ためらってからようやく読みはじめた。冒頭に、シャルリの事務所にいる人々が描かれている。かれらは私にとってもなじみ深い存在になっている。声が聞こえるような気がした。もちろん、シャルブの。ほかの人たちの声も。会ったこともないのに。でも、かれらはこの五年間、私の頭のなかにずっといた。ランソンがその文学的才能によって、かつて存在していた人たちに人生の歩みを、声を、身振りを再び与えてくれたことが嬉しかった。

襲撃のシーンは息を止めて読んだ。ひどく動揺したけれど、同時に、血や傷やえぐれた肉が描写されていることに安堵（あんど）もした。身の毛のよだつ光景。でも、殺害され、傷つけられたのは人間だ。この五年間、表現の自由やユーモア、あるいは風刺などが殺されたかのように感じることがときどきあった。でも違った。いや、そうであったとしても、起こったことは隠喩（メタファー）ではない。

その数日前、シャルリの編集長で、襲撃の際に負傷したリスが書いた本の抜粋を読んだ。[*9]

＊8　*Le Lambeau*, Philippe Lançon, Gallimard, 2018.〔未邦訳、直訳は『断片』あるいは『肉片』〕

＊9　*Une minute quarante-neuf secondes*, Riss, Actes Sud, 2019.〔未邦訳、直訳は『一分四十九秒間』〕

一月七日、八日、九日のテロを扱ったドキュメンタリーも観た。[*10] ヘッドホンをつけてベッドに座り、映像に見入っていた。途中で娘が、「ママは知らないだろうけど、ディプロドクスは草食性の恐竜なの」と言いにきたので邪魔されたけれど。どうして私はこうした調査をせずにいられないのか？　どうしてそれに没頭するのか？　過ぎたことなのに。未来はここに、私の前に、ブロンドの巻き毛とディプロドクスに対するその情熱とともにあるというのに。

「なあ……どうして鳥の本を買ったんだ？」ある晩、ナイトテーブルの上にある本を見て夫が言った。

「ええと、跳ね返りによる被害者に代わる別の言葉を探していたから。それで、もしかしたら、自分は怪我をしていなくても、傷ついた仲間に寄り添う鳥がいるんじゃないかと思って……」

「それで？」

「ダメだった」

「そう。じゃあ、今度はカバのレジリエンスについて調べるか？」

私は笑い、その前日に午後いっぱいかけてハタネズミの共感力について調べたことは言わないでおいた。最近の研究によると、プレーリーハタネズミは極めて高い共感力を備えているらしい。仲間が強いストレスにさらされるのを見ると、自分もストレスを感じ、その仲間を慰めることができないと「動転」するのだ。ただし、その共感力が働くのは、パートナーや子どもとの関係性に対してだけ。そこが跳ね返りによる被害者とは異なる。新しい用語の探求に疑問を感じはじめてきた。そうしていると、かえってテロに関する読書や調査から遠ざかっていくからだ。

でもちょっと待って、それこそが目的ではなかったのか？

*10　*Three Days of Terror: the Charlie Hebdo Attacks*, réalisé par Dan Reed, 2016.〔日本では未公開、直訳は『恐怖の三日間——シャルリ・エブド襲撃事件』〕

サバイバー

「私はサバイバー、あきらめないわ、足を止めたりもしない、もっと働くわ、私はサバイバー、やりとげてみせる……」

冬の土曜日の午後、パリメトロ二番線のなか。ヘッドホンでデスティニーズ・チャイルドの〝サバイバー〟を聴いていた。数日前から、このバカげた歌に勇気をもらっている。勇気が必要だったから。自分が神経質になっているのを感じていた。これからシモンの妻、メイジーにインタビューするのだ。

シモンは二〇一五年一月当時、『シャルリ・エブド』のウェブ管理者だった。襲撃されて重傷を負った。銃弾二発が肺を貫通し、脊髄（せきずい）をひどく傷つけた。以来、障害者となった。歩くのも難しく、慢性的な激痛に苦しんでいる。

「私はサバイバー、ララララ……」

この本を書くにあたって、跳ね返りによる被害者にインタビューするのはこれが初めてだ。でも、メイジーとはすでに二度会っている。最初は二〇一五年九月におこなわれた彼女の結婚式の日。この結婚式は私にとっても特別だった。妊娠六か月、パリから離れて三か月の身で、それまで知らなかったシャルリのメンバーと感動的な出会いをもつことができたから。シモンとフィリップ・ランソンとリス。二〇一五年一月、『リベラシオン（*Libération*）』〔フランスの日刊紙〕に間借りしていた『シャルリ・エブド』の仮事務所を私が訪ねたとき、この三名は入院中で来ていなかったのだ。結婚式当日は陽気で希望に満ちていた。シモンは襲撃とそれに続くつらいリハビリ期間を経て、初めて何歩か歩いた。その晩のメイジーは、レトロなデザインの白いウエディングドレスの上に黒い革ジャンを着ていた。ほほえみながら、招待客のあいだをひらひらと飛び回っていた。

ついで二〇一六年の初頭、娘が生まれて数週間後に、当時の私たちの住まいに夫妻で来てくれた。このときに本当の意味で知り合いとなり、互いの生活について語り合う時間をもった。かれらが来たとき、メイジーと話していたリュズが「彼女とふたりきりで話すといい。わかりあえることがあると思うから」と言ったのだ。そこで一緒に飲みに出かけた。私たちはともに「生存者の妻」だった。そして二人ともその当時、少し迷っていた。話して、笑って、肩の荷をちょっと下ろせてほっとした。会話のなかで私は何度も口にした。

「でもまあ、夫は負傷していないし、障害もないし……」と。三度目を言いかけたとき、メイジーに遮られた。「確かにそうね。でも、シモンは脅迫されていない。私たちの恵まれているところとそうでないところを、表にでもしてみる？」

その晩は親しく過ごしたけれども、こんなふうに言ってもらったけれども、二〇二〇年二月のこの日、跳ね返りによる被害者としての体験についてインタビューすると思うと、緊張せざるをえなかった。罪悪感があるから？　それともインポスター症候群〔自分の能力や実績を肯定できず過小評価してしまう状態〕か？　リュズは身体的には傷を負っていない。もちろん、心は傷ついている。けれども、彼の生存や健康や苦痛や身体について心配したことは一度もなかった。

とはいえ、身体にあらわれる問題は二〇一五年一月七日から発生していた。眠り、食べるようにさせなくてはならなかった。彼が生きていくのに必要最小限のことをさせる。これが襲撃事件後の数日間、私が意識的に定めた目標の一つだった。トラウマの衝撃、喪失、シャルリでの仕事再開によるストレス、そして被害妄想のせいで彼が食べることを忘れ、眠ろうともしなくなることがわかっていたから。また、あまりにも傷つき、疲労すると、精神的に崩れてしまいかねないこともわかっていた。だからパスタを食べさせ、無理やり休ませた。体の様子を注意して見ていた。数か月間にわたって。眉間にしわを寄せているのは、手が震えているのは、体がこわばっているのは、どうしてだろう？　声が不安げなのは？　白髪がまた増えたのは？　「愛するとは、ともに同じ方向を見ること」というバカげた言い回しがある。私に言わせてもらうなら、愛するとは、ときには見立て上手な医師のように、絶えず相手を観察することでもある。こうした観察を全面的にやめたのは、私が妊娠したときだった。それ以降、最優先すべきものが私の体と、そのなかで育っている命になった。でも、それを正当な理由にできたのは、リュズの体が健康だったからにほかならない。メイジーにはその選択肢がなかった。彼女が受けた跳ね返りは、心理的なだけでなく、身体的なものでもあったのだ。

メイジーとは彼女の家で会った。ソファに座り、プレード〔タータンチェックのウール生地〕のひざ掛けにくるまり、お茶の入ったカップを手に、彼女はたくさんの質問に答えてくれた。あるときは、きらきらしたほほえみで顔を輝かせながら。またあるときは、美しい目に悲しみや怒りや疑念を浮かべながら。彼女は、体によって記憶づけられたこの五年間について語った。

まず、以前の体。二十七歳という若い女性の体。メイジーはパリに住むオーストラリア人で、三十二歳のシモンと市街をよくぶらついた。「夜によく出かけた。レストランにもたくさん行ったし、腕を組んで長いあいだ歩いた。二時間歩くこともあった。コンサートの帰りは余韻にひたるために歩くの、わかるでしょう？　たとえばサル・プレイエル〔コンサートホール」からバスティーユまでとか。素敵な散歩だった。大好きだった」。二人はつきあって一年半だった。一緒に暮らしてはいなかったが、すでに結婚について話しあっていた。

それから途中の体。一月七日にぐらつきはじめた体。彼女は当時、休暇でオーストラリアの両親の家に帰っていた。夜、ベッドでテレビドラマを観ていると、親友からメッセージが届いた。「シモンが働いている新聞社はなんていう名前?」すぐにグーグルで「シャルリ・エブド」と検索した。最初に目に入ったBBCニュースはこう告げていた。「シャルリ・エブドが襲撃され、十二名が死亡」。一時間後、シモンの母親から息子は生きているというメールを受け取ったときには嬉し涙があふれた。シモンの従兄(いとこ)から電話があり、脊髄を損傷したと聞かされても、その意味を理解していなかった。

彼が生きていると知って、とにかくほっとして、ほかのことは考えられなかった。従兄の言葉の意味に気がついたのは、数時間経ってからだった。肩に銃弾を受けたことは聞いていた。それなら大丈夫だと思うでしょう? 肩ならそんなに大ごとじゃないから。でも脊髄だった……。

飛行機のなかで何時間も泣き続けたあと、到着したパリでは寒さで体が震えた。深く傷ついたパリの通りはがらんとしていた。ピティエ＝サルペトリエール病院で、シモンは昏睡状態にあった。チューブにつながれた彼に会ったものの、コミュニケーションを取れないままメールを送り続けた。一週間ものあいだ。

朝起きると泣いて、脊髄について検索して、それから病院まで歩いた。気絶しそうだと思ったときには、板チョコを食べながら。

シモンの家族は「閉鎖的」だった。メイジーを家族とみなしてくれなかった。近親者のなかにも入れてくれなかった。だから一月十一日、メイジーは被害者の近親者として歩くことができなかった。ありえない話だ。私はデモの三列目、シャルリのメンバーのすぐ後ろにいたというのに、メイジーは重傷を負って昏睡状態にある被害者の恋人でありながら、シモンの代母[*11]と一緒に名もなき群衆のなかにいたのだ。最前列か最後尾かが問題なのではない。メイジーが当然受けるべき近親者としての場所を提供されなかったというのは、ひどすぎる。「つらかったでしょう？」とたずねた。「ええ、もちろん。あのときは怒りを覚

*11　訳注：日本国語大辞典によれば「カトリック教会で、生まれた子どもの洗礼や堅信礼に立ち会い、受洗者の神に対する約束の保証者となって、その宗教教育に責任を持つ女性」のこと。

えた。でも、時間が経って、いまでは彼の家族のふるまいも理解できる。おそれと悲しみで気が狂いそうだったから、ああすることしかできなかったのだって」

友だちのザック――彼女は「くまちゃん」と呼んでいる――を除けば、彼女はひとりぼっちだった。医療チームがシモンを昏睡から目覚めさせるまでは。数日後、気管切開をしていたせいで話すことのできなかった彼は、小さなボードにこう書いた。自分と別れるべきだ、自分に縛られる必要はない、自分のために人生を台無しにしてほしくない、と。「だからこう答えたの。あなたが生きているという事実が、これまでの人生で受け取った最高の贈り物だと。その贈り物を返すだなんて、どうしてできるのか、って」

彼女は仕事を辞め、毎日彼に会いにいった。毎日同じルーティンの繰り返しだった。目覚める、泣く、グーグルで検索する、歩く、板チョコをかじる、病院。通りに貼られた「私はシャルリ」の文言を見ると、「慰められ」「支えられて」いると感じた。以前はこの週刊紙にいらだちを覚えたものだ。とくに女性の描き方を不快に感じていた。あまりに女性差別的だと思うこともあった。たぶん、フランス的過ぎたのだろう。それに、宗教をからかうことの意味もわからなかった。「いまはもっと公平な見方ができる。それほど挑発的ではないとさえ思う」

シモンがアンヴァリッド〔パリ中央部にある旧廃兵院。傷病兵の看護施設だったが、現在は一般市民も受け入れている〕に移り、長くつらいリハビリに取り組むようになってからも、毎晩面会にいった。美味しい料理を差し入れ……洗濯もしてあげた。「そう、なぜだかわからないけれど、病院にはクリーニングのサービスがなかったの。だから、私が汚れた衣類を持ち帰って、清潔な着替えを届けなくてはいけなかった。三か月後には新聞社が手配してくれるようになったけれど」

それでも彼女の記憶のなかでは、この時期は「安らいで」いた。かれらは静かで明るく、安全な場所にいた。映画を一緒に観て、希望すれば彼の部屋に泊まることもできた。友人たちも会いにきてくれた。フィリップ・ランソンの病室も近かった。いつも言いあったものだ。運がよかった、生きていて、こうして一緒にいられるのだから、と。

そこにいることと彼の世話をすることに喜びを感じていたが、ときどき不安も感じた。傷を負っている人の背後で、自分の存在がかき消されてしまうという不安だ。

これについてはちょっとした思い出がある。私の誕生日は三月八日なの。二〇一五年はシモンと一緒に祝いたかった。だからアンヴァリッドに友だちを呼んで、公園でピクニックをすることにした。理由は簡単で、誰も私の誕生日会なんてする気はなかったから（笑）。みんなシモンのまわりに集まっていた。本当に！　ほとんどの友だちが彼と会うのは初めてだったからでもあるでしょうね。シモンと話すことがものすごく大事だったの。覚えている限りでは、私に話しかけた人はいなかった。だから家に戻ったとき、自分にこう言い聞かせた。「さあ、これが今後の私の人生。私はもう存在しない。緊急時のトリアージみたいなもの。まず最初に、危険な状態にいる人に関心を向けなくちゃいけないんだ」って。

これを聞いて、私も夫の友人や知人に返事を書くのに、どれだけの時間を費やしたかを話したくなった。ショートメッセージで、メールで、フェイスブックで。はい、彼は大丈夫です。すみません、彼はお返事できません。いいえ、レストランには行けないんです。ええ、絵は描いていています。お気遣いありがとうございます。何日間も、何週間も、何か月間も。友人の誰かに会うと、リュズはどうしているかと聞かれる。姉のセリーヌと、非常に親しい三人の友人以外、あなたは大丈夫かとたずねてくれる人はいなかった。当たり前だけれど、耐えがたかった。私だって、聞いてもらうことや支えてもらうことを必要としていたのに。これは——単なる——わがままではない。もしも私の調子が悪くなったら、誰が直接被害者である彼を支えるというのか？

そして、その後の体。シモンとメイジーは二人で新居に移るが、「実生活」は困難だった。シモンは毎日慢性の激痛と戦っているため、とにかく休息を必要としていた。できる限りのことをしようとしても、日常生活の多くは彼女の負担になる。夜出かけるのは、レストランに行くことさえも、シモンには無理だった。あまりにも疲れてしまうから。彼女は自分が出かけることに罪悪感を抱くようになる。「彼が恋しくなるの。とくに歩いていると」

二人の親密な生活、性生活も大いに損なわれた。性欲をそそる体は銃弾で傷つけられてしまった。実際、二人はほとんど性交渉をもっていない。まだ三十歳なのに。その現実をどう受け止めているのだろう？「それで幸せか？ ノンよ。この生活のすべてが幸せか？ それもノン」

インタビューのなかで初めて沈黙が生まれた。デリケートな部分にふれてしまったのを感じた。あまりに無神経だったかと心配になった。セックスセラピーの修了証を掲げて、彼女の手助けをしたいと思った。だが、それは私の役目だろうか？ 私はその立場にいるだろうか？ 二〇二〇年の現在は、セックスはヴァギナにペニスを挿入することだという固定観念が多少とも揺らいでいる。だから、性交以外にエロティックな新しいスタンダードを考えることもできるのでは？ と言ってみた。するとメイジーは、「本気でそう思っている？」と言いたげなまなざしを向けて言い切った。「あなたの言うことをするにはエネルギーと時間がかかるけれど、それが私たちにはないの」。確かにその通りだった。

私はメモに目をやった。話題を変えたかった。でも同時に、こうしてほとんどセックスレスな状態を強いられているのは、極めて暴力的だとも感じた。その話題がタブーであるだけにいっそう。メイジーは、周囲の誰ともこれについて話したことはないという。一度、自分のカウンセラーに打ち明けたが「我慢しなさい」と言われた。だから、友だちに話すのも難しいと思っている。

脊髄損傷や心の傷について、友だちがどれだけ知っていると思う？　何も知らない。だからわかったの。トラウマを体験したことのない人には、話すだけ時間の無駄だって。どんなトラウマでもね。あなたには話す。トラウマを体験してきた人には話す。でも、それ以外の人には話さない。時間の無駄だから。

メイジーは強い。しっかりしている。前に進んでいる。耐えている。でも、感じていることを口に出さなかったために、あやうく命を失うところだった。本当のことだ。

メイジーは、嚢種(のうしゅ)のせいで死にかけたことがある。シモンの入院中とそれに続く数か月のあいだに、卵巣に巨大な嚢種ができていたのだ。でも、それに気づかなかった。誰にも会わなかったし、医師に診てもらうこともなかったから。

なにしろ本当に苦しんでいる人と暮らしていたから。痛くて涙が出ることもあったし、いつも床に寝ないといけないようになっていたのに——いまになってみれば、嚢種が神経を圧迫していたから、それを動かすために姿勢を変えていたのだとわかるけれど――「背中が痛いのは太ったから」だと思っていた。別の兆候もあった。お腹がどんどん膨らんでいくのに、体重は減っていたの。それも「グルテン不耐症なのかもしれない」なんて考えていた。でも結局、二〇一六年八月、襲撃事件以来、初めて一般医のところに行った。先生は聴診すると、大急ぎで腹部エコー検査をするように手配した。そうしたら検査技師がすごく慌ててこう言った。「臓器がまったく見えませんよ。こんなに大きな嚢種は見たことがありません。どうやったらそんなに平気な顔をしてここに座っていられるのか、信じられないです」って。嚢種はスイカくらいの大きさで、左の卵巣を押しつぶしていた。ものすごく痛かったのはそのせいだったのね。赤ちゃんよりも重かった。四・五キログラムもあった。かたまりだった。癌みたい。それがどんどん大きくなって、私の体のなかの大部分を占めていた。死んでもおかしくなかった、本当に。緊急入院して開腹手術を受けたけれど、かなり危険だった。体を二つに開いて嚢種を取り出すわけだから。診察した外科医がすごく興味をもって、ぜひとも自分が手術したいと言った。こんな大きな嚢種は見たことがないからって。

信じがたい話だ。どうしてそんなにも長いあいだ、苦痛から目をそらすことができたのだろう？　「私の体には何の価値も意味もなかったから。全然気をつけていなかった。私がいけないの」。そこでたずねた。二〇一五年一月以前でも、同じように行動していただろうか、と。「違うでしょうね。でも、あのときもいまも、一緒に暮らしている人がすさまじい痛みにつねに耐えているから、〝我慢できる痛み〟の概念が完全に狂っていた。シモンも同じ。彼は、私が床に横たわって、痛くて泣いているのを見ていたの。以前なら〝すぐに医者に連れていかなくては〟と思ったはず。でも、そうは思わなかった。いまでは激痛が、私たちにとって正常の一部になっているから」

お茶は冷めていた。夜も更けた。私は録音機を止めた。薄暗い居間のソファに座って、ほほえみあう。私は改めて礼を言った。そして、できるだけ近いうちに友人として会おうと約束した。アパルトマンの端のほうで、彼女の娘が泣いている。そう、かれらはちょうど一年前に女の子を授かった。インタビューのあいだはシモンが面倒をみてくれていた。

インタビューの前は、メイジーのなかにもう一人の自分を見るだろうと思っていた。はたしてその通りだった。でも、同時にかれらの絆、カップルとしての物語に感動させられた。かれらの勇気と愛に。「なんというカップルなのだろう」。二人の家を去りながら思った。

数日後、友人の家で夕食をとっている最中、シモンからメッセージを受け取った。話がしたいという。彼と電話するのは初めてだ。悪い予感がした。

庭に移動して、静かな場所から電話をかけた。メイジーが別れを切り出した、とシモンは言った。二人はいま、危機にある。「誰かが本当に大丈夫かと聞いてくれたのは初めてだと言っていた。それでよく考えてみた。そして、実は大丈夫ではないことがわかったそうだ」。感情のない声だった。私は青ざめた。こんなふうになるとは思ってもいなかった。インタビューしたとき、メイジーにそんな気配などなかった。私のせいだ。私がパンドラの箱を開けてしまった。「きみにまったく責任はない」とシモンははっきり言った。「こうなるのはわかっていた。一年も前からうまくいっていなかったんだ」。そうかもしれない。でも、この本の目的は、跳ね返りによる被害者という言葉を広く知ってもらうことだ。カップルを危機にさらすことではない。これでは、「跳ね返りによる跳ね返り」ではないか。

幕間Ⅲ：馬車の蠅

二〇一五年、襲撃の八日後、作家でありジャーナリストでもある友人のペギー・サストルにメールを送った。「これから数週間のうちに、あなたの助けが必要になりそう。私がまた書けるようにどやしつけてくれる？」

このときすでに感じていた。記事や進行中の本の執筆を再開するのは、非常に困難なものになるだろうと。彼女はこう書いて寄こした。「私があなただったら、夫が有名人になったこの機会に、彼のために一日中ポトフを作って過ごす（あるいは作らないで、ほかの活動をする）」。この時期に交わしたメールについてはほとんど忘れてしまったけれども、このメールだけははっきり覚えている。このユーモア混じりの毒舌に、ぎくりとさせられた。それから長期間にわたって私につきまとうことになるジレンマを突いていたからだ。どうすればいいのだろう？　すべてを夫に捧げ、彼が立ち直ることだけに専念し、仕事をすべて辞めて、おとなしく家にいるべきか？　それとも早く活動を再開して、なんとしても自立しているべきか？　決心がつかず、ときと必要に応じて、両者のあいだを揺れ動いていた。

二〇一五年一月には、頭のなかに「馬車の蠅（はえ）」が住んでいた（十七世紀の詩人ラ・フォンテーヌの寓話より）。そのハエが飽きずに繰り返す。「お前が書いているものは、そこまでして書く必要があるものなのか？ もっと大切なことがあるんじゃないか？」と。当時、私はセクシュアリティの問題を語るエッセイ、『セックスパワーメント（*Sexpowerment*）』を書こうとしていた。だが、陰毛（そして受け入れがたいその脱毛の強制）について書き続けるのはどう考えても無神経で、わきまえがないと思われた。こんなことが起きたあとだというのに、本気か？ と。

そして二〇二〇年三月、私はもっとずっとまじめなことを書いている。でも、周囲の世界では想定外のことが起きつつある。新型ウイルス、数千人もの死者、あふれる病院、疲弊する医療関係者、外出禁止令で家にこもる十七億の市民、失業危機にある二千五百万の人々。そして私は、二〇一五年の襲撃による心的な被害者に寄り添ったこの五年間が、決して容易ではなかったことについて書こうとしている。本気か？

それはさておき、もう一つの「馬車の蠅」が、前述ペギー・サストルの友人。彼女にこう言われた。「どうしてこの外出禁止令のあいだにポトフを作らないの？」（あるいは、もっと娘と遊んであげたら？ 友だちに電話したら？ もっとセックスしたら？ あふれだしそうなクロゼットを整理したら？ ヨガの新しいポーズを試してみたら？）

ペギーとやり取りした過去のメールを読み返してみた。二〇一五年一月十五日のメッセージに、私はなんて返事をしたのか？ 「私は料理ができないのよ……」だった。

変わらなかったものがある。だから、いまの私が何をすべきかわかる。書くことだ。たとえそれが、こっけいなものではなかったとしても。

スタンダップ

リュズには以前にも、警察の警護下に置かれた経験がある。二〇一一年に『シャルリ・エブド』の編集部が放火されたときだ。それについて話してくれた。常時二名の警察官がついていた。強制だったのでストレスになり、五キロ太ったけれども（どこへ行くのも車で移動していたから）、耐えがたいほどではなかった。警察官二名に付き添われながら、それまでと変わらず外出し、ルポルタージュをこなし、音楽フェスに行き、ときにはＤＪもやった。警察官は定期的に交代した。感じがよくて親しみやすい警察官もいれば、そうでない人もいたという。その時点では要人警護サービス（ＳＰＨＰ）――その後、保護サービス（ＳＤＬＰ）に名称が変わった――が、メンバーを死なせたことは一度もなかった。一月七日にシャルブの警護をしていた警察官二名のうち、フランク・ブランソラロが、サービスの最初の犠牲者となった。

二〇一五年一月、私は「警護」とはどういうものかを知った。最高レベルの警護だ。六名の警察官が車数台に分乗し、つねにリュズに同行する。武装して、神経をはりつめた六名の警察官。

警護は国家元首並みだった。しかし、住んでいるのは大邸宅でも、大使館でも、庁舎でも、迎賓館でも、高級レストランでも、デラックスなホテルでもなかった。リュズは下町に住み、パリ十一区で働き、チーズサンドやリンゴタルトを食べ、フランプリ〔スーパーマーケット〕で買い物をする一般庶民だ。ダニエル・ミッテラン〔一九二四〜二〇一一年、フランソワ・ミッテラン元大統領の妻〕のような生活はしていなかった。彼女は絶対に脅迫などされていなかったが、最期までSDLPに守られて暮らした。車一台と警察官二名がつねに彼女を「警護」していた。ラデュレ〔老舗のカフェ&パティスリー〕で友人とお茶を楽しむときも、七区で開かれる展覧会のオープニング・パーティーに出席するときも、夫亡きあとの夫人はつねに守られていた。話がそれてしまったけれど……。

つまり、私が知ったのは、警護される日常とそれがもたらす精神的負担の現実だった。あらゆる公共の場に行かないようにと強く注意された。レストランもバーもカフェも映画館も商店も。日中、リュズは車で仕事に出かけ、私も同じ車で移動した。でも、夜はほとんど閉じこもっていた。友人の家に行ったり、友人を招いたりする権利はあった。「権利」と書いたが、そういう問題ではまったくない。私たちは囚人ではないし、行動するのは自由だった。すべてが複雑になっただけ。フランスは非常事態で、私たちは警戒状態に置かれていた。もしもレストランに行くとなると、警官たちは前もってその店に行き、非常口があるかどうか、その場所が「安全」かどうかを確認しなくてはならない。そしてそこにいるあいだはずっと、危険に備えて私たちから数メートルの距離にいる。二〇一五年五月のある日、友人の家に数日間滞在しようと思いついた私に、警察官二名のうちの一人が声を荒げて言った。「あそこに泊まる？　サラフィー主義者〔イスラム教の厳格主義者〕のモスクが近くにあるのを見なかったんですか？　いったい何を考えているんだか……」

毎日、つねに、夫は警護隊に移動の予定（住所、時間、滞在時間など）を知らせなくてはならなかった。何十というメッセージが行き交い、どんな理由があっても、急な変更は許されない。彼が書店に入ると、警察官四名があとに続いて本をめくるふりをする。フランプリではバナナの値段を眺める。明らかに注目の的だった。だから、何日かあとからは、私が一人で買い物に行くことにした。彼に気まずい思いをさせたくなかったから。テロリストの脅迫に関連する女性の精神的負担と言うべきか？　まあ続けよう。

当初は、私も夫と一緒の車に乗ることができた。でも、数週間後にできなくなった。どうやら保険の問題らしい。車が襲われた場合、かれらの任務はリュズを守ることであって、私ではないのだと説明された。だから、二人でどこかに行かなくてはならないときは、私はメトロかタクシーを使う。そして、着くのが彼よりずっと遅くなる。タクシーにはサイレンも回転灯もついていないから。移動上の問題が生じるとしても、警察の車に乗れなくなったことを残念に感じたのは少しのあいだだけだった。なにしろとても不安にさせられていたから。とくに乗るときと降りるとき。守らなくてはならない手順があって、それがものすごく目立った。通りにいるすべての人がこちらを見た。レ・ザンコニュ（フランスの三人組のユーモリスト）[*12]が演じる警察官のコントを見ているようだった。かれらは車の同じドアを、三回、四回と音を立てて開け閉めをする。そのたびに「お願い！　もっと静かにやって！」と思った。もちろん口に出してはいない。私の役目ではないから。それに、かれらがそうするように訓練されていることもわかっている。自分たちがそこにいることを、閣僚や著名人のだれそれを警護していることを、わざと見せつけているのだ。ただし、イスラムのテロリズムに対しては効果がない。テロリストたちは、警察官が警護についていようと問題にしない。おそれを抱くどころか（殉教を望んでいるため）、警察官を狙うようにとの指示さえ受けている。だから、ドアの音も、武装した体格のよい男たちも、かれらを怖気（おじけ）させることはできないのだ。

　逆に、怯えたのは私のほうだった。襲撃の数週間後には、私たちがそこに住んでいることが界隈で知られるようになってしまった。彼の家の下には警護の警察官に加えて、昼夜を問わず、数週間にわたって、武装した警察官を乗せたパトカーが停まっていた。しかし、テロ警戒レベル（ヴィジピラット）が最高レベルになったのに続いて、ユダヤ食品店「イペール・カシェル」

人質事件が起こり、ユダヤ人コミュニティに関連するすべての場所を警護しなくてはならなくなった国家警察は、オーバーブッキングしていた。国家憲兵隊が来たかと思うと、次は決まって共和国保安機動隊（ＣＲＳ）の軽トラックが来た。「来週はきっと騎馬警察隊が来ると思う。通りにずらりと馬が並んだら素敵でしょうね」と、ある日、彼の家で会ったときに言った。

警護に関しては、どれくらい笑えるかは別として、冗談のような話がたくさんあるのでお話ししたい。なかでも二〇一五年四月以来、優に十回は披露しているのが、次のエピソードだ。

妊娠がわかった数週間後、初めてのエコー検査を受けにいった。私はタクシーで、リュズは警護の車で。クリニックの前で落ちあった。まず警察官たちが先に入って、その場所が安全かどうかチェックした。つまり、具体的には、初めての妊娠における初めてのエコー検査に、私は夫と警察官三名と一緒に診察室に入ったのだ。誰もがこちらを見ていた。そこで、私は医療事務員にこう言った。「誰が父親かわからないので全員で来ました」と。

*12 訳注：ユーモアと風刺を主とする表現活動をおこなう人のこと。作家、劇作家、ジャーナリスト、漫画家、風刺画家、映画作家、芸能人などジャンルは幅広い。

パンパカパーン！〔冗談であることを表すドラムセットの音〕

ハンナ・ギャズビーは四十一歳のオーストラリア人。スタンダップコメディの俳優だ。自分が「ほんの少しだけレズビアン」だと知ったときに、生まれ育ったタスマニアを離れた。この島では一九九七年まで、同性愛は処罰の対象とされていたから。

ネットフリックスで放映されたショー『ナネット（*Nanette*）』で、ギャズビーが笑いのネタにするのは、自らのカミングアウトやレインボーフラッグ（「目が痛くなる」と話す）、さらにはある晩、バスの停留所でギャズビーを男性だと思いこみ、自分のガールフレンドをナンパしたからとぶちのめそうとした男について。その男は、ギャズビーの性別を誤解していたことに気づくとこう言った。「おう、悪かったな。女は殴らないことにしているんだ」

おかしくて、毒があって、会場はどっと笑いに包まれる。私も声を上げて笑った。でも、このときはまだ、ギャズビーの真意を理解していなかった。十五分後、彼女は語る。「コメディをやめるときが来たと思っている。私は自虐ネタと自虐コメディでキャリアを築いてきたけれど、これ以上続けたいとは思わない」。わずか数秒間で、彼女はショーを芸術的なパフォーマンスに変えた。そのなかで、笑いは不道徳な行為、すなわち、トラウマを見えなくし、真実を歪（ゆが）めることから生まれるのだと分析する。彼女はコメディの概念についても問いかける。コメディが必要とするのは設定とオチ――こっけいな――だけであり、観客にウケないと思われる物語の本当の結末は無視されるのだと。

なぜなら、バス停でのこっけいなエピソードの本当のオチは、男がギャズビーをぶちのめしたこと、けれども彼女は訴えもせず、病院にも行かなかったことだから。でも、彼女はそれを語らなかった。こっけいな話ではなかったから。『ナネット』で、ギャズビーはショーがもたらすカタルシスの作用を探る。もはや観客に配慮することも、観客を緊張やストレスから解放することもしない。彼女はコメディをやめる。自分を笑うことは代価をともなうから。

ギャズビーは、ここ数年私が取っていた、しかしそうとは認めたくなかった行動に気づかせてくれた。私は舞台には立たなかったけれども、襲撃事件後のエピソードをコメディとして語ってきたのだ。悲劇的な出来事だったのに。

エコー検査にまつわる話はこっけいだろうか？　実際はこっけいなんかじゃなかった。産婦人科の診察室で私は笑わなかった。得意げに嫌味を発しもしなかった。気まずく口ごもっていた、と思う。むしろそのあと家に帰って泣いた。長いこと泣いた。夢のように素晴らしくなるはずの瞬間が、義務とは言え、耐えがたい警護のおかげで、台無しにされてしまったと感じていた。

それならどうして、このエピソードをさもおもしろそうに語るのか？　誰をかばっている？　誰に嘘をついている？　最悪のなかにもユーモアがひそんでいることを、見せつけなくてはならないのはなぜ？　『ライフ・イズ・ビューティフル』におけるロベルト・ベニーニ症候群みたいなものだろうか？〔ベニーニ監督の映画のなかで、主人公は幼い息子を守るため、明るく陽気なふるまいで嘘をつきとおす〕

　ユーモアは罠にもなりうる。私は過去の現実を真っ向から見ていない。苦痛を笑いというカーペットの下に隠している。そして、もしも誰かと会うたびに、私が道化（ピエロ）を演じているのだとしたら、私に起きたことを理解してくれない人たちをどうして恨むことができるだろう？

　幸いなことに、ユーモアの効能とはそれだけではない。距離を取れるようになることによって、その物語を語るにも聞くにも耐えられるものにすることができる。食事の席ではトラウマ体験を詳しく語って空気を悪くするよりも、おもしろい話をする女性でいるほうが簡単ではないか？

　ユーモアとは生き延びるための力、抵抗力（レジスタンス）だと、ユーモアに関するエッセイ[*13]のなかでフロイトは述べている。ユーモアには「解放的なところがあるが、それにとどまらず、崇高（すうこう）なところがある」のだと。ユーモアは、自我が現実世界に打ち負かされることはないと強調することで、苦悩と不安からわが身を守る。それによって心の健康を守る。ユーモアは、傷ついた自我に優しい慰めの言葉をかける。どうしてフロイトはユーモアを「崇高」とみなすのか？　それはナルシシズムの勝利、つまり現実からもたらされる苦しみに耐えることを拒む自我の不可侵性の勝利宣言だからだ。自我は、外界に由来するトラウマからわが身を保護してくれる。フロイトは、月曜日の朝、死刑台に引かれていく死刑囚の言葉を引用している。「ああ、いい一週間になりそうだ！」何があろうとも、彼は楽しむ権利〔快原理〕を、取り返しのつかない状況に抗する自我の究極の勝利を主張するのだ。

近親者のユーモアも、同じく救済をもたらす。それは「圧力鍋の安全弁」の効果をもっている。

二〇一六年一月六日、プレッシャーが高まるのを感じていた。次の日が来るのが怖かった。最初の「記念日」を、夫と、生後一か月と数日の赤ん坊とだけで過ごすのだ。産後で体力が落ち、情緒的にも不安定だったので、夫が被害妄想や不安や悲嘆の発作を起こしたときに、ちゃんと対処できる自信がなかった。

＊13　«L'humour», appendice à *Le Mot d'esprit et ses rapports avec l'inconscient*, Gallimard, 1930.〔「ユーモア」はガリマール社から一九三〇年に刊行された論文集『機智とその無意識との関係』に所収された。邦訳は現在『フロイト全集』岩波書店などで読むことができる。今回は『全集』第十九巻、二〇一〇年、石田雄一訳を参考〕

夫は二〇一五年に二度、被害妄想の発作を起こした。最初は四月。借りていたアパルトマンでのこと。友人たちを食事に招いたので、彼はかなりアルコールを飲んでいた。二人ともぐったりしてベッドに入った。だが午前一時頃、キッチンから物音がして目を覚ました。ブリーフ姿のリュズが、『シャルリ・エブド』「すべては許される」号の見本誌十部ほどを、点火したオーブンに投げこもうとしているではないか。驚きうろたえ、「何をしているの？　火事になるじゃない！」と叫ぶと、彼は激高した。精神医学の用語では、トラウマ性ストレスに関連した解離性同一性障害と呼ぶらしい。私を敵と思いこんで怒鳴りつけてきた。私が誰だかわからないようだった。極度に興奮して叫んでいる。「近寄るな！　ほうっておいてくれ！」それから居間の隅にひっこみ、罠にかかって傷ついた動物のように体を丸めている。そしてまた手を振り回し、さらに大声で叫び立てた。私はパニックになった。どうしよう？　精神科救急相談に電話すべきか？　彼か私のどちらかが怪我する前に、病院に入れたほうがいいのだろうか？　セキュリティ担当者に連絡する？　でも、私は電話番号も知らない……。数分後、彼は外に出ると言いはじめた。テロリストたちがここに来るからと。革ジャンを着てドアを開けようとしているので、私は引き留めながら声を振り絞った。「ブリーフしか着ていないじゃない！　それじゃあ通りには出られない！」「ほうっておいてくれ！　好きにさせてくれ！」と彼は繰り返す。そのうち床に座りこんだのを見て、私はその体を抑えこんだ。馬乗りになり、顔を両手で挟み、無理やり私のほうに向けた。「私。カミーユよ。私だから。私をよく見て。何もしない。少し落ち着いて。大丈夫、私よ。大丈夫だから」。しっかりした声で、安心させるように話しかけた。そこで彼もようやく落ち着いた。泣きじゃくっている。ベッドに連れていき、横たわらせ、寝具を整え、眠るまで髪をなでてあげた。怖い夢を見た子どもにするように。

その数週間後、やはり友人たちとウォッカやラムを飲んだあと、午前二時頃に、彼がキッチンのストーブで何かを焼いているのを見つけた。「焼く」という表現はまったく正しくない。なんだかわからないものを黒焦げにしていた。「ああ、またなの？　もうやめて」。あとは同じ。彼はかっとなる。攻撃的になって、叫んだり泣いたりしている。私は自分が、前回よりもさらに脆くなっているのを感じた。数日前に妊娠しているのがわかったばかりだったのだ。まずは穏やかな口調と優しいしぐさで彼を落ち着かせようとしながらも、「自分のことも大事だ」と考えていた。わが身とお腹に宿った分身を、守らなくてはならなかったから。冷静に、そしていくぶん怒りも混じえて、寝室に戻るようにうながした。私がおぞましい存在だの何もさせてくれないだのとしつこく罵ってきたが、かまわずドアを閉めた。数分間、彼は動き回り、家具を動かし、一人でしゃべっていたが、やがて眠りこんだ。ようやく。私は居間に立ち尽くし、ガラス窓越しに眠るパリの街を見ながら、震える手で電話をつかんだ。共通の友人であり救命救急医でもある、シャルリのパトリック・ペルーにかけてみた。でも出なかった。姉も出ない。やっと母につながった。一時間ほど泣きながら、たったいま起きたことを話した。ときどき耳をそばだてて、彼が眠っているのを確かめながら。同じことがまた起きたら、精神科救急相談に電話するように母は言った。今晩でも、次に起きたときでも。

「次」は起きなかった。被害妄想の生じたエピソードはたくさんあったけれども、そうしたケースでは、言うならば「病識」はあった。解離性障害や狂気じみた発作は起こさなかった。

「狂気」と書いたが、その時点では私も夫もこころの専門家にかかっていなかった（それ自体まったく間抜けだった）が、一方で、誰ひとりとして「そうだ、緊急の際に電話できるように、かれらにPTSDの知識を備えた誰かの連絡先を教えておこう」と思ってくれる人もいなかった。絶対に必要なことなのに。彼の行動を目の当たりにして、私はただうろたえるだけだった。たくさんの事柄に関して緊急時にかける電話番号があるのに、テロの被害者の近親者のための緊急連絡先がないのはどうしてだろう?

近親者のユーモアに話を戻そう。こういうわけで、二〇一六年一月六日、私はおそれていた。不安や悲嘆の発作、あるいはもっとひどいことが起きた場合、一人で対処する自信がなかった。パリを離れて半年経っていた。私はひとりぼっちだった。ほとんどひとりぼっちだった。

この街での数少ない知人の一人、ムラドにメッセージを送った。夫と共通の友人だ。翌日の一月七日、食事に来てくれないかと頼んだ。快諾してくれたので、少しためらいながらも、泊まってもらう必要ができたときに備えてハブラシを持ってきてほしいと伝えた。今度もメッセージで返事がきた。「カミーユ、僕は都会に住む三十代の独身のゲイだから、いつも歯ブラシをかばんに入れているよ」

翌日、すべてが順調に進んでいるのを確認したムラドは、自分がいなくても大丈夫かと私にそっとたずねてから、真夜中過ぎに帰っていった。

警護の警察官には感謝している。かれらは困難でストレスフルで危険な任務に就いている。でも、正直に言うとこの日、本当に守られていると実感させてくれたのは、ひょろりと背の高いゲイの青年と、彼のユーモアと、歯ブラシだった。

おそれ

ユーモアについて述べた前章は、これまでに書いた文章のなかでも、陽気さからはほど遠いものだった。そして自然な流れとして、この章では「おそれ」について語りたい。

近親者の心配をするのはごく正常なこと。でも、何か月ものあいだ、毎日、「愛する男性がテロリストに殺されるのではないか」とおそれるのはかなり異常だ。このおそれがどういうものかわかってきたので、以前よりはうまくコントロールできている。それには場所と時間が役に立った。パリと、不安を掻き立てるその空気から離れたことで、私たちはほっとし、少し肩の力を抜いて生活できるようになった。幼い子どもと過ごすにぎやかで愉快な日常生活も、その手助けをしてくれた。小児科の予約、入浴、食事、歯磨き、読み聞かせ、寝かしつけなどに追われていると、おそれを抱いている暇がなくなる。娘が甘えてきたり、おかしなことを言うのを聞いたり、あるいは朝、くしゃくしゃの髪に寝起きのむくんだ顔とお尻の半分までずり落ちたパジャマ姿を見るだけで、セロトニンが分泌される。「ショカピク〔チョコレートフレーバーのシリアル〕はどこ?」とたずねるときのシュー音不全〔ch の音が s になること。この場合は「ソカピク」になる〕もまた、苦痛をやわらげるこのうえない薬だ。

しかし私は、おそれがこの先もずっとかたわらにあるだろうと、完全に消え去ってくれることはないだろうと知っている。いくら消そうとしても、生涯肌に刻まれたままの醜いタトゥーのように。そう、私のおそれは、ヴィーナスのえくぼにある小さなイルカのタトゥーなのだ。

このおそれがどこから来るのかは、簡単に説明できる。

1. リュズは襲撃を免れた。
2. 『シャルリ・エブド』の元風刺画家としていまも狙われている可能性がある。
3. ここ数年、彼は直接の脅迫は受けていない。だが、実際にどうであるかは誰も教えてくれないので、おそれが私たちの頭から去ることはない。

おそれは狡猾だ。邪悪で、不意をついてあらわれる。ときにはカップルのあいだにさえも。口にするのははばかられるが、ある日、私は夫が怖くなった。危険の源泉のように見えたからだ。

二〇一五年十一月末。娘を出産した日。私は夫と一緒に外国の病院にいた。そばにいる看護師は、私には理解できない言語を話すうえに、英語をうまく話せず、しかも「自然」

（つまり硬膜外麻酔を使わない）分娩の準備をしていた。強い陣痛が始まってから十八時間――そう、十八時間――が経ち、私は息も絶え絶えになっていた。硬膜外麻酔を希望します、硬膜外麻酔を希望します、硬膜外麻酔を希望します。書類にはそう書いたのに、ひどすぎる。助産師が部屋に入ってきた。内診ののち、杓子定規にこう言った。「赤ちゃんは元気です（The baby is fine）」

バカにしているのか？ 私の父は麻酔科医で、母は助産師だ。赤ん坊が元気かどうかなんて聞いていない。私の知る限り、硬膜外麻酔は赤ん坊のためにするものじゃない。陣痛が来るたびに、私はわめき、泣いた。目の前にいる夫も、もう見たくなかった。私のなかにいる子どもも欲しくなかった。二〇一三年のピガール〔パリの歓楽街〕で、ザ・キルズの曲に合わせて踊っていた体重五十五キログラムの自分に戻りたかった。本当に死にそうだった。目を閉じて、息を吸おうとすると、襲撃事件後のオテル・デューが思い出される。叫び声やサイレンが聞こえる。病院のなかにテロリストがいるのでは？ 逃げなくては。窓から？ 危なすぎる。夫を見つめた。やつらが捜しているのは彼だ。彼のせいだ。赤ん坊を守らなくては。なんとかして夫を遠ざけなければ。彼はこの子にとって危険な存在だ。彼に射るような視線を向けた。どうして私のそばにとどまっている？ 赤ん坊を危険にさらしていることがわからないのか？

私は頭がおかしくなったのだろうか？ 気の毒に、夫は何時間も私のそばに付き添い、私を励まし、おかしな冗談を飛ばし、私の言うことを聞き、苦しむ私に優しくしてくれた。それなのに私は、彼にいますぐ出ていってほしいと願っている。この病院から、この街から、この国から。私があらゆる危険から逃れて一人になれるようにしてほしいと願っている。出産というこの極めて脆弱（ぜいじゃく）な状況にあるとき、必要なのは守ってくれる男性であって、危険を招き入れる男性ではない。ダーウィン全集を読まなくてもわかることだ。動物の生存本能が、私の膨らんだ腹部の底に、痛めつけられた子宮の中心に、ひそんでいる。

　患者としての権利が守られていないこと、病院の経営者を訴える意思があることを別の助産師に英語で抗議した結果、ようやくごく少量の麻酔薬を打ってもらえた。ごくわずか——まったく腹立たしくも——だったので、結局は多少の苦痛があるなかで出産することになる。それでも少し息をついて、落ち着いて、被害妄想ではなく喜びのなかで、わが子を迎えることができる。

　午前一時頃、夫のそばで休んで——先ほどと比べれば、の話だが——いた。そこは分娩室。広々として薄暗闇に沈んでいる。小さなプラスチック製のクリスマス・ツリーだけが、部屋の奥でまたたいていた。その雰囲気はキリスト降誕図を思わせた。ここは不潔な納屋（なや）ではなく、医療機器を過剰に備えた病院の無菌室だけれども。

　病院のなかは静まりかえっていた。プラスチック加工された大きな丸いベッドで、私は体を丸めていた。足置きはなかった。少なくともこれだけは「エコロジー」をうたった病院のメリットだ。分娩時に、ベッドに横たわって足置きに足を入れるのではなく、自分の体形に適した姿勢を取れるのだから。やがて陣痛の感覚が狭まり、より激しくなって、胎児が動くのを感じた。ナースコールを押して助産師を呼んだ。誰かが入ってきたとき、遠目にさっきの助産師とは違うことに気づいた。交代があったのだ。その人影が近づいてきた。

「アイチャと言います（My name is Aïcha）」。彼女は優しいほほえみを浮かべて言った。白いヴェールをかぶっている。ヒジャブだ。その下でまとめ髪（シニヨン）にしているのだろう。ヴェールが頭の後ろ側で高く盛り上がっているから。二十五歳くらいに見えた。きれいな人だった。内診を済ませると、順調に進んでいるのでもうすぐ生まれるだろう、自分が付き添います、と言ってくれた。彼女が少し席を外したときに、私は夫に言った。

「冗談みたいね？　本当に天国があって、そこであなたの仲間たちがこう言っている気がする。『おい見ろよ、ヴェールをかぶったイスラム女性が、リュズの妻の出産を助けることになるぞ。おもしろいな』って」

　彼は私の手を取った。そして私たちは、言葉にできない思いでほほえんだ。口には出さなかったが、二人ともこの運命のいたずらに心を揺さぶられていた。アイチャが戻ってきた。そして娘が生まれるまでの長い時間、一人で私を助けてくれた。だから、娘がこの世に誕生した瞬間に目にしたのは、白いヴェールに包まれたアイチャの顔だ。

アイチャが部屋を出る前に、私は娘を抱きながら、写真を撮ってもいいかとたずねた。彼女はちょっと驚いていたが、承知してくれた。それから私はお礼を言った。少し長すぎたけれども。**「助けてくれて本当にありがとう。あなたが助けてくれたことが、私にとって大きな意味があった。なぜかは言えないけれども、でも、とても大切なことだった。あなたのおかげで怖くなかった。それは、死に対する命そのもので……**」。涙があふれてそれ以上は話せなかった。彼女は戸惑っているようだった。ホルモンがいたずらしているのかと思ったにちがいないが、それでも優しくほほえみ続けてくれていた。

日頃は、甘ったるい感傷を呼び覚ますもの、過度にシンボリックなものは避けるようにしている。でも、娘が誕生したときのアルバムを開いては、涙せずにいられない。この写真が貼ってあるから。ちょっとピントのぼけた、ヴェールをかぶった若い女性の写真。その下にはこう書いてある。「アイチャ」

定義の試み

「それで、これからの予定は？　セックスについてのポッドキャストを続けるの？」

「いや、いまは本を書くのに集中している」

「わあ、かっこいい。ヤングアダルト向けの小説シリーズ？　それともポルノ？」

「全然違う。そういう軽いものじゃなくて……。跳ね返りによる被害者というか、間接被害者について。二〇一五年一月七日に体験したことをもとにして、それが何を意味しているのかをはっきりさせようと考えているの」

「すごくいいテーマじゃない。ねえ、そう言えば私もあのテラスのすぐそばにいたんだ。ほら、人がたくさん殺された……二〇一五年の十一月十三日」

「嘘でしょ……。あの晩、現場近くに？　そんなおそろしいこと……」

「ううん、そうじゃなくて、二〇一三年にあの地区のアパルトマンに住んでいたっていうこと。ル・プティ・カンボージュ〔カンボジア料理店〕にはいつも行っていたの！」

「ああ……そういうことね……」

「だから、わかる？　一年経ってようやく、自分がＰＴＳＤになっているとわかった」

「どういう意味？」

「ものすごく不安で、ものすごく落ちこんでいたの。それで自分のカウンセラーと話して、十一月十三日のテロが原因だとわかったわけ。つまり、私もテロの跳ね返りによる被害者だってこと。あなたみたいにね。それがわかってから調子がよくなった。だからあなたも、体験を話すのはいいことだと思う」

「……」


　この会話は、二〇二〇年二月にパリのテラスで、男友だちの恋人と交わしたもの。こうした話を聞かされるのは、まったくめずらしいことではなかった。この女性がとりたてて軽率なわけでもないし、バカなわけでもない。平均して三か月か四か月に一度、友人の誰かから、テロによって精神的にひどく傷ついたと聞かされる。ある女性は一月七日以降、数週間にわたってうつ状態になったという。また、別の女性が仕事で燃え尽き、田舎に移住せざるをえなくなったのは、二〇一五年十一月十三日の影響らしかった。

　二〇一五年に起きたテロのあとで（ニースやストラスブール、さらにビルジュイフで起きた事件のあとでも）、何百万ものフランス人が苦悩やパニック発作や深い悲しみを体験したことは否定しない。テロのような事件は、被害者やその近親者以外の人間にも深刻な影響を及ぼす。わかりきったことを言わせてもらうが、社会全体を恐怖に陥れることがテロの目的でもあるのだ。

　そのことは本当によくわかっている。二〇一五年十一月十三日のテロでは、私たち夫婦の近親者は誰ひとりとして殺されず、負傷もせず、現場に居合わせてもいなかった――バタクラン劇場で日頃おこなわれるコンサートには私たち好みのジャンルが多かったことや、この地区にはよく出かけていたことを考えると奇跡と言えた――が、この事件は私たちを深く傷つけた。一月七日を思い出すだけでは済まなかった。何日間もニュースを見て、友人と連絡を取り、生存者の語りを読んでは泣いた。この晩、私たちはともに、一月七日の襲撃事件のシンボリックな重みを悟ったのだ。それ以前は、この事件について話しながら私たちを抱き締めて泣くような人たちのことを、不作法に感じていた。ひどいときは気持ち悪いとまで思った。シャルリのメンバーのことなんて誰も知らないくせに、どうして泣くのだろう？　同じことを体験したいまならわかる。テロは、集団的（コレクティフ）な感情に影響を及ぼすのだと。

　私の場合、数週間にわたってそれしか考えられなくなった。生涯バタクラン劇場に行くことはないと思う。いまでは、芝居やコンサートに行くたびに（めったに行かなくなったけれども、それは別として）非常口を確認する。ある日、パリのマレ地区のテラス席で銃声を聞いたと思ってテーブルの下に逃げこんだ。実際は子どもたちが鳴らす爆竹だったのだが。

しかし、自分が同時多発テロの跳ね返りによる被害者だとは思わない。近親者は誰も被害を受けていないから、心的あるいは身体的に傷ついた人に寄り添っていないから、とても近しい人が苦しむ姿を見て動転していないから、毎日そのことを考えてはいないから、他者との関わりや生活や価値観が変わってはいないから。私の記憶では、この事件の前と後でトラウマによる激変は起きていない。

トラウマの専門家で臨床心理士のエレーヌ・ロマーノはこう分析する。「多くの人々がテロのあと、自分自身の過去のトラウマ記憶を再活性化させては相談に訪れました。その体験はテロとはまったく関係ない出来事でしたが、テロの暴力がかれら固有の苦しみを再活性させたのです」。それでも私は、二〇一三年にル・プティ・カンボージュのそばに住んでいたあの女性が不調を起こしたことは認めるとしても、PTSDを発症したとは思わない。なぜなら彼女は、テロの残忍さを直接体験していないから。この言葉がすべてだ。直接の暴力性。テロは彼女にとって暴力的だった。しかし、間接被害者にとっては、残忍そのものなのだ。

こうしたことを、テラス席での会話の翌日、かなりいらだちながらも考えていた。友人の家で、タバコを吸おうと窓から身を乗り出していたときだ。いらいらとタバコを吸いながら、ぶつぶつと独り言をこぼす。どうしてあの女性に何も言わなかったのだろう？　どうして黙っていたのだろう？　理由はわかっている。跳ね返りによる被害者とは何かを、私自身がまだ見極められていないから。そして偶然に、けれども実にいいタイミングで、まさにこの日、フローレンス・ボイヤーへのインタビューが決まったのだった。

ボイヤーはリュズの弁護士で、人身侵害（dommage corporel）を専門にしている。リュズが二〇一五年一月七日の襲撃事件の被害者として補償を受けられるように、「テロ及び一般犯罪被害の被害者補償基金（FGTI）」に対して申請をおこなってくれた。この基金は一九八六年〔の法律を機〕に創設され、保険契約者のコミュニティ（具体的には財産保険契約一件につき五・九ユーロの課徴金）によって運営されている。跳ね返りによる被害者に補償金を払った実績もあるため、ボイヤーは、あなたも申請したらどうかと一年前に勧めてくれたのだ。とくに、二〇一六年から二〇一八年にかけて私が受けたカウンセリングの費用については、一月七日の事件が直接の原因であるとして払い戻しが受けられるのではないか、とのことだった。

申請には、私のカウンセリングを担当した心理士二名の証明書が必要だった。二〇一九年九月、そのうち一人から書類を受け取ったが、そこにはこう記されていた。

（前略）彼女は、このトラウマ体験とセキュリティ上の理由から余儀なくされた転居により、複数の障害を呈していました。（中略）この臨床像は、国際疾病分類第十版（ICD10）の「F43　重度ストレスへの反応及び適応障害」の章に記されている適応障害（F43.2）に該当します。私見では、マダム……は、二〇一五年一月七日のテロによる間接被害者と考えられます。

お墨付きが得られた！　郵送されてきたこの書類を読んでそう思った。笑みを浮かべながら。苦い笑みだったけど。「ICD10」のカテゴリー「F43.2」。この文字列と数字が、私の人生の一部を定義することになるのだろうか？　実際の分類を読んでみよう。

F43.2：行動障害—適応障害。主観的な苦悩と情緒障害の状態であり、通常社会的な機能と行為を妨げ、重大な生活の変化に対して、あるいはストレス性の生活上の出来事（重篤な身体疾患の存在あるいはその可能性を含む）の結果に対して順応が生ずる時期に発生する。（中略）症状は多彩であり、抑うつ気分、不安、心配（あるいはこれらの混合）、現状のなかで対処し、計画したり続けることができないという感じ、及び日課の遂行が少なからず障害されることが含まれる。（後略）

ルイス・キャロルの『不思議の国のアリス』に出てくる会話が頭をよぎる。

「でも、おかしな人たちのところになんか行きたくない」とアリスは言う。

「仕方がないさ」と猫が言う。「ここじゃあみんなおかしいから。俺もそうだし、お前もそう」

「あたしがおかしい？　どうして？」

「そうに決まってる。でなきゃこんなところに来るもんか」

F43.2に書かれていることは、すべて納得できるものだった。「抑うつ気分」「不安」「日中の遂行機能に関する障害」。いずれもかつてあらわれた、もしくはいまもあらわれている「障害」だ。ただし、この心理士の証明書は彼女の私見に過ぎず、私が跳ね返りによる被害者であることを法的に特徴づけるものではなかった。

二月の午後、パリの事務所で、フローレンス・ボイヤーとその若き同僚、ローラン・ポーリーに会った。自己紹介によれば、ポーリー弁護士はソルボンヌ大学での修士論文のテーマに「間接被害者の苦しみを癒す困難」を選び、その冒頭に、エリ・ヴィーゼル〔ハンガリー出身でアメリカのユダヤ人作家〕の言葉を引用したという。「人はひとりで苦しむのではない。人はいつも、その人が苦しんでいるがゆえに苦しむ人とともに苦しむのだ」

フローレンス・ボイヤーは、エネルギッシュで熱意あふれる四十代の女性。固い握手で迎えてくれた。何もしないためにそこにいるのではないと感じさせる、と祖母ならば言っただろう。彼女の職業――天職――は「生来のもの」だ。彼女の両親も、人身侵害に関する補償問題を専門にしていた。一九九五年代と九六年代には、テロ被害者の依頼も受けている。また、被害者支援団体「SOS Attentats」の創立者フランソワーズ・ルデッキとも非常に親しかった。この団体の活動が一九八六年の法律の成立に結びつき、FGTIを生んだのだ。しかし、ボイヤーは当初、弁護士になるつもりはなかったという。勧めないと母親に言われていたからだ。生活がめちゃくちゃになる、私生活が悲惨なことになる、と。「母の言った通りでした！」現在の彼女は笑顔で話す。母の言葉にもかかわらず法律の道に進んだが、私法ではなく公法を選んだ。そして大きな地方自治体内部で働いたが、そこでの仕事に心底うんざりして、弁護士職適格証明（CAPA）を得るための試験を受けて合格する。目標はただ一つ、人身侵害に身をささげることだった。

一方、三十代の好青年ローラン・ポーリーの経歴は異なっている。ずっと「人を助けるために」弁護士になりたいと思っていた。バルセロナ・テロ事件が起きた二〇一七年、テロ・大規模事故被害者全国同盟（FENVAC）での研修中に人身侵害という分野があると知り、それを専門にすると決めた。そして必要な知識を完璧に習得したのち、ボイヤーの事務所で働くことを希望した。「非常にやりがいがあります。ハードだけれど、やりがいがある。助けを必要とする人たちと実際に向きあえるのですから」。その人たちのなかには、跳ね返りによる被害者も含まれている。

インタビューが始まる直前、ボイヤーは、二時間後に私の件でFGTIの担当者から電話がくると言った。なんたる偶然。おそらく今日、私の申請について結論が出るだろう。

まず、跳ね返りによる被害者の法的な定義についてたずねてみた。ボイヤーによれば、法律は被害者のタイプ別に特別な定義はしていない。すべては判例にもとづいている。判事[*14]は、損害の補償を訴える当事者と向きあい、かれらから判断材料をゆだねられる。こうしてさまざまな事例が扱われるなかで、さまざまなタイプの被害者に関する判例が作られてきた。かつては跳ね返りによる被害者の申請はなかなか認められなかった、とポーリーは言った。法的に、いや、社会学的にすら、明確ではないものとされていたのだ。

> 最初は申請をなかなか受け入れてもらえませんでした。近親者に起きた事故の補償を求める人たちは、自分に起きたのではない不幸を金銭的に利用しようとする人間だと決めつけられました。〝泣き女〟などと、かなりひどい言われ方をしたものです。やがて、法律ができたおかげでいくつかの申請が認められました。最初は法律用語における近親者に限られました。配偶者か両親などの直系親族です。その後、社会の変

化に応じて、近親者の概念が内縁やPACS（民事連帯契約制度）にもとづくパートナーなどにも広がりました。こうして徐々に拡大してはきましたが、その道のりは長く厳しいものでした。

一部の合法性に疑念が抱かれ、またある種の蔑視が存在したと、ボイヤーが付け加えた。

「しかし、何を請求したいのです？」「あなたもつらいでしょうけれど、被害者はあなたではないんですよ？」「何を補償させようというんですか？」非常に長いあいだ、こうした被害者は、補償への道を最初から閉ざされた状況にあったのです。

変化はケースバイケース、一件ごとに起きていった。ボイヤーによれば、これら被害者にとって事態が一気に進んだのは、一九九一年に設立された「輸血及び血友病によるHIV感染者補償基金」が賠償金を支払ったことによる。これがきっかけとなり、人身侵害の補償に関するあらゆる権利が認められるようになった。

*14 直接および間接被害者は、まずFGTIに対し、弁護士を介して、協議による和解を求めて申請をおこなう。そこで同意に至らなかった場合、判事に訴えることになる。

これ〔HIV補償〕は非常に特殊なケースで、対象者もわずかでした。しかし、その状況があまりにおそろしいものだったため、われわれ弁護士が強く主張しなくても、エイズにかかった夫をむごい状態で亡くした妻が跳ね返りによる被害者であることを理解してもらえたのです。ここから跳ね返りによる被害者と呼ぶべき立場の人に対する補償が始まりました。

両弁護士の説明によると、補償のシステムにおいて、跳ね返りによる被害者は大きく二つに分類されるという。直接被害者が死亡した場合と、身体的もしくは精神的に傷ついた場合だ。私の場合は後者に分類される。死亡者の近親者については、かれらが間接的な損害を被（こうむ）ったことを認めてもらうのは容易だ。死亡した被害者との関係に疑問がないとわかれば、ほとんど自動的に決定する。だが、直接被害者が負傷者である場合、跳ね返りによる被害者認定はより困難になる。

非常に言いづらいことですが、われわれとしては、負傷の程度が重ければ重いほど、それが近親者に与えた影響の大きさを証明しやすくなります。逆に、負傷による後遺症がまったくない場合は難しくなる。例を一つ挙げましょう。ある女性のケースでは、彼女の夫がテロの被害者となり、体に重い障害はないものの、精神的な影響が残りました。「夫が生きていて、車椅子生活にならなかったからと言って、彼女に何の権利もないわけではない」と判事が判断するまでに、数年もの時間がかかりました。

夫がテロの被害者だというその女性が自分に重なるように思えたが……疑問もわいた。彼女を被害者と認めることにはリスクがあると、ＦＧＴＩは考えなかったのだろうか？

「もしもある人に補償の権利を認めたならば、その人の……」

「遠い親戚ですね！」とボイヤーが遮った。

「そうです！　その人の遠い親戚が、『でも私だって、テロのあと半年間もうつ状態になって働けなかった』と言い出さない保証があるでしょうか。ほかにも、『十一月十三日に襲われたテラスがある地区に住んでいたのでＰＴＳＤになっている』などと言う人が出てきそうですが」

この点について、ボイヤーの回答は非常に明確だった。被害者としての資格があると認められるには、非常に厳しい条件がある。誰でもテロの被害者を名乗れるわけではなく、一定の基準を満たさなくてはならないうえに、彼女自身は好きではない言葉だが、ある「境界線」のなかにいなくてはならないという。爆発の波を広げることはできないのだ。つまり跳ね返りとは、直接被害者の近親者である。

窓際にいたから、爆発音を聞いたから、跳ね返りとして認められるわけではありません。跳ね返りとは、近親者のなかでも、直接被害者がトラウマに苦しむ姿を日常的に見ることによって直接傷つけられた人です。逆に言えば、遠い親戚であっても、負傷者のもとにかけつけたこと、それからずっと被害者の話に耳を傾け、その後の歩みに寄り添ったことなどを証明できれば、跳ね返りとみなされる可能性があるでしょう。

これからは、跳ね返りによる被害者の法的な定義とその境界について聞かれたとしても、正確に答えることができそうだ。続いて、跳ね返りの被害者として認められたという事実は、当事者のレジリエンスにどんな効果を与えるだろうかとたずねてみた。そのとき、二人が返事をためらうのを感じた。当然だ。かれらは弁護士であり、こころの専門家ではないのだから。これは私のミス。跳ね返りによる被害者に関する「専門家」に会ったのが初めてだったから、しかもかれらが極めて好意的だったから、まるで何か月も甘いお菓子を我慢させられていた子どもが、復活祭にスーパーマーケットでキンダーチョコレート売り場に行ったときのような気分になっていた。かれらの専門分野ではないのに、聞きたいことが山ほどあった。ジャーナリストとしての十二年間の経験と守るべき「適切な距離」が、感情の波によって流されてしまっていた。それでもボイヤーは答えてくれた。もしも弁護士が、依頼人の被った損害の実態と補償を受ける権利を認めさせるために闘うとしたら、依頼人には補償されて当然なだけの苦しみがあるということになる。しかし、補償を受けること自体が当人の心の回復にどのような影響を与えるかを明らかにするのは難しい。

言えることは一つだけです。私の経験からですが、ここに来る人のほとんどがこう言います。「お金が欲しいわけじゃない。お金をもらっても、子どもが生き返るわけでも、もとのようになるわけでもないのだから」と。確かにその通りです。でも、被害者に提供することのできる唯一の補償かつ承認が、そのお金なのです。そしてわかっているのは、補償金が支払われるとき、〈跳ね返りによる被害者のなかで〉何かが終わったと感じること。本当には終わっていないのですが……。被害者に起こることを正確に伝えられているかどうかはわかりません。それでも、補償されることには意味があるはずです。いずれにせよ、それぞれが〈与えられた補償に対して〉意味を与えていくのです。

その歩みのなかには、それほど強くはないとしても、認めてほしいという気持ちが少なからずあるのではないか。そんな仮説を述べてみた。突然ある団体にこう言われる。「わかりました。あなたは跳ね返りによる被害者です」と。この概念が社会的にはほとんど認知されていないときに。たとえ一度でもそれを耳にしたという事実が、危機を乗り切る力になることもあるのではないだろうか。ポーリーは同意してくれた。彼は弁論趣意書のなかでもこう述べている。「支払われる補償金の目的は、苦しみ自体を補うことでは決してなく、〝被害者の苦しみは考慮すべきものであると、法が認めたと示すことにある。その使い方は個人的で主観的で唯一のものだが〔つまり被害者によって変わってくるが〕、補償金は利用されることを通して、内面的で個人的で主観的なただ一つの損害に応じられるのである〟」

ポーリーによれば、ごく最近になっていくつかの判決が論点を、直接被害者の後遺症の大きさから近親者の苦しみに移そうとしている。つまり、直接被害者の苦しみを見ることがその近親者に与える精神的な影響を考慮しようというのだ。これは両弁護士にとってもいいニュースだろう。身体ではなく精神的に、どれほど深刻なダメージを受けたかが基準とされるのだから。

例として、合成女性ホルモン剤である「ジエチルスチルベストロール〔DES〕」の被害者に関する判決を挙げましょう。ある女の子が、この薬剤のせいで不妊の体に生まれました。この少女の父親が、跳ね返りによる被害者として認定されたのです。娘が第三者のせいで不妊に苦しむ姿を見ることを余儀なくされたから。この観点から、父親の被った損害が認められたのです。父親に対する補償を正当化したのは、娘の不妊ではありません。娘の苦しみを見たことが彼に損害を与え、苦しみを生じさせたと判断されました。ここで再び出てくる重要な要素が愛情の絆であり、それがこの父親を跳ね返りによる被害者とする基本原理です。

ただし、この愛情の絆、この苦しみが、ＦＧＴＩにはまだほとんど理解されていない。ボイヤーはこう語る。

依頼人のなかには、子どもを失うといった想像できないほど過酷なトラウマ体験をしたあとで、癌や脳卒中などを発症する人がいます。こうした例はとても多いです。ストレスの一部がこういった病気を引き起こしやすいことは知られています。しかし現在、これらの病気の発症が、トラウマの直接の影響によるものだとはなかなか認めてもらえません。補償が支払われたのは、その病気により死亡したケース、あるいは、うつ状態から重篤な精神疾患を引き起こして働くことができなくなったケースだけです。依頼人のある女性は、バタクラン劇場のテロで息子を亡くしました。彼女はその話しかしません。喪失を通してしか生きられないのです。喪失感は消えずに続き、軽くなるどころか深まるばかり。彼女をそこから救い出せるものは何もありません。そして、彼女の行動が近親者、つまり夫や子どもたちにも及びはじめます。これは予想外でもあり、我々にとって非常に受け入れがたいことでもあります。なぜならかれらには、それがつらいと彼女に告げることはできないから。それを言ってしまったら、彼女から彼女自身の苦しみを奪ってしまうことになる。彼女に「彼の話をするのはもうやめて。私たちはそこから抜け出さなくてはいけないのだから」と言うことはできません。彼女にとって、それは受け入れられないことです。誰もが彼女と一緒にどん底にいなくてはならないのだから。

この女性の近親者は、言ってみれば、跳ね返りの跳ね返り……。配偶者あるいは母親が苦しむ姿を見ることで苦しんでいる。でも、それを口には出さない。

近親者たちは、あなたが先ほど述べたのと同じ経過をたどります。かれらは直接被害者に苦しむ自由を与えるために、自らの苦しみをあえて口にしません。その苦しみが重要だとも正当だとも思っていないのです。

ボイヤーとポーリーは人身侵害の専門家だが、依頼人はテロの被害者だけではない。テロの跳ね返りによる被害者には、何か特徴があるのだろうか。かれらの意見を知りたかった。なぜなら、テロは個人的――近親者が死亡する、もしくは身体的または心的に傷を負う――出来事であると同時に、国家的な、世界的な、メディア的な事件でもあるからだ。二人は明快に答えてくれた。

テロのような出来事は、交通事故とは性質が異なる。交通事故も悲劇的な出来事ではあるが、一回限りのものであり、社会的な重みも違う。また、テロの目的は国中を恐怖に陥れることにあり、数週間はその話題でもちきりになる。FGTIは、直接被害者に関しては、テロ攻撃ならではの特質と直接に関連する損害を認めている。つまり、あらゆる身体的または精神的な損害とは別に、テロ攻撃による損害という特別なカテゴリの存在を認めている。この判断は、テロ攻撃が与える影響について古くからおこなわれてきた研究にもとづいている。テロ攻撃による損害には、独自性があるとみなされているのだ。しかし跳ね返りについては、テロによる被害者の近親者に関する補償がある程度認められたのはごく最近のこと。二〇一七年が最初だ。二〇一五年に起きたテロ事件の被害者の団体と弁護士たちが闘って認めさせたのが、「待機と心配による損害」と呼ばれるものである。ボイヤーの説明を聞いて、私がこの損害を被らなかったのは極めて幸運だったことを知った。

たとえば、夫がバタクラン劇場にいることをある女性が知ったときから、あらゆる局面に「待機と心配による損害」が発生します。夫がコンサートに行ったことはわかっているけれども、何の連絡もない。彼女はテレビが垂れ流す映像を見ている。それでも夫がどうなったかについて、何の情報も得られない。そんな状態が何時間も続くのです。さらに何日間も。彼女は取り乱し、パリに行こうとするかもしれません。現場の近くに行ったり、病院を片っ端から探し回ったりするために。これが「待機と心配による損害」です。

「跳ね返りによる被害者」という表現を適切だと思うか、あるいはほかの用語がないために使っているのかともたずねてみた。ポーリーは「間接被害者」よりも好ましいと答えてくれた。「間接被害者」には（「直接被害者」と比較して）「やや劣っている」という響きがある。だからこそ、跳ね返りによる被害者に罪悪感を抱かせることがあるのだろう。「二次的被害者」という表現もあるが、これはまったく美しくない。「跳ね返りという言葉は適切だと思います。意味はすぐに伝わらないかもしれませんが。あなたはどう思われますか？」

そう問われて、私が初めてこの言葉を聞いたのは、一月七日のオテル・デューにおける心理士との面接だったことを話した。この意味を理解し、受け入れるまでに時間がかかったこと、それには夫が自分を被害者だと認めるのに時間がかかったことが関係していると思われることも。するとボイヤーが、こんな思い出話をしてくれた。襲撃事件の数日後、彼女は『リベラシオン』に仮事務所を設けていた『シャルリ・エブド』を訪問していたというのだ。自分の仕事を紹介し、ＦＧＴＩとはどういうものかを説明するために。そして、それを聞き終えたリュズは、興味深い話だけど自分は認められるべきではないと言った。「とてもよく覚えていますよ。非常に印象的でしたから。彼には自分が認められるのは不当であるという意識がひどく強かった！ 銃弾を受けていないから、被害者ではないから、と。個人的には絶対におかしいと思いました」

私が抱くうしろめたさも、次のような疑問を抱かずにいられないことから来ている。私の行動や精神症状は、ボーダーラインとも言えるものだけれど、それは本当に襲撃事件を体験したからなのか？ もしかして、四十代になろうという年齢でホルモンバランスが崩れているだけではないのか？ これについてボイヤーは、確信をもって答えてくれた。これこそ彼女が直面しているテーマだから。

われわれ法律家は、こうした問題に取り組むとき、単純過ぎるように見える論法を用いますが、それによって困難が解決されます。相手方〔ここでは基金または判事側〕は、われわれの依頼者――とくに心的なトラウマの場合――の過去に多くの精神病理学的要因がひそんでいて、それがトラウマをもたらすような出来事をきっかけにしてあらわれたのだと考えたがります。おおまかにいえば、「心的打撃の広がりから見て、以前から傷はあったにちがいない」と。一部の精神科医を信用するならば、誰もが潜在的に神経質症か精神病質者になりえましょう。リウマチのようなものです！　かれらによれば、誰もが関節症になる素地をもっているそうですから。でも、だからと言って、すべての人の腰が曲がるわけではないでしょう。一部の精神科医にとってはそのようですが。しかし、破毀院〔フランスの最高裁判所〕は、八〇年代末からこう断言しています。以前の状態は考慮されない、と。たとえ現在の症状が、以前からあった傷がトラウマ体験によってあらわれたものだとしても、考慮されるのは、その症状が損害を与えているという事実とその影響のすべてである。この考え方が、われわれにとっての基本となります。ですから、それを認めさせるために必死で闘うのです。そこでのわれわれの論法は、次のようなものになります。「確かに、以前も何かしらの兆候があったかもしれません。しかし第一に、あなた方がそれを証明しなくてはならない。第二に、もし証明できたとしても、それは生きる妨げになっていたのでしょうか？　ウイ・オア・ノン？　ノンですか？　しかし現在、それがあらゆる面で、この方が生きることを邪魔しているのです」

証明完了。彼女はリウマチ学者の喩え話で笑わせてくれた。彼女が闘っている姿を、会議中の姿を、ＦＧＴＩとやりあう姿を、そして法廷で判事と対峙する姿を、想像した。二人の言葉は私を安心させてくれるだけではなく、跳ね返りによる被害者の定義をより明確にし、その法的な争点と必要な闘いについて理解させてくれた。跳ね返りによる被害者の問題についてては、一般人向けの研究はほとんどされていない。とくにテロの被害者に関しては……。ボイヤー弁護士によれば、この特殊な病理に強い関心が寄せられるようになったのはごく最近だという。一九九五年と九六年にテロが続いて起きたことでようやく、どんなテロであろうとも被害者は、ほかでは軍人で観察されるような特殊な精神障害を抱えることが理解されるようになった。しかし、間接被害者に関しては、認定はなおも苦難の道にあり、いまだに非常に困難だとポーリーは付け加えた。

一番の問題は、われわれと向きあう基金側の人間が、金銭的な観念から判断しているということです。かれらは当事者の身になろうとしてくれません。でも、あなたの本を読むことが、きっとかれらの助けになるでしょう。

私もそう願っている……。インタビューが終わりに差しかかった頃、ボイヤーが席を外した。最初に言っていた通り、FGTIからの電話に出るためだ。私はポーリーと話を続けていた。戻ってきたボイヤーは、興奮した様子で体をこわばらせていた。私はとくに期待していなかった。ここ数か月、補償が受けられるとの確証はまったくないと繰り返し聞かされていたから。でも、彼女はこう告げた。基金は、私が受けた損害を認めて補償を支払うことに決めたと。

言葉が出なかった。ぽかんとしていた。「脳に伝わるまでには時間がかかる」という表現の意味を、身をもって感じていた。

あなたは跳ね返りによる被害者です。あなたは、夫があらゆる試練にさらされ、惨劇を目撃し、友人たちすべてを失ったのを見ることで苦しみました。脅迫から逃れるために、彼が生活様式を変えることを受け入れざるをえませんでした。それによってあなたは、自分の家族や交友関係や職業上のつながりを断たれたのです。そのことを理解させることができました。

この知らせにまだ呆然としていた。私は跳ね返りによる被害者について調査している。跳ね返りによる被害者として認定されることが、個人のレジリエンスにどんな効果を与えるかについて質問したばかりだった。そしていま、私自身が、自分が語ったのと同じ状況になっている。

混乱し、くたくたになってオフィスをあとにした、ボイヤーとポーリーに篤く礼を述べながら。インタビューのための時間を取ってくれたことに対して、申請を担当してくれたことに対して、そしてそれ以上に、かれらが依頼人のためにおこなっていることに対して。そうした依頼人の多くは、私よりももっとつらい試練にあっている。だが、二人のように熱心な弁護士の活動のおかげで、その損害を法に認めてもらうことにより、ひとつの安らぎのかたちを見出すことができるのだ。

法の不知を許さず——何人も法を知らないとはみなされない。インタビューを始める二時間前、私は跳ね返りによる被害者をめぐる問題の歴史も判例も現状も知らなかった。でもそれ以上に、私の申請が認められたこと以上に、使命感に燃える二人の弁護士とのやり取りにこれほど感銘を受けるとは思っていなかった。「跳ね返り」と呼ばれる人々の体験を本当に理解してくれる人たち、「跳ね返り」と呼ばれる人々が訴えを起こすときに具体的にサポートしてくれる人たちを、ようやく見つけた気がした。かれらのおかげで、この概念をより明確に定めることができたのだ。ようやく。

いま、私は「跳ね返り」という概念を脱構築（デコンストリュクシオン）できる。

再定義

回想。二〇一九年十月のある朝。シャワーを浴びながら、フランス・アンテル〔公共ラジオのチャンネル〕でオーギュスタン・トラプナール〔文化ジャーナリスト〕の番組「ブーメラン（Boomerang）」を聴いていた。その日のゲストは、法相になる前のエリック・デュポン＝モレッティ。二〇〇〇年のウトロー事件〔幼児虐待事件の裁判をめぐる冤罪事件だが不明な点も多い〕で有名になった刑事弁護士で、その後も次々と無罪判決を勝ち取り、著名人（カリム・ベンゼマ、ベルナール・タピ、ジョルジュ・トロン、さらにはモハメッド・メラの兄）を顧客としている人物だ。その朝、「ブーメラン」ではマドレーヌ劇場で〔モレッティにより〕演じられるソロ・パフォーマンス「法廷にて（*À la barre*）」の宣伝をしていた。トラプナールが〔モレッティ自身による〕シナリオの一部を読み上げる。弁護士が、被害者の「新しい社会学的カテゴリ」について語る場面だ。「被害者は、心や苦しみや尊厳を、自分だけのものにしています。私はそれを聞きたい。しかし、被害者同士を集めると、不幸を共有することである種の安堵感がもたらされ、それによってトラウマからの回復が妨げられてしまう。被害者として存在することが、犠牲者として例示されることが、悲しみに決着をつける妨げとなる。悲劇のあとで優先されるのは悲しみから回復することであり、悲しみにひたることではないのです」。トントン！〔裁判で使用される木槌の音〕

私が跳ね返りによる被害者の問題について調べたり書いたりしていた頃、この有名弁護士は、私が悲劇に「ひたり」かねないと断言している。この言葉には衝撃を受けた。そこで数か月後、このシナリオを読んでみた。彼が主として批判しているのは、被害者同士で集まることが、「トラウマからの回復」にマイナスの影響を与えるのではないか、ということだ。私は跳ね返りによる被害者団体に属していない。そういう団体は存在しないから。でも、自分以外の跳ね返りによる被害者に会いたいと強く思っている。それは「ある種の安堵感」を得るためなのか？　それによって「（私の）トラウマからの回復が妨げられ」るのか？

彼の意見に賛成かどうかは別として——どちらかと言えば私は反対の立場だが——モレッティ弁護士は、「被害者」という言葉がいまなお複雑なものであることを示してくれた。一般的な使われ方では、この言葉には否定的な意味合いが詰めこまれている。被害者は脆い。被害者は従順。被害者は受け身。被害者は無力。

永遠に被害者でいたいと思う人はいない。ごく短期間であったとしても（ミュンヒハウゼン症候群にかかっている人は別だけれど。これは自分に関心を引きつけるために自らトラウマを作り出すという稀にある病気だ)。被害者であるとは、履歴書に書くようなものではない。自分が選んだのではなく、降りかかってきたもの。被害者と素敵なディナーを楽しみたいと思う人もいない。誰が言うだろう? 「とても感じのいい被害者なの。すごく笑わせてくれる。ワインを持ってきてくれるし。最高のオーガニックワインのキャビスト(ワインセラーの管理者)と知り合いなんですって」と。

これまでに会った三人の跳ね返りによる被害者のうち、一人は自分を完全に跳ね返りによる被害者とみなしていた。二人目も同じだったが、「基金のカネ」——彼女はそう呼んでいた——を拒絶していた。そして三人目は、自分は跳ね返りの被害者にはまったくあたらないと言った。直接被害者である配偶者の立場を、奪ってしまうような気がするからと。

それでは、私が被害者としての立場を公式に認めてほしいと願ったのはなぜだろう?

今日、フェイスブックから、ちょうど八年前に撮った写真を再びシェアしようとのメッセージを受け取って思い出した。写っているのはアメリカの雑貨屋のショーウィンドー。キッチュ(低俗だけど魅力的)なものばかりが並んでいる。ほほえみをたたえた巨大なブッダ、彩色された聖母マリア、インディオの像。私はニューヨークで数週間を過ごした。私はキッチュなものが好き。だからこの写真を投稿した。ドラッグによるレイプの被害者になる数時間前に。

この出来事については、二〇一六年に出版した『セックスパワーメント』に書いた。このエッセイでは、とくにスラット・シェイミングの概念〔女性差別の一つで、性的な行動や服装をしている女性に対する非難のこと〕を説明するのに一章まるごと費やしている。レイプ事件について、もう一度詳しく語りたいとは思わない。この本のテーマではないから。でも、何が起きたかを簡単に述べよう。

「簡単に」——まるで、レイプを要約するのが簡単だと思われそうだ。ジャーナリストの「5W」の規則をご存じだろうか？　ジャーナリズムを学ぶための学校で教わるくだらない規則で、読者が抱く五つの基本的な疑問に答えるものだ。誰が（Who）、何を（What）、いつ（When）、どこで（Where）、なぜ（Why）。それでは、わき道にそれないように——もう一度だけ——書いてみよう。事実、事実、事実、事実だけを。

二〇一二年四月。私は当時の恋人と一緒に、数週間の予定でニューヨークに来ていた。記事を書き、ボーイレスク——男性によって演じられるバーレスクのショー——のフェスティバルを取材する予定だった。ある日、夜もまだ早い時間、恋人と口論になったので、荷物をまとめ、二人で借りていたアパートメントを出て、近くのユースホステルに泊まることにした。これ自体はまったく深刻なことではなかった。当時は、喧嘩をするかしそうになるたびに、スーツケースかバッグに荷物を詰めて部屋を出ていくのが習慣だった。ユースホステルの庭でパソコンを開いていると、男が近寄ってきた。三十歳くらいのラテンアメリカ系で、一人旅をしているという。一緒に飲まないかと誘われた。まったく好みではなかった——ジョギングシューズを履いていて、性的魅力も感じさせなかった——けれども、承知した。感じはよかったし、言いよるそぶりもなく、ほかに予定はなかったから。ものすごく大きなサンドイッチを食べたあと、ブルックリンのしゃれたバーに行って一緒に白ワインを二杯飲んだ。どうでもいいようなおしゃべりをした。彼が数週間後にパリに行くというので、観光客があまり多くない場所を教えてあげた。三杯目のワインは、私が頼んだのではなかった。注文したのは彼。真夜中の少し前、トイレから戻ったときに、彼から手渡された。そして数分後、記憶がとぎれた。六時間。いつ、どうやってバーから出たのかも覚えていない。翌朝、目覚めたときは、ユースホステルの共同大寝室で、自分のベッドに寝ていた。どうやら一晩中、頬の内側を噛みしめていたらしい。ヴァギナのあたりに痛みがあった。記憶はほとんどなかった。ほとんどというのは、完全に失ってはいなかったから。いくつかの「フラッシュバック」があった。性行為やユースホステルをふらついて歩くシーンなど。あの男と性的関係をもったのだと、吐き気を催(もよお)すような思いを抱きながら、自分がレイプされたことを悟った。

　恋人に付き添われて病院に行き、訴えを出したものの、取りあってもらえなかった。私は不品行なフランス人観光客とみなされた。確かに日頃からお酒をたくさん飲むし、男たちと寝るけれども、今回はそれとは違うのだと言えば言うほど、ドロ沼にはまりこんだ。ある看護師には、「私たち女性だって、ときにはあとで悔やむようなことをするものですよ」と言われた。警察官たちには、本当のこと――私が恋人を裏切ったのだろうとほのめかされた――を言っても、彼には黙っていてあげようと言われた。ショック状態のまま、検査と事情聴取は数時間に及んだ。そして最後に、何が書いてあるのかわからない一枚の書類にサインした。どうやら告訴を見送るという同意書らしかった。

それから数日間、不安による発作と体調不良（HIVを「予防する」薬を飲んだため）に苦しみ、さらに数週間、出口の見えない状態であがき続けたのち、私はパリ警視庁に告訴した。男がパリに来て、ユースホステルに泊まるとわかっていたから。警察署では告訴を思いとどまるように説得された。「マドモワゼル、レイプの訴えは、四件に三件が虚偽でしてね」。あるいは、「本当に告訴するつもりですか？　長くかかりますよ」。それでも私は屈しなかった。ショック状態から抜け出し、心を決めていた。数日後、私は二名の警察官に加害者を捕まえてもらうべく計画を実行した。ブルックリンでの夜のことをまったく覚えていないふりをして、パリのユースホステルで待っているとメールを送ったのだ。待ちあわせ場所にいるのが私ではなく警察官――私服だったが――だと知って、男は走って逃げ出した。そして捕まり、尋問され、釈放された。

どうしてこの出来事について、改めて詳細に語る必要があるのか？　二〇一二年当時、私には弁護士を雇う資金がなかったので、公選弁護人に依頼するほかなかった。けれどもここで、信じられないほどの幸運に恵まれた。刑事事件を専門とする大物弁護士トーマス・リカールに担当してもらえたのだ。大手事務所に所属するリカールは、ときどきプロボノ[*15]（probono）で事件を引き受けていた。つまり無料で。長く困難だった訴訟のあいだ、彼はずっと私を支えてくれた。そして二〇一四年の秋、予審判事との最後の面談がおこなわれた。不起訴処分になったためだ。物的証拠が不足していると。それが私の事件に対する言葉。判事は、アメリカの警察から機密解除を得ることができなかった。

もちろん不起訴処分は悪い知らせだ。でも、私はこのときの判事の言葉を覚えている。いや、生涯忘れないだろう。

> あなたの事件を、私が真摯に受け止めたことをご承知おきください。私は、あなたがドラッグによるレイプの被害者だと考えています。これがすべてです。私はあなたの主張を信じています。あなたの弁護士も、あなたを信じています。訴訟を最後まで続けることはできませんでしたが、別の結果を願っていたことをわかってください。

この言葉のおかげで、人生におけるこのおぞましい出来事にはっきりと終止符を打つことができた。レイプ犯が塀（へい）のなかで一生を終えること——そうなるべきだった——にはならなかったが、この判事を介して、フランスの司法は私の損害を認めてくれたのだ。弁護士が私の話を聞いて支えてくれたことも、非常に重要だった。彼と当時のかかりつけ医が、ブルックリンの病院での私の精神状態が問題とされたときに、取り乱していたのは当然だが、この人に虚言癖（へき）はまったくないと断言してくれたこともまた、私の支えとなった。

権威ある人物から発せられた「あなたは被害者です」という言葉によって、私は被害者でなくなることができた。これは呪術的な思考ではない。この言葉は、私がトラウマからかなり回復しつつある時期に発せられたことで、事件を「解決済み」にしてくれた。『コールドケース迷宮事件簿（*Cold Case*）』シリーズ〔アメリカの刑事ドラマ〕のように！　刑事が箱から未解決事件の捜査資料を取り出し、犯罪を解決し、最後に書類を箱に戻して資料室のしかるべき場所にしまう、あのときのように。私の人生という棚には、「ドラッグによるレイプ」という名のついた段ボール箱が置かれている。箱は存在し、そこにあることを否定しない。でもそれは、大きな場所を占めてはいない。事件のあった四月二十日と二十一日が来ると気分が悪くなるし、ドラマや映画のレイプ・シーンももう見ることができない。箱はずっとそこにあるだろうけれど、私を定義づけない。解決済みだから。ところで #MeToo 運動のさなか、何千人という被害者が、程度の差こそあれ、受けた暴行につ

＊15　訳注：職業上の専門知識やスキルを活かして社会貢献するボランティア活動のこと。

いての証言をＳＮＳに投稿していたとき、私は黙っていた。恥ずかしかったからではない。被害者としてすでに認められていた——もう終了し、もう完了していた——からだ。それについて本に書くことができていたからだ。

今回起きたことによって、同じプロセスがまた実現するだろうか？　跳ね返りによる被害者と認められた——ＦＧＴＩによって——ことで、悲劇的な記憶を文章に変えたことで、この事件を解決済みにできるだろうか？

ボイヤー弁護士の言葉を聞いた瞬間、何かが解放されたことは確かだ。哲学者ジョン・オースティンによると、「事実確認的発話」と「行為遂行的発話」には違いがある。前者は事実についての真偽を述べる。後者はそれを変容させようとする。遂行動詞によって、言語は行為になる。そう、言葉が行為を作るのだ。「今日は雨が降っている」という発話は事実を述べるものだが、「あなた方を夫妻として宣言します」という発話は現実的な効果を生み出す。[*16]弁護士と基金から発せられた「あなたは跳ね返りによる被害者である」という言葉は、一見すると事実確認的発話に思える。でもそれは、行為遂行的発話でもある。そして、反遂行的にすら思える。なぜなら私を〔被害者であると認めることで〕被害者である立場から自由にしてくれたから。解放してくれたから。私はもはや、「カミーユ、跳ね返りによる被害者、永遠にだと思われるが確かではない」ではなく、「カミーユ、いついつにこれこれの公的機関によって跳ね返りによる被害者と認められ、おかげでほかのことを考えることができるようになった、ようやくだ、こんちくしょう」である。このニュアンス、おわかりだろうか？　これが肝心なのだ。

それでは、襲撃事件から五年後の私は、心理的に、ニューヨークでのレイプ事件から二年後の二〇一四年と同じような体験をするだろうか？

答えはノン。そんなに単純ではない。「一月七日の事件」は未解決だから。完全に解決することはないようにさえ思える。ショックのうねりは前ほど内面的ではなくなったが、より激しさを増している。一方のケースでは死者は出なかったが、もう一方では出ている。一方のケースは個人的なものであり、脳と体と私のあいだで起きたものだ。私にもできることがあったし、もう一度起きる心配もない（あれ以来、外出先では、自分やそばにいる女性のグラスにはとくに注意するようにしている）。だがもう一方のケースは、いまもこの社会に存在する過激なイデオロギーから生まれたという点に悲劇がある。

さらに、「跳ね返りによる被害者」という言葉によって、いやむしろ、それが含んでい

*16　*Un appartement sur Uranus*, Paul B. Preciado, Grasset, 2019.〔未邦訳、直訳は『天王星のアパルトマン』〕

るものによって、やはり何かが私の心をざわつかせる。ボイヤー弁護士のおかげで、この用語には法的見地から二つのタイプの人が含まれることがわかった。死亡者の近親者と、身体的かつ／または精神的負傷者の近親者だ。もっとも、喪に服す人々が直接被害者だということは、この本を書きはじめたときから明らかだった。テロによって夫や子ども、兄弟姉妹を亡くすのと、生存者となった近親者の身体的または精神的回復とレジリエンスに寄り添うのとでは、決定的な違いがある。この二つの体験のあいだには、まぎれもない境界がある。それこそが、死だ。

だから、テロによって夫を亡くした女性を跳ね返りによる被害者だとするならば、私も同じだと主張するのは厚かましいことではないだろうか？　この五年間、毎朝夫のかたわらで目を覚ましているというのに。私は喪失を体験しなかった。いまの私のカウンセラーならこう言うだろう。「確かにそうですね。でも、あなたはパリにおけるあなたの生活、あなたの近親者とのつながり、あなたの自立、あなたの仕事などを葬らざるをえなかったのです」と。確かにそうだ。この五年間、バレアレス諸島のクルージングを楽しんでいたとは言わない。だが喪失には、象徴的（シンボリック）な喪失と現実の喪失とがある。そして、跳ね返りによる被害者の法的な定義に含まれる両者の混同が、私にとっては問題なのだ。

ボイヤー弁護士は、カトリーヌ・ウォンに連絡を取るように勧めてくれた。彼女は三十年間のキャリアをもつ精神科医。医療アドバイザーとして、補償の申し立てをする被害者の人身侵害の程度を判定し、法医学の分野で被害者や弁護士のサポートをしている。二〇一五年九月にこの資格を取得したが、その時点ではこれが活動の中心になるとは思っていなかった。二〇一五年のパリ同時多発テロと、二〇一六年の南仏ニース・トラック暴走テロに関連して、二百五十名以上の直接および間接被害者を診察したという。

彼女によれば、精神医療と心理学の分野で、間接被害者にトラウマの症状が起こると公式に認められたのはごく最近だという。なんと二〇一三年！「精神疾患の診断・統計マニュアル（ＤＳＭ）」というマニュアルが存在する。アメリカ精神医学会が作成したもので、世界中の精神科医と心理士が判断の際に参照している。定期的に改訂がおこなわれ、各疾患の定義が記載される。たとえばＰＴＳＤと診断されるのは、どのような症状があり、どのような基準を満たした場合か、など。

ところで最新版のＤＳＭ－５では、被害者のなかに二次的被害者、被害者の近親者も含まれている。これらの人々が、実際に出来事を体験した場合と同じ症状を呈（てい）する可能性があることが認められたのだ。ＤＳＭ－５では、事件を直接体験した人と、跳ね返りによってそれを体験した近親者を同等に扱うべきだとしている。たとえば近親者のなかには、その場にいなかったにもかかわらず悪夢を見る人もいる。映像を見たり話を聞いたりしたからだ。近親者に起こったことのなかに、情緒的に巻きこまれているからだ。「それが共感（エンパシー）の特性です。他者の苦しみを、苦しむのです。この共感が並外れて大きいことも、その苦しみが侵入することも、ありえます」

跳ね返りによる被害者がトラウマを起こすことを、精神医学が公的に認めたとしても、被害者たちはなおも罪悪感を抱いている。ウォンはさらに自説を展開した。

かれらはこう思っています。「私はそこにいなかったのだから、苦しむ権利も症状を起こす権利もない。私が彼を助けなくてはならない。その場にいたのは彼なのだから」と。この思いは、補償の手続きを進めるなかで強まります。跳ね返りによる被害者は、被害者としての資格をもっているとみなされないからです。そのため、自分の利害を忘れてしまう傾向があります。似たような例として、アルツハイマー型認知症にかかった高齢者とその近親者を診たときのことをお話ししましょう。これらの近親者に、かれら自身にも配慮される権利があることを理解してもらうのにとても苦労したものです。かれらにはこう話しました。もしもあなたの調子が悪くなってしまったら、あなたが支えている相手はどうなってしまいますか、と。そばにいるせいで本当の病気になることがある、と考えられています。われわれにとって、それは明白な事実です。アルツハイマー型認知症の場合、介護をしている近親者が〔物忘れや徘徊といった〕アルツハイマー型認知症に特有の症状を見せることはないでしょう。その点では、跳ね返りによる被害者が近親者である直接被害者と同じ症状を見せるのとは異なります。しかし、両者はともに本当の患者として認められるべきなのです。

ウォンとは、電話をかける前にメールでやり取りをした。そのとき彼女はニースのテロにふれた。非常に印象に残っているという。なぜか？

ある人々は遊歩道の脇にいましたが、その家族が遊歩道の上にいたのです。トラックが通り過ぎた一分後、かれらは遊歩道に駆け寄り、負傷した家族を病院に連れていったり、あるいはそのまま腕のなかで看取ったりしました。それなのにかれらは、間接被害者として認められませんでした。理由は、トラックが通過したときに遊歩道にいなかったから……。精神科医として、これには衝撃を受けました。トラウマを起こすのはトラックの通過そのものではありません。トラックの通過がもたらした影響です。ところがかれらはその場にいたことで影響を受けたのに、それが認められませんでした。これは私には非常な暴力と思われます。

実際、あまりに暴力的で気がおかしくなりそうだ。誰かに「申し訳ありません。あなたはトラックにひかれたお子さんを抱くのが一分遅かった」と言われるなんて。あまりにバカげている。数秒早ければ補償されていたかもしれないなんて……。

だが、私には理解できないことがあった。私の夫は直接被害者と認定されているではないか……。彼が現場に着いたのは襲撃の数秒後だったのに。

武器を見たからです。もしも武器を見ていなければ、あるいはトラックを見ていなければ、直接被害者とはみなされません。あなたの夫は直接被害者として認められていますが、そのすぐあとに来た人たちは認められていません。たとえば、パトリック・ペルーが直接被害者とみなされているかはわかりませんが、おそらくみなされていないと思います。でも彼は、事件の発生後、ただちに現場にかけつけているのです。

つまり、夫が被った損害が認められたのは、二人のテロリストが往来で空に向けて発砲しているのを見たという事実による。だが、彼のトラウマが、カラシニコフ銃を見ただけで起きたのではないことは、十二年間勉強しなくたってわかるだろう。そのあとで事務所に入り、血の海に横たわる友人たちの遺体を見たことのほうが、よっぽどトラウマになるのではないか？　わずか数分の差で難を逃れたという事実もまた、トラウマをもたらすのではないか？　この基準は不公平だ。けれども、私が跳ね返りによる被害者という新たな「身分」を手に入れたのは、この基準のおかげなのだ。間接被害者の間接被害者には、なれないのだから。

跳ね返りによる被害者が受けた損害の認定に関しては、非常に大きな前進があった。とはいえ、まだプロセスのスタート地点に立ったに過ぎないこと、さらに多くの進展が必要であることもわかった。法のなかだけではなく、表現のレベルでも。

直接被害者の近親者というのは特別な立場になります。社会における一般的な立場とは異なるし、直接被害者のそれでもない。非常に特殊な立場であり、これを表す用語を見つける必要があるでしょう。用語があれば、私のような精神科医たちは、その人たちが呈しうる病態について学問的な調査をおこなうことができます。たとえば、アルツハイマー型認知症患者の「介護者」とわれわれが呼ぶ近親者は、同世代の人々と比べて死亡率が高く、平均余命が短いことが多くの研究から明らかになっています。ある人々を定義する言葉がないと、その人々の存在が特定されないために、研究対象とはなりません。だからこそ、あなたは探さなくてはならないのでしょう。跳ね返りによる被害者を指す、別の用語を。

幕間Ⅳ：鳥たち、再び

その別の用語を、私は探している。おかしな話だ。ほかの跳ね返りによる被害者ではなく、用語を探しているとは。この数週間、一月七日、九日のテロと、二〇一五年十一月十三日のテロによる心的被害者の近親者数名に連絡を取った。返事をくれない人もいたが、それ以外の人たちは丁重にインタビューを断ってきた。遠慮させていただく、あるいは、そっとしておいてほしいからと。気持ちはよくわかる。普段ならば、議論好きのジャーナリストとして、なおも頼みこむか、断られた場合に備えて別の手を考えただろう。でも今回は、異なるプロフィールをもつ人たちにたくさん会って、何としてでも狙い通りのインタビューをおこなおうという意気込みはもてなかった。一通のメールを送って、それがぽちゃんと落ちてしまったら？　それならもういい。無数の小石を水面（みなも）に投げようとは思わない。何よりも、ドアの隙間に足を挟みこむジャーナリストにはなりたくなかった。これは、ジャーナリズムを学んでいるときに教えられるジャーナリストのイメージだ。何かの事件が起きると、近所の人たちに話を聞いて回り、拒絶されても閉まりかけたドアの隙間に足をねじこませ、渋る相手から話を聞き出そうとするリポーターのイメージ。侵入的で、さらにはひどく不快に見えるだろうけれど、ときにはこうすることで情報を得ることができる。でも、この本に関してはそうした方法をとりたくなかった。理解したいとは思っている。しかし、どんな手段を使ってでも、とは思わない。信頼するのは、出会いや、読むことや、鳥類学に関する自分のバカげたこだわりだ。

と言うのは、精神科医のカトリーヌ・ウォンと鳥の話をしたから。たまたま彼女が鳥に関心があることがわかった。そこで聞かされたのが留巣性（孵化後も巣に留まり、飛べるようになるまでは親からの保護を必要とする性質）の鳥についてだ。巣から落ちた留巣性の鳥を拾って飼うと、鳥はすぐに世話をしてくれる人間を親だと思いこむ。「刷りこみ」がおこなわれるのだ。

心的に深刻なトラウマを負うとは、この鳥の置かれた状況に似ているのではないでしょうか？　他者との関係が根本的にくつがえされるのは、巣から落ちた鳥が、親ではない何者かを親として刷りこまれるようなものなのでは？　研究する価値が、絶対にあると思います。

再出発、とばかりにネット検索に没頭する。今度はアラン・ブーグラン＝デュブール

〔活動家で鳥類保護連盟（ＬＰＯ）会長〕になった気分だ。

グーグルで「研究　鳥　ストレス」と検索する。最近の研究報告が目にとまった。キンカチョウの雌は、パートナーがストレスを受けていることをその鳴き声から察知すると、自分も同じようにストレスを感じるという。血液中のグルココルチコイドの量を計測するとわかるのだ。キンカチョウはとてもかわいらしい鳥。この研究をおこなったのは、リヨン大学のエミリー・プレスという研究者。彼女にこんなメッセージを送ろうかと思った。

拝啓　私の夫はテロの生存者です。そのため、私はいわば跳ね返りによる被害者なのですが、もっといい呼び方を探しています。私をキンカチョウとみなすことができるとお考えでしょうか？　お返事をお待ちしております。

敬具

でも、送らなかった。鳥にこだわるのはやめたほうがいいと思ったから……。ただでさえこの本を出版することで、「……の妻」という枠にはめられてしまうのではと不安に思うのに、それに加えて「ある雄の雌」などと名乗ったら、ますます問題がややこしくなってしまう。

テロ後の住い探しドットコム*17

破局（カタストロフ）を体験すると、生活に対する見方や他者との関係が大きく変わります。「もう集団の一員ではない」という思いを抱くことが多くなるのです。分かちあえなくなったものがたくさんあると感じるようにもなります。これは直接被害者と間接被害者の両方に共通しています。以前の社会集団にはもう所属していない。ほかの人々と決定的に隔（へだ）てる何かが存在している。こうした気持ちを、誰もが多少とも味わうようになります。

カトリーヌ・ウォンはこう答えた。悲劇的な出来事のあとで、跳ね返りによる被害者の生活のなかで引き起こされる最も大きな変化は何かとたずねたときだった。この五年間、

*17 訳注：原文はSelogerapresunattentat.com、住宅情報サイトSeLoger.comのもじり。

私にずっとまとわりついていたあいまいな感情が、彼女によって初めて言語化されたのだ。確かに他者との関係が完全におかしくなっていた。そして、私はそれにまったく対応できていなかった。

目の前にいる人たちとは違う惑星（ほし）に住んでいるかのような感覚、名づけて「ET症候群（シンドローム）」は、一月七日の襲撃直後からあらわれた。ここで、他者との関わりにおける変化を二つのタイプに分けてみよう。一つは、知人もしくは道ですれ違っただけの知らない人との関係、もう一つが、近親者との関係。起きるメカニズムは大きく異なっている。

私は思い出す、一月七日のあと、よく知らない人やまったく知らない人から、感動的なメッセージや連帯の証を数多く受け取ったことを。けれども同時に記憶に焼きついているのは、もっと稀だけれどもっと予想外だった――「まさにナチス」とでも呼びたくなるような――いくつかの反応。そうした反応にあうたびに思った。「この人たちは……わかっていないのか？　別の惑星にでも住んでいるのか？」と。

私は思い出す、とくに軽率で愚かで卑劣なふるまいをした人たちのことを。絶対に忘れない。根にもつタイプだから？　そうかもしれないけれど、以前はこうではなかった……。

私は思い出す、たとえばプレス関係の仕事をしていたある友人のことを。一月七日の朝、正午前、リュズの電話番号を教えてほしいとせがんできた。それも自分ではなく、ジャーナリストをしている男友だちのために。ついにはこんなメッセージを寄こしたのだ。「だってカミーユ、ユロップ1〔民間のラジオ局〕なのよ！」ことの重大性がわからないのかと言わんばかりに。そのときの私は、シャルリの建物の下でサイレンと叫び声と泣き声にさらされていたのだが。

私は思い出す、自分たちの家具の心配をした友人カップルのことを。二〇一五年二月、私たちが広告から探すという一般的な方法ではなく、緊急で仮住まいを探していたとき。「友だち」限定でフェイスブックに投稿したメッセージに、女友だちがメッセンジャーで返事をくれた。かれらの住居を貸してくれると。半分が事務所で半分が住居、現在空いているという。この素晴らしいニュースを、その晩さっそく夫に伝えた。やっと息がつけると思った。だが翌朝、彼女から電話があって、貸せなくなったと告げられた。彼女の夫が反対したから。彼のこともよく知っていた。親しくしていた。その彼が、オフィスの上にあるアパルトマンが「燃やされる」——彼の表現をそのまま書いておく——のをおそれていると……。そうなったら私たち夫婦も一緒に燃えているはずだが、それはささいな問題らしかった。

私は思い出す、あるフランス人女優のことを。さほど親しくはなかったが、二〇一五年二月のある晩、仕事がらみで彼女の家を訪ねた。その前に、夫と住む部屋が見つからなくて困っているとメールに書いたせいだろうか、食事中に「すごくいい知らせ」があると言われた。上の階の住人が引っ越すという。もちろん興味があるなんてものではなかった！「燃やされる」かもしれないアパルトマンの一件から、住める場所なんてもう見つからないのではと絶望しかけていたのだから。「それでね」と彼女は付け加えた。「私のアパルトマンより狭いの。百三十平方メートルぐらいだと思う。でもすごくいい部屋。それでいて賃料は四千ユーロなんだから」。四千ユーロ……。泣きたくなった。はっきり言えば、彼女をひっぱたきたくなった。

私は思い出す、十二名の命が失われたその週に、メディアで、『シャルリ・エブド』に対して、そのいわゆるイスラム嫌悪、同性愛嫌悪、売春婦嫌悪、女性嫌悪（ミソジニー）に対して罵詈雑言を浴びせたコラムニストやユーモリストやジャーナリストやフェミニストの活動家たちのことを。十二名が死んだというのに。十日のあいだに。

このようなリストをペレック風に書くことには、[*18]即効性のカタルシスがある！　そして改めて気づくのは、生きるのがもっともつらかった時期——だからこそ恨めしい相手と一緒に記憶に刻まれている——の一つは、二〇一五年二月から三月にかけて、絶望的な思いで仮住まいを探していたときだということだ。

そのときの私たちは、パリでこぎれいな二部屋のアパルトマンを探している若いカップルではなかった。

リュズのアパルトマンは危険だった。二〇一五年一月には、二階に住んでいたからだ。彼を警護していたセキュリティ担当者に「スナイパーから簡単に狙われる」と言われたので、すべてのシャッターを下ろしていた。おかげでアパルトマン全体が闇に沈んで、とても暮らせる環境ではなかった。一方、私のアパルトマンに住むこともできなかった。空き巣に入られたから！　これはひどく奇妙で、気持ちをくじけさせる出来事だった。二〇一五年二月二十日、タイから戻ったとき、「訪問客」があったことに気がついた。ドアも錠前もこじ開けられてはいなかった。でも、誰かが入ったのだ。なぜなら、リュズが個人的に描いた絵が、戸棚のなかにしまってあったはずなのに、ローテーブルの上に並べてあったから。まるで「あいつがときどきここに泊まっているのを知っているぞ」と言うように。もちろん被害届を出した。科学警察のチームがやってきて捜査をおこなった。でも、その後どうなったかはいっさい教えてもらえないらしい。何ひとつ。侵入したのは対外治安総局（ＤＧＳＥ）、つまり情報機関だったのか？　それがデッサンを戻し忘れるという大失態を犯したのだろうか？　これはたぶん、『伝説のオフィス（*Le Bureau des légendes*）』〔フランスのテレビドラマ〕の見過ぎだ。だが、とにかく当時はそこに住むと考えただけで完全に

＊18　訳注：前段はすべて、フランスの作家ジョルジュ・ペレックが作成していたという一見無関係なものが並んだリストのオマージュ（『ぼくは思い出す』酒詰治男訳、水声社、二〇一五年も参照）。

パニックになりそうだった。

だから、転居は身体の安全だけではなく、精神的な安定にも関わる問題だった。私たちには、気がおかしくならずに済む場所が必要だった。そして彼には絵を描く場所が。それが彼のレジリエンスになると、最初からわかっていたから。描くのをやめないことで、危機から脱することができるのだと。彼はバンド・デシネ『カタルシス（*Catharsis*）』を描き始めていた。デスクと、鉛筆や筆や消しゴムを置ける静かな空間が必要だった。新聞社に関わる事柄で忙しく、あらゆるSNSを遮断し、「日常生活」すべてに疲弊しきっていた（それも当然だった）ので、住まいを見つけるのは私の役目と思っていた。長期間ではなく、三か月間だけ借りられる物件。そのあとはアメリカ移住を考えていた。

けれども、二〇一五年一月には世界中（あるいはほとんど）が「私はシャルリ」だったのに、何千という支援と友情の証を受け取っていたのに、現実的だが生きていくのに必要な問題――住まいを見つける――となったとき、自分が世界でもっとも孤独な人間のように思われた。

自分のネットワークに頼らざるをえなかった。政府はまったく助けてくれなかったから。二月末、私たちは内務省の担当者にメールで次のように問い合わせた。政府かパリ市所有のアパルトマンで、広さ四十平方メートル、一階でも二階でもなく、通常の賃料で借りることのできる部屋はないか、と。優遇を求めたのではない。ただ助けてほしかった。返事は簡潔だった。ノン。

でも……たとえば訴訟の期間中、保護されている証人はどうしているのだろう？「ホテルに泊まる」と聞いたことがある。警護の警察官にたずねると、「アメリカのテレビシリーズじゃありませんから……」と言われた。デラックスな低家賃住宅（HLM）や、大臣の近親者に融通された社宅に関するスキャンダルが続いた数年間のあとの、二〇一五年三月にこう言われたのだ。数週間前にフランスの領土で、白昼に同僚や友人の多くをカラシニコフ銃で殺されたジャーナリストと風刺画家に対して、政府が貸すことのできる空き部屋はパリに一つとして存在しないと……。いまでも、あれから数年間を経たいまでも、あのときの政府の対応には唖然とさせられている。

当時のメールを読み返したところ、住む場所が見つかったのは三月十五日だった。友人のまた友人のおかげだ。この女性は、家具付きで日当たりがよく静かで、広さ五十平方メートルのアパルトマンを持っていた。私の知り合いではなかった。一度だけ、ラグビーの試合で軽く挨拶をした程度だ。普通であれば長期契約するところを、彼女は三か月間、それも抑えた賃料で貸し出すことを承知してくれた。彼女には何のメリットもないのに。警察官がエレベーターのなかをうろうろして住民を不安がらせたら、安心させなくてはならないのに。彼女はそれを好意で引き受けてくれた。おまけにこのアパルトマンは私たちのせいで焦げつくところだった。夫がオーブンに雑誌を投げこんだから。私たちを住まわせたら、テロリストにアパルトマンを燃やされてしまうかもしれないとおそれた男がいたことを思うと、たいそう皮肉な話だ。そしてまた、このアパルトマンは私たちが娘を授かる場所にもなった。控えめで奥ゆかしい彼女は、自分の行為を決して自慢しなかった。本当にありがとう、パスカル。

改めて思い起こすと、私が安全な住まいを探していたのは、だいたい二月二十日から三月十五日にかけてだった。三週間。それほど長くはない。でも、この時期のことは深く記憶に刻まれている。襲撃事件からしばらく経ったこの頃、初めて気づかされたことがあったからだ。その気持ちをそっくり表現しているのが、バタクラン劇場テロ事件の生存者ジェレミーが証言集『生きている／生きたい（*En/Vie*）』のなかで語った言葉。「最初の頃は過剰な共感が――世界中から――寄せられるが、そのあとには何もなくなる」[*19]。同時にこうも悟った。私はいまもスナイパーに撃たれはしないかと怯えながらアパルトマンを探しているけれど、世の中では大多数の人の生活がほぼ以前通りに戻っているのだと……。

別の惑星に住んでいるような感覚、いや、カトリーヌ・ウォンの言葉を借りるならば「以前の社会集団にはもう所属していない」という感覚が頂点に達したのは、二〇一五年三月二日、リュズがマドンナと一緒に「グラン・ジュルナル」にゲストとして招待されたときだった〔Grand Journal はフランスのテレビ番組。ニュースとトークショーがメイン〕。

そもそも、招待されたこと自体が異様だった。だが、私にとって何よりも耐えがたかったのは、当時の私が味わっていたもの――愛する男性への極度の心配と外部からの脅しに対する不安――と、他者から与えられるもの――メディアが生み出す喧騒（けんそう）の陶酔感――とのすさまじい落差だった。それがあまりにひどくて口論になった。

収録のあと、警護の車――当時は私も同乗できた――のなかで、私は一言も口をきかなかった。そして、リュズの家に着くと爆発した。

「さあ、寝ましょう。バカ騒ぎはもうたくさん」。アパルトマンに入るなり、私はいらだちながら言った。

「は？」

「だから、もうたくさんなの。あなた、ボール回しをするアシカみたいだった。それを見ている人たちが拍手してた」

「落ちつけよ。何を言っているんだ？」

「何って全部。グラン・ジュルナルもマドンナも。行くべきじゃなかった」

＊19　*En/Vie, paroles d'espoir de rescapés d'attentats*, Lucile Berland, Hugo Document, 2017.〔未邦訳、直訳は『生きている／生きたい、テロ生存者の希望の言葉』〕

「でも……今朝電話があったとき、『やれば』と言ったのはきみだろう」

「そう、バカみたいだけど、あの女性（ひと）がアメリカでアパートメントを探す手伝いをしてくれるんじゃないかと思ったの。わかっているでしょう？　もうすぐ行かなくちゃいけない、半年間、それもすごく高いって。パリでも見つからないのに、アメリカだったらどうなる？　だから思ったの。あの人はアパートメントも友だちもたくさんもっているから、私たちの話を聞けば助けてくれるんじゃないかって。本当にめちゃくちゃバカだった」

「だけど、行けって言ったのは、そのためだけじゃないだろう？　きみだってファンだった……」

「そう、十二歳のときからね。でも、あそこで彼女は何をしたわけ？　カメラの前であなたを抱き締めて、泣いて、それから化粧を直して、はい、終わり。お涙ちょうだいの下劣なショーだった。私はシャルリ、私は癒しの女王、ってね」

「言い過ぎだぞ」

「彼女は何もしてくれなかった。誰も何もしてくれなかった。終わったあと、楽屋で何をしていたか知ってる？」

「何をしてた？」

「スタジオセットから出てきたスタッフたちが大声で言ってた。**今年一番の番組が撮れたぞ！　マドンナ、リュズとのシーン、やったぞ、シャンパン、最高だ！**　ハイタッチしてた。わかる？　天気予報のお姉さんに会ったでしょ？　すごく嬉しそうにしてた。みんな笑ってた。みんな！　二〇一五年で最高の日。コカインでも吸って、仲間にたくさんおしゃべりしているでしょうよ」

「テレビ番組だ、わかっているだろう……」

「わかってる、それにマドンナだもの。でも、これはテロの話よ！　数週間前に起きたことなの。あなたの同僚はひどい怪我をして、まだ入院している。少し配慮してくれてもいいんじゃない？　耐えられなかった。あなたが体験したことを知っているのに？　あなたが何を見たのかだって知っているのに？　あの人たちは家に帰っても、玄関で武装した警察官が見張っているわけじゃない。あの人たちは。必死でアパルトマンを探しているのに、アルカイダに脅されているからという理由で誰も貸してくれないなんてこともない。ここにいると気が狂ってしまうからという理由で、生まれた国をもうすぐ出ていかなくちゃいけないなんてこともない。三日間で五人を葬ったりもしていない。あなたが体験したことを体験していないし、あなたが見たものを見ていない。何もわかっていない。なんてバカなやつらなの、大嫌い。マドンナも」

「彼女は関係ないだろう……」

「あるわよ。あんなに長いことあなたを抱き締める必要はなかった。あんなふうに」

「あんなふうに？」

「そう、ものすごく親密なやり方だった。友だちからこんなメッセージまでもらった。ほら、見て。『気をつけて。ＭＩＬＦ（ミルフ）〔英語のスラングで性的魅力のある年かさの女性または既婚女性のこと〕があなたの男を狙っている』」

彼は笑みを浮かべた。

「笑いごとじゃない」

「まあな……。悪かった。きみがそんなふうに感じているとは知らなかった。しかし、それにしても、一緒になって一年経つが、きみが嫉妬したのは初めてだな。それも、きみが張りあう気になった相手が……マドンナとはね」

その晩、私たちは寝室を別にした。

数年経ったいまならば、彼のほうが正しかったとわかる。あれは「テレビ番組」だった。そして、マドンナはいわば八〇年代の「ショー・ビジネス」の象徴。マドンナと話しあえると思うだなんて、彼女がステファン・プラザ〔フランスのテレビプレゼンターかつ不動産業者〕に変身して、ニューヨークで二部屋のアパートメントを安く借りる手助けをしてくれると思うだなんて、世間知らず（この言葉では甘すぎる）は私のほうだった。

でもあの頃は、そんなことがあるかもしれないと思っていた。すべてのこと（エリゼ宮への招待、スターのツイッターへの「私はシャルリ」の投稿、一月十一日の四百万人のデモ……）があまりにも不釣りあいで、バカげて、狂っていた。だからマドンナが助けてくれるだろうと、本気で思っていた。番組が終ると彼女のマネージャーがやってきて、パリの人気ナイトクラブで打ち上げをするのでご一緒しませんかとたずねてきた。リストには入れてもらっていたのだ。「せっかくですが警察官がついているので……」と夫は答えた。「残念です（So Sad）」とあっさり言って、マネージャーはスターのそばに戻っていった。

マドンナ、もしもこれを読んでいたなら安心して。もう怒っていないから。これまでに書いた人たちに対しても、いまはそれほど怒っていない。かれらはよく言えば軽率、悪くてもエゴイストだったのだ。

深く傷つけられたことでいまも恨んでいる相手は、襲撃事件の直後にメディアで『シャルリ・エブド』を攻撃した人間たちだ。気がおかしくなりそうなほどの怒りを覚える。私はシャルリに所属したことはない。シャルリの姿勢の一部には反対だったし、いまも反対だと言える。それでもあの誹謗者たちのことを思い出すだけで、はらわたが煮えくり返るように感じる。

「当然の報いだ」と言いたげだった人はたくさんいた。その人たちのすべてにこうした怒りを向けているわけではない。憤怒(ふんぬ)の対象は特別なカテゴリに限定されている。フェミニストおよび／あるいはＬＧＢＴの活動家だ。なぜか？　たぶん、私自身もささやかながらフェミニストであり、ＬＧＢＴの権利のために闘っているので、かれらと同じ集団に属しているように感じていたからだろう。相違点はあるものの、知性面での近さから、個人的にも近いような気がしていたのだ。その人々の一部が、襲撃事件後、私が津波にのみこまれているというのに、あらゆる苦悩や悲嘆やおそれを目撃しているというのに、反シャルリの立場をとったとき、かれらはもはや私の側ではなく敵なのだと知った。

もしも私がラッパーだったら、「アンチ・シャルリ」の立場をとるブーバ〔フランスのラッパー〕を恨んだだろう。でも私は、フェミニストのジャーナリスト。だから一部の同族たちの発言に失望し、ショックを受け、激怒した。あまりに腹が立ったので、二〇一五年一月三十日、『ブレーン・マガジン（*Brain Magazine*）』〔ウエブマガジン〕に記事を書いた。このテーマに関して私がメディアに発言したのはこれが最初で、ほぼ唯一だ（ほかに十一月十三日のテロ後に書いた記事がある）。タイトルは「シャルリ・エブド：愚か者に愛されるのはつらい。でも、友人たちに憎まれるのは最悪だ」

この記事のなかで私は、自分の置かれた状況を「竜巻の目」のなかにいるようだと書いた。それから、一月七日以降インターネット上で読んだくだらない記事について説明したうえで、とくにフェイスブックへのある投稿について述べた。

昨日、私も長年メンバーであるセックスワークユニオン「ＳＴＲＡＳＳ」の活動家モルガン・メルトゥイユが、アクト・アップ・パリ[20]のかつての代表でＬＧＢＴ活動家でもあるフェミニスト、セシル・ルイリエが『テチュ（*Têtu*）』〔ゲイ&レズビアン雑誌〕のサイトに載せた記事を再びシェアした。セシル・ルイリエによると、『シャルリ・エブド』は「人種差別、同性愛嫌悪、トランス嫌悪、女性差別主義、そしてとくに、イスラム嫌悪の雑誌になった」そうだ。足りないのはクモ嫌悪だけか？　この座談会を支持するモルガンのフェイスブックには、人種差別や女性差別や売春婦嫌悪などを証明するシャルリの表紙が、十枚ほどコメントとしてつけられていた。つまり、二十年間以上にわたって発行された数千枚のなかの十二枚ということだ。

愚か者に愛されるのはつらい。けれども「友人たち」に憎まれるのも容易ではない。ＳＴＲＡＳＳの思想には、かなりの部分で賛成しているし、私なりに、ＬＧＢＴとフェミニストの権利を守ろうとしている。昨年十二月、『アンロック』にこのテーマで記事を書いたあと、ＳＴＲＡＳＳとレ・ローズ・ダシエ[21]によって組織されたセックスワーカーの権利を求めるデモがあることを夫に教えた。そこで彼は、その中国人女性セックスワーカーたちに発言してもらうことで素晴らしいルポルタージュを書き上げ

＊20　訳注：ACT UP Parisは同性愛コミュニティから生まれたエイズ活動家団体。
＊21　訳注：Les Rose d'Acierは不安定な状況にある中国人女性を支援し、女性セックスワーカーに対する暴力と闘う団体。

た。けれども、そのことは無視されている。取り上げられているのは、「売春婦嫌悪」や「トランス嫌悪」とみなされる絵だけ。編集部内部で売春に関する激しい議論が繰り広げられたことを考えないほうがはるかに楽だから。シャルリの画家たちが、ゲイやレズビアンよりもボフ[*22]のような異性愛者（ヘテロ）をからかうほうが多いこと、「すべての人のための結婚」を支持していること、「すべての人のための」の名のつく抗議活動をひどくあざけっていることを無視するほうがはるかに楽だ。「虐（しいた）げられた人たち」を守る組織のなかで活動するときには、大衆やメディアや国民の団結に敵対するほうがはるかにかっこいい。『シャルリ・エブド』が大衆の言説（ディスクール）や象徴（シンボル）も侮辱していること、最近大きな支持を得てはいなかったことを無視して。

活動家や売春支持者やＬＧＢＴやフェミニストなど、私がともに闘っている人たちの一部が、もはや反論できない死者たちに唾（つば）を吐きかけながら、自分たちの「意見の違い」についてコミュニケーションするのを見て、この数週間、言うまいと思っていたことを言おうと決めた。

私は左派の家庭で育ち、両親の書斎には三連祭壇画として「ライザー－フランカン－マナラ」が置かれていた。[*23]「イエス－マリア－ジョセフ」とはまったく違ったけれども、私は六歳の頃から「睾丸（こうがん）」「死刑」「クリトリス」の意味を知っていた。それが基礎だった。成長するにつれ、無政府主義－共産主義－マヌ・チャオ〔歌手で政治活動家〕の文化からは少し遠ざかった。国際的で反人種差別主義で反軍国主義で反自由主義で反植民地主義でフェミニストで、セックスを楽しむ人たちの絵があふれる文化のなかで育ったことを幸運だと認めるけれども、『シャルリ・エブド』よりも『アンロック』を買い、デリダよりアナイス・ニンを読むほうが好きだった。私はプティ・ブルジョワだった。

けれどもその数年後、「シャルリのメンバー」の一人と恋に落ちた。彼に出会ったときは、高校卒業以来、『シャルリ・エブド』を読んでいなかった。（中略）彼が毎週、男女の人物画を描くのを感嘆のまなざしで見ながら、隣の部屋で男性や女性について書いた。ときどきルポルタージュのために一緒に出かけた。彼は週末に、私を「すべての人のための抗議活動」のサマースクールに連れていき、そのイデオロギーを二人がそれぞれの雑誌でユーモアをまじえて分析してみせた。私は彼をベルリンのフェティッシュなパーティーに連れていき、彼はそれをシャルリのために、こっけいで挑発

*22 訳注：beauf は、襲撃事件で殺害された『シャルリ・エブド』の風刺画家カビュが生み出したキャラクター。下品で無教養で人種差別的かつ女性差別的なフランス人男性のステレオタイプである。

*23 訳注：ユーモリストのジャン＝マルク・ライザー、漫画家のアンドレ・フランカン、同じく漫画家のミロ・マナラを指している。

的なルポルタージュに仕上げた。

十月、彼が編集長であり友人でもあるシャルブに電話して「ベルリンのフェスティバルのルポルタージュはどうだ？　フェミニストとクィアのポルノ映画のフェスティバルなんだ」と言うと、シャルブは答えた。「週末に連れ合いと出かけたんだな？　オーケー、やろう、最高じゃないか、ページを空けよう」。なぜなら、これがシャルリだから。ベルリン・ポルノ映画祭のルポルタージュに丸々一ページを使わせる雑誌なのだ。私はセックス支持、ポルノ支持、売春支持のフェミニストで、原稿一枚につき五十ユーロももらっていないジャーナリストだ。彼の自由がうらやましかった。『シャルリ・エブド』は表現の自由を象徴する雑誌ではないけれど、そのなかで、ジャーナリストと画家が自由でいられる雑誌だ。ラガルデール〔多様なメディアを傘下に収めるパリのメディア・コングロマットの一つ〕の雑誌ではない。好かれ、嫌われ、詩的で、政治的もしくは通俗的だ。その表紙は全世界を笑わせはしないし、それをテロリストや殺人の狂気を正当化するのに利用する人間もいる。だが何者も、この雑誌を無理やり買わせようとも、すべての絵で笑わせようともしていない。侮辱すればいい。「……嫌悪」から成り立っている雑誌だと。でも、欠点のあるこの雑誌のテーマはおそれではない。バカげて、複雑で、混乱していて、結局はこっけいな、この世界そのものだ。

昨晩、たった一人でパソコンに向かいながら、気持ちを静めよう、あまりいらだつまいとしていた。すると今朝、さまざまな観点から見て問題点の多い「ラ・デペシュ・フランス（LaDépêche.fr）」のある記事のなかで、そのロマネスク様式の文体を私が高く評価しているフェミニストの作家、ナンシー・ヒューストンが「『シャルリ・エブド』のデッサンから透けて見える、女性と同性愛のイメージがずっと嫌いだった」と明言していた。書くのは彼女の権利だ。表現の自由とかなんとやら。でも、それが風刺画なんだ、クソ！　安易な論証だとわかっているが、意味をもつのはこれだけ。黙ってはいられないが、もはや言葉が見つからない。幸い、友人のアブヌス・シャルマニがフェイスブックでくれた返事が、私の考えをまとめてくれていた。「彼女〔ナンシー・ヒューストン〕がそこで言っていることは、まったくもってバカバカしい。女性として私は、女性を自発的な性的対象として、復古的な家庭の母親として、あるいは思考力を奪われた若い娘として笑いものにする風刺画に、誇りを傷つけられたりしない。女性として私は、望んで自主性を放棄した女性を描いた風刺画を、自らの意志で笑う。定説や偏見や不寛容の意味を曲げてそれらを嘲笑し、笑うことでその有害な力を消滅させる風刺画のあらゆるかたちのように。女性として私がショックを受けたのは、シャルリの風刺画家たちの〝男らしさの問題〟ではなく、社会的な女性差別の問題だ。女性として私は、男性のように風刺されたい。なぜなら私はひよわな人間ではないし、ユーモアと知性をもっているから」

(中略)

当然ながら、私は個人的にも仕事のうえでもSTRASSを、そしてもちろんLGBTとフェミニストの主張を支え続ける。なぜなら、すべての人を同じ(嘔吐用の)袋に詰めこむようなことはしないから。でも、『シャルリ・エブド』も読み続ける。ここで言っておく。最初に私を笑わせるものが勝つ。

五年経ってこの文章を読み返すと、感情のままに書いたことがうかがえる。いまだったらこうは書かないだろう。内容のせいではなく、予測していなかったことが起きたから。この記事が多くの……六十二万人もの読者に読まれたからだ。さらに十ほどのメディアに転載された。ブーメラン効果を生んだのだ。私はメディアにおいて、公式に「リュズの妻」になった。はっきり言って、少々うろたえた。この記事のせいで、それからの数か月間、リュズにインタビューを申しこみたいといったメディアからの依頼を、週に何通も受け取ることになったから。

けれども、ここに書いた内容については、いまも意見は変わらない。いまでも、シャルリの襲撃事件のあとには、とくにいわゆる「進歩主義者」のなかに冷酷なハゲワシがいたと思っている。かれらはしばらくのあいだ口を閉じているべきだった。もちろん、何を考えようとも自由だ。かれらに「シャルリである」義務はなかったのだから。だが同時に、殺戮のわずか数日後に、「自己責任」という言葉で要約可能な共同体主義者とインディへニスト[*24]のイデオロギーをメディアで擁護する義務もなかったのだ。

お手上げだったのは、「しかし……このテロリストたちは、恵まれない子ども時代を送っている。かれらは資本主義社会と人種差別的政府の犠牲者である」という発言だ。過激化のプロセスに、非常に重大な社会的要因が存在することは確かだ。それはわかっている。でも、二〇一五年、襲撃事件の数週間後にこうした記事を読むと、夫がゲシュタポによるユダヤ人一斉検挙を危うく逃れたときに、「でもね、カミーユ、ナチ親衛隊だって……いろいろ大変なの。それをわかってあげなくては。かれらは難しい子ども時代を送ったのだから……」と言われたような気持ちになった。

二〇一五年二月、どうにも眠れなかったある晩、SNSで配信されていたフランス・アンテルの動画を観た。活動家でもある俳優のオセアンが、一月七日の一週間後の番組に招かれていた。一週間後。ここが重要だからはっきりさせておく。この俳優は知り合いだった。夫と私は一月六日の夜、彼の芝居を観て、そのあと仲間たちもまじえて一緒に飲んだ。そう、襲撃のわずか数時間前に。

*24 訳注：indigéniste は中南米における先住民の独自文化を再評価し、その社会的地位を向上させようとする運動をおこなう人。

この番組で彼は何を語ったか？　一月十一日のデモに行けという「命令」は「受け入れづらかった」と。なんて哀れなやつ……ティッシュを渡す価値もない。それから彼はマイクに向かってこう言った。結局のところ風刺画が「テロリズムを扇動」するんじゃないですかね、と。本気か？

それ以来、彼とは口をきいていない。愚かなこととわかっている。人には同意しない権利があるし、それについて議論もできる。でも、それは建前に過ぎない。彼の名前を聞いた瞬間、縄張りを脅かされたライオンのように牙をむく。とっ捕まえてお説教したくなる。『タクシードライバー』のロバート・デ・ニーロのように。

「**私になにか用？**　ちょっと、何を言っているかわかってる？　あなたはパリのプティ・ブルジョワ。正直になると後悔するから、テレビのスタジオセットでヴェールをかぶった女性を擁護する。アンチ・シャルリを自称するのも、抵抗しているように見せたいだけ。〝圧制者〟のくせして〝虐げられた〟人々の味方ぶりたいから、差別に反対だなんて言っている。でも、そんな左翼の言葉を使うのはあなたの勝手でしょう？　私に会いに来なさいよ。怖がらなくていいから。被害者を紹介してあげる。死者について話してあげる。負傷者についても、襲撃後の生存者の生活についても話してあげる。そうすれば涙と破壊された生活のまっただなかに置かれても、そうしてにこやかに笑っていられるかどうかわかるでしょう。もしも私の話を聞いて、罪なく惨殺(ざんさつ)された人たちの死体の山に連れていかれても、やっぱりフランス・アンテルのマイクに向かって才気をひけらかすことができるの？」

私の怒りがまったく消えていないのは明らかだ。本当は振り払ってしまいたい。何の役にも立たないから。そもそも怒りの矛先が間違っている。恨むべき相手は、二〇一五年の襲撃を起こしたテロリストたち。そちらを恨むべきなのだ。でも、かれらは死んでいる。それではジハーディスト、サラフィー主義者、イスラム・テロリズムの支援者を憎むべきか？　もちろん、理論上は憎んでいる。だが、個人としては特定できないし、かれらはこ数年、世界中にまき散らされている勢力圏の一部に過ぎない。だから、「ナチスが憎い」と言うのと同じになってしまう（この本でゴドウィン点[*25]に到達するのはこれが二度目で最後だ）。

夫は直接被害者だけれども、こうした怒りを抱いていない。もちろん、別の怒りは感じているが、これらの人々、つまりイデオロギー的に近いと思われるのに、襲撃事件後、メディアで、「確かに、でも……」と言った人々に対しては、まったく反感を覚えていない。完全に無視している。

*25　訳注：議論でヒトラーやナチスを引きあいに出す人が出てきたときに用いる表現。弁護士のマイク・ゴドウィンが提唱した法則。

私も同じようにすべきなのだろう。でも、いま改めて記事を読み返したことで、この怒りの本質が明らかになってきた。二〇一五年一月に私がメディアで発言しなかったのは、それは私の役目ではない、そんなことをするのは慎みに欠けると思ったからだ。そもそも、それができる状態ではなかった。だから、ほかの人たちがとても元気に、節度なく、生存者の状態を気にもかけず、すぐに書いたりテレビやラジオのインタビューに答えたりしてシャルリを批判するのを見て激昂した。かれらはフランス・アンテルやその他であざけることができた。事件によって傷つけられていないから。一方、私たちは死者を擁護することができなかった。自分たちを守るために、黙って隠れていなくてはならなかったから。これはまったくもって不公平に思われた。

こうした発言が記憶に残っているのには、もう一つ別の理由がある。この時期、つまり襲撃後の最初の数か月間、私の情緒が極めて特殊な状態にあったということだ。つまり、極度の警戒状態。夫とは反対に、私は多くの報道を読み、SNSにも注意深く目を配っていた。夫の調子を悪化させかねない話題があるかもしれないと。そうした記事があるならば見せないようにしたかった。だが、そのおかげで、私自身はうんざりするほど「私はシャルリじゃない」という記事や発言を読むはめになった。

私が激怒していたのは、過度に警戒状態にあったこの時期であって、そのあとではなかったように思う。数か月前、親しい友人が共通の知人の話題をもちだした。その知人は私が尊敬するジャーナリストだが、どうやらしばらく前からシャルリに対して、とくにリュズに関して、公然と辛辣な発言をしているらしい。そのとき私がどう反応したか？　少し腹を立てたけれど、以前とは比べものにならなかった。時間が経って禅の境地に達したというわけではない。リュズも以前ほど脆くはなくなった。一人でも自分を守ることができるようになっていた。それに、描き続けることは彼自身の選択だ。中傷すればいい、中傷すればいい、その中傷は何も残らない。

大きなチェスボード

近しい人――家族や友人――との関係も変わったが、別のことが起きた。最近おこなわれた調査によれば、成人は週に平均して十四回「大丈夫（サ・ヴァ）」と言っているが、本当にそう思っているのはそのうち五回に一回に満たないという。[*26] 二〇一五年の襲撃事件後、私は親しい人たちに、絶えず「大丈夫」と繰り返すようになっていた。それが私の、生存者の妻としての、大事な役割の一つになった。「靄（もや）のなかではあるが、それでも歩いている」。これは、リュズが一月七日に友人に送ったメッセージだ。言い得て妙だと思ったので、私もまねをして親しい人たちに送ってみた。続けて「竜巻の中心にいる」と。さらには、これは共通の友人フレッドの言葉――「空中で破裂した羽まくらのようで、羽根が地上に落ちるまでには時間がかかる」

まったく、隠喩（メタファー）というのはやっかいだ。確かにそれは役に立つ。でも、同時に危険で耐えがたい。私は竜巻の中心になどいなかった。空中に舞うのは雌牛ではなく、白昼のパリで虐殺された罪なき人々だ。私は美しい羽根が舞い落ちるのも見ていない。毎日降りかかってくる一万五千ものメディア攻勢から夫を守ろうとしていた。それなのに、どうしてこんな言葉を書いたのか？　誰を守るため？　自分自身？　それともほかの人たち？　言葉に尽くしがたい体験をしたときには、比喩的な表現が必要になるのだろうか？　プルーストはその瞬間を「美しい文体の必然的な環（わ）のなか」に閉じこめようとしたけれども、その環は罠ではないか？　より大きな罠があることを、誰が暴露するのだろう？　つまりその罠とは、正直であろうとせずに、近しい人たちを安心させるために、時間を費やしてしまうこと。なぜなら周囲の人々は、事件の直後から、私たちの調子がよいかどうか、生活が続いているかどうかを確かめずにいられなかったから。私たちの生活は、私がいくどとなく使った別のメタファー、「感情のジェットコースター」さながらに揺さぶられていたのだが。

まるで、百パーセント幸せか百パーセント不幸か、そのどちらかでなくてはならないようだった。人生には両価性など、あふれてはいないかのようだった。私たちに起きたことのあとで、他者を、親しい人たちを安心させるために、元気でいなくてはならないと命令されているかのようだった。

『酔った楽園、英雄的な幸福（*Ivres paradis, bonheurs héroiques*）』のなかで、精神科医ボリ

*26　https://www.mentalhealth.org.uk/get-involved/im-fine

ス・シリュルニクは、普通の生活が再開されたときにどう対応してよいかわからない周囲の人々について語っている。「この場合、間違った解決策が二つある。一つはかれら「生存者」に話をさせまいとすること。そしてもう一つは、かれらを無理にしゃべらせることだ[*27]」

私は黙っていようとした。理由はシリュルニクが『素晴らしい不幸（*Un merveilleux malheur*）』で述べている。「サバイバーは不幸な知らせを運んでくる。その不幸によってわれわれを疲れさせる。食事の席で、近親かん（インセスト）について語るのは非常に悪趣味だ」。だがこれは、解決策にはならない。「苦悩を変化させるには」と、シリュルニクは続ける。「感情を表現する場を作り出さなくてはならない。〝なにごともなかったような〟社会復帰は傷を深める。しかし、苦悩を描いたり上演したり、物語や立ち向かう主張にできるなら、変容はすみやかにおこなわれる[*28]」

リュズはシャルリに関連するバンド・デシネを二冊描いた。『カタルシス』と『消せない（*Indélébiles*）』。私にとっては、カウンセラーの相談室と姉および三人の親しい友人の腕のなかが、感情を表現するための場だった。でも、いまは書くことがある。両価性とニュアンスを表現するための完璧な場。そして、家族や友人に「大丈夫か否か」を告げることから抜け出すための。おそらくこの本は、かれらのためにも書かれている。

もう一つ、こちらは私が気に入っているメタファーがある。「大きなチェスボード」だ。悲劇的な出来事は、どんなものであってもすべてが、他者との関係を制御不能としてしまう。大きなチェスボードをあらゆる方向に揺すったときのように。キングがビショップの場所をとる。ポーンがルークになる。あまり親しくなかった知人や同僚が、生活のなかで中心的な位置を占めるようになる。親しい友人がいなくなる。ドカーン。あるいは、ぎこちなくふるまうようになる。

なぜなら現実の生活で身近な誰かが悲劇に見舞われたとき、そこにいてもいいのかを、どこにいればいいのかを、誰も教わってはいないから。バカロレアに「共感（エンパシー）」という選択科目はない。だから、あるときはやり過ぎ、あるときは足りず、あるときは早過ぎ、あるときは遅過ぎる。気まずくなる。いやな思いをさせるのが怖い。言葉を見つけられない。

二〇一五年七月。ある晩、親しい友人に再会した。彼女は二年前、ひどく急なかたちで母親を亡くしていた。そして私は、まったく気の利かない友人だった。少なくとも自分の印象としてはそうだった。彼女が立ち直るために十分な手助けもせず、あまり電話もしな

*27 *Ivres paradis, bonheurs héroïques*, Boris Cyrulnik, Odile Jacob, 2016.〔未邦訳〕
*28 *Un merveilleux malheur*, Boris Cyrulnik, Odile Jacob, 1999.〔未邦訳〕

かった。だから二〇一五年のその晩、そのことについて詫びた。どうして彼女が悲劇を体験していることに気づかなかった？　どうしてかける言葉を探さなかった？　それで友だちと言えるのか？　「母親を亡くしたことがないからよ」と彼女は言った。「ほら、エルザとドロテーはよく来てくれた。二人ともお母さんを亡くしているから。あなたとはあまり会わなかったけれど、会ったときにはあやしげなルポルタージュのことで笑わせてくれたじゃない。おかげで気がまぎれた。自分の世界がひっくりかえってしまったみたいに思えるときには、変わらない友だちがいてくれることも必要なの」

この会話のおかげで、的外れに思える人たちに対して、もっと寛容になることができた。とくに、そこにいてくれる人たちに感謝できるようになった。適切な言葉や、適切な沈黙や、適切な身振りを見つけてくれた人たちに。そばにいることを気づかせてくれると同時に、姿を消すこともできる人たちに。適切な場所を見つけてくれた人たちに。

こうした人たちの名前を挙げたら長くなる。あまりに長くなり過ぎる。だから「アカデミー賞」授賞式でおこなわれるような甘ったるいスピーチにならないように、短く述べておく。

姉のセリーヌには、襲撃事件のあと、何週間も何か月間も毎日電話をかけて、三回に一回は笑わせてもらった。二〇一五年三月のある日、姉は私の感情を吸い取ってくれるスポンジだと言ったことがある。でも、姉自身のスポンジは？「うーん、夫かな」。では、彼のスポンジは？「子どもたちね」。それじゃあ、子どもたちのは？「犬！」

友人のルイーズは、襲撃の四日後に、きれいな柳細工のバスケットにものすごく美味しいお菓子やドライフルーツなど、素敵な物ばかりを詰めて持ってきてくれた。そしてアメリカ風のかわいい発音で、こんなことを言っていた。「調子が悪いときは美味しいクッキーを食べなくちゃ」。このバスケットを『リベラシオン』の事務所に間借りしていたシャルリに持っていったら、一時間後には空っぽになっていた。ルイーズはバスケットを取りにこなかったはずだ。

ペギーとマリーのカップルは、一月七日の一週間後に一日かけて料理を作り、バスケットに入れて家のそばまで届けてくれた。そのときまで私たちは、ツナのパスタで栄養を取っていた。動転して疲れ果てていた私たちは、その日、彼女たちが作ってくれた美味しいリンゴタルトを食べながら泣いた。

カミーユとノエミは、二〇一五年三月のある晩、ノエミの家でのディナーで私を抱き締め、困っていることはないかと聞いてくれた。私は思わず泣き出してしまった。妊娠が判明したばかりだけれど、この状況で子どもを育てるなんて考えられないと打ち明けると、二人ははっきりと言った。「あなたの望むようにすればいい。でも、あなたたちは愛しあっているし、すべてを乗り越えてきた。おむつや夜泣きなんておそれることはない」

夫の友人のヴァレリーは、二〇一五年六月、海辺にある日当たりのいい別荘を貸してくれた。安らげるその環境で、私はようやく書くことを再開できた。ニックとマチューは、しょっちゅうかれらの家に、私の神経症ごと招いてはもてなしてくれた。

このほかにもたくさんの人々が助けてくれた。

この一節の結論。人生において、親しい誰かがむごたらしい悲劇や突然の事件に見舞われたときには、食べ物を詰めた柳細工のバスケットを持っていくべきだ。それは、この本の重要なメッセージでもある。冗談だけれど、かなり本気だ。大切なのは、適切な身振りと適切な距離だから。

二〇一五年六月以後、近しい人たちとの関係は変わったが、それは離郷のせいだった。夫には、地理的な隔たりは苦痛をもたらさなかった。彼は襲撃事件で親友を失い、以前からの友人に会うと「自分自身」ではないように感じることが多かった。とくにお祝いごとがからむ席では。だから、しばらくかれらと会わずにいることは、彼にとっては安らぎをもたらした。だが、私は生きているのがつらくなった。とてつもなく孤独に感じていた。

その後、あらゆる方向に揺すられたチェスボードは少しずつ落ち着きを取り戻した。そのあいだに大きな変化があった。裏表のある変化でもあった。私は人々の体験する喪失や悲劇に対してより敏感になると同時に、「日常のささやかな悲劇」には前よりも冷淡になった。だから二〇一六年六月十二日、アメリカのオーランドにあるゲイ・バーでテロが起きたときは、一日中泣いて過ごした。悲しみは度を越していた。現地に行こうとさえ思った（まったくどうかしていた）。反対に、最近友人に「今年は二度引っ越したの。おかげでトラウマになったわ」と言われたときは、思わず（そっとだけれど）天を仰がずにいられなかった。私も人並みに「メンタルヘルス」に関する記事を読んだが、調査によれば、喪失や解雇と同様に、転居も人生において最もストレスを生む状況の一つだという。それに疑いはない。私は五年間で八回引っ越した。でも、率直に言って、友人の「トラウマ」に慈悲の気持ちを示すことはできなかった。癌から生還したばかりのときに、深爪の話をされたような気分だった。

二〇一五年以降、苦痛のレベルを示すカーソルが移動したことは否定できない。それとともに他者との関係も変化した。これは、シモンの妻メイジーもインタビューで話していたことだ。

少し前に、とても仲のいい友人がこう言ったの。お金が足りないのが心配だと。「月に八千ユーロぐらい稼ぎたいのに、四千ユーロだけなの。あなたにはわからないでしょうね、メイジー。あなたはお金がたくさんあるから」って。だからこう答えた。

「ねえ……あなたの健康と引き換えられるなら、テロの賠償金すべてを差し出してもいい。だから黙っていて」

この話をしたあと、彼女は声を立てて笑った。実際、笑う以外に何ができるだろう？ 二〇一五年三月のある日、助けてほしくて友人に電話をかけた。これもアパルトマンが見つからなくて苦しんでいたときの話。彼女はパリに素晴らしい物件をいくつも持っていた。でも二十分間、税金だの、税務署の許しがたさだのについての話を聞かされた。何を言っているのか、私には理解できなかった。そして最後に彼女はこう言った。

貸せないわ、カミーユ。最近はイスラムのテロ行為が話題になっているみたいだけれど、税務署のテロ行為については話されているのかしら？

私たちが生きている乱雑を極めたこの世界で、私たちが揺さぶられている竜巻の中心で、人々の生活は続いている。昇給や、終わらない仕事や、愛の苦しみの問題とともに。税務署の問題とともに。

ナマステ

おそれがどうのこうの。孤独がどうのこうの。まったく理解してくれない人たちがどうのこうの……。

こうした章はもう終わらせたほうがよさそうだ。大嫌いな「被害者化の言説（discours victimaire）」に陥りそうで怖いから。

ポジティブな話をしよう。試練を乗り越えるために、打ちのめされ過ぎない跳ね返りでいるために役立った――そしていまでもときどき役に立つ――ものについて話したい。私を大いに安心させ、力と勇気を与えてくれ、それによって間接的に、直接被害者である夫にも力と勇気を与えてくれたもの。レジリエンス――神経精神科医ジャン＝ディディエ・ヴァンサンの定義によれば「普通であればネガティブな結果を高い確率で引き起こしかねないストレスや不幸があったにもかかわらず、社会的に容認される方法でポジティブに成功し、生活し、成長する能力[*29]」――となるものについて。

被害者化の言説と同じくらい我慢できないのが、ポジティブ心理学による自己啓発の言説だ。それらはまるで、「セルフヘルプ」の本やコーチングのアプリを買ったり、子宮を感じるセミナーを受けたりすれば、幸せについて学べるかのように説いている。「何十億ユーロを動かすこの『幸せ産業』は『自己向上という自己中心的な強迫観念』を予告する」と、社会学者エヴァ・イルーズと心理学博士エドガー・カバナスは共著『ハッピークラシー[*30]（*Happycratie*）』で分析している。この思考体系のなかでは、ネガティブな感情にもはや居場所はない。「幸せは個人的な選択の問題に過ぎず、したがって苦しみも同様である。はっきり言えば、もしもある人間が苦しんでいるならば、それはよい選択をしなかったからなのだ」。環境にも社会的不平等にも不正にもまったく関係ない。あるいは、襲いかかってきたテロリストによる襲撃にもまったく関係ない。

きみは不幸なのか？　同志よ、革命を起こそうとしてはいけない。周囲の何かを変えようとしてもいけない。このコーチングのアプリがきみのモーニング・ルーティン（morning routine）を作って、平穏と自信をもたらしてくれるだろう。

それではこれから、「跳ね返りによる被害者として幸せを再び見出す五つの簡単な秘訣」を教えよう。

いいえ、けっこう。ほかにも何かあるのですか？

自己啓発の手段は規範化され、単純化を事とし、罪悪感を抱かせ、しばしば疑似科学にもとづいている。レジリエンスに関する研究は、シリュルニクの言葉を借りると、「よりよく耐えて再出発するために、われわれのレジリエントな英雄（ヒーロー）から二、三のアイデアを拝借することを可能にする比較法」を提供するものだ。

私がこれから話すのは、手段についてであって、個人についてではない。なぜなら、愛しあう近しい人たちがいることと、夫と娘と愛しあっていることが、私の幸せとレジリエンスの一番の源であることは明白だから。よってここでは語らない。それに、もしも目覚めたときの五歳の娘の短く柔らかな髪に隠れたうなじの匂い、甘くて刺すような匂い、ブリオッシュの、といっても夜のあいだに少し汗ばんだブリオッシュの中心部のような何とも言えない匂いをかぐことにどれだけ夢中になっているかを書きはじめたら、止まらなくなってしまう。

それでは簡単に述べよう。第一に役立ったのは、書くこと。それは状況に圧倒されてしまいそうなときの命綱だった。あらゆる期間を通して、私は夫の精神状態のことだけを考

*29 *La Chair et le Diable*, Jean-Didier Vincent, Odile Jacob, 1996.〔未邦訳、直訳は『肉体と悪魔』〕

*30 *Happycratie – Comment l'industrie du bonheur a pris le contrôle de nos vies*, Eva Illouz et Edgar Cabanas, Premier Parallèle, 2018.〔邦訳は『ハッピークラシー――「幸せ」願望に支配される日常』高里ひろ訳、みすず書房、二〇二二年〕

えていた。強迫観念になっていた。彼は調子がいいか？　何を考えている？　どんな夢を見ている？　書くときだけは視線をそらすことができた。夫ではなくほかのものに向けることができた。そして、夫が良好な状態（ウェルビーイング）でいるべきだという強迫観念、夫を息苦しくさせかねない、あるいは私を精神科の看護師としての役割に閉じこめかねない強迫観念のなかで、自分を見失わずにいることができた。仕事はまた、つながりを保つことを可能にする。係留ロープが嵐で傷めつけられても、撚った糸のおかげで船を陸につなぎとめることができるように、仕事は私を桟橋に結びつけてくれたのだ。

先に述べた心理療法も回復に役立つ手段だった。始めたのは二〇一六年三月。襲撃事件から一年二か月後だ。かなり時間が経っているが、これは私だけではない。同じく跳ね返りによる被害者でシモンの妻メイジーがセッションを始めたのは二〇一五年八月。フィリップ・ランソンの兄アルノーはさらに半年遅れている。被害者がなんとか窮地を脱したと感じるまでは、そうする気持ちになれないのだ。アルノーはこう説明する。「最初はその必要は感じなかった。なにしろ闘っていたから」。私の場合は出産してから、そして夫と娘が身体的にも精神的にもほぼ安全だと確信できるようになってから、ようやく自分の記憶や将来に関心をもつ余裕ができたのだ。

私にとってのもう一つの「メランコリーの妙薬」――フランス・アンテルのラジオ番組からタイトルを拝借した――はフィクション。昼間は移動中に小説を読み、夜はベッドでシリーズ物を観る。そのうち眠ってしまい、一筋のよだれが右頬を伝ったままひからびていく。フィクションは魔法だ。知覚を停止させてくれる。ジャン＝マリー・シェフェールは、『なぜフィクションか？[*31]（*Pourquoi la fiction?*）』というエッセイのなかで、「虚構（フィクション）的没入」の特徴の一つは「想像的活性化状態」だと語る。フィクション的没入の状態では、知覚と想像的活動との関係が逆転する。通常の生活においては、われわれの想像的活動は一種のざわめきのようなかたちで知覚と行動にともなって起きるのに対して、フィクション的没入の状態では、想像は知覚を無に帰せしめることはないけれども明らかに優位に立っている。たとえばプルーストの作品では、子ども時代の語り手は、庭で本を読んでいるときには村の大時計が時を告げる音がほとんど聞こえない。寝具にくるまりながらシリーズ物を観ている私の耳に、通りのサイレンの音はほとんど聞こえないのだ。

ヨガとボクシングもまた、私のレジリエンスに重要な役割を果たしている。ヨガは九年

*31 *Pourquoi la fiction?*, Jean-Marie Schaeffer, Le Seuil, 1999.〔邦訳は『なぜフィクションか？――ごっこ遊びからバーチャルリアリティまで』久保昭博訳、慶應義塾大学出版会、二〇一九年〕

前に始めたが、三つのことを教えてくれる。柔軟性と心の均衡と力（フォース）。身体レベルと精神レベルの両面で。柔軟性はあると思う。力はその日しだい。心の均衡、それが問題……。一月七日の十日後、私は早くもレッスンを再開したいと考えた。そうすることで、一分間に一万二千もの考えが頭に侵入し、体は不安と疲労に締めつけられた筋肉のかたまりになり果てている現実を打開できるのではと思ったのだ。完全な失敗だった。

　私はホールの奥にいた。最初の二十分間ほどは何事もなく過ぎた。ウシュトラーサナ（ラクダのポーズ）に移るまでは。唇を前に突き出して鳴くのではない。膝を立て、完全に反（そ）り返って、手を足の上に置かなくてはならない。中級レベルのポーズで、背中を伸ばし、胸郭（きょうかく）を完全に開く。心臓のあたり。その姿勢を数秒間保ったとき、襲撃事件のことを思い出した。正確に言えば、そのとき事務所にいた生存者たちを思い出した。体を起こしながら泣いていた。涙のしずくが頬を伝うような泣き方ではなかった。全身を震わせ、声を振り絞って号泣したので、その場にいた人たちが一斉にこちらを見た。おかげで惨憺（さんたん）たる姿でホールから逃げ出す羽目となった。

　ヨガを再開したのは、それから一年と少し経ってから。いまでは再び生活のなかでの大切な要素になっている。子育てや読むことや書くことやフレンチ・キスと同じくらいに。ヨガは確かに瞑想に導いてくれるけれども、同時に、コア（core）と呼ばれる筋肉や体幹を鍛えてくれる。コアマッスルは、コルセットのような働きをする。つまり固定し、安定させる。脆さやおそれを覚えるとき、せめて体だけはしっかりしていると感じることが、私には必要なのだ。イギリス式ボクシングもしばらくやっていたが、こちらも安定感を抱かせてくれた。それに、狂ったようにサンドバックを殴るのは、この世でもっとも快感を与えてくれる行為の一つだと認めなくてはいけない。

ただし、襲撃事件後の私が、六時起床、ヨガ、朝食、そして執筆、といったタイトな日課をこなしているとは思わないでほしい。まったくそうではないのだから。以前の私だったら想像もしなかっただろうけれど、重要だとわかったレジリエンスの手段の一つは、「ゆっくり」であること。何も生み出さず、無為で、ゆったりとして、穏やかな時間のすべてが貴重だ。たびたびの昼寝、とりたてて目的のない散策、列車や飛行機での静かな旅、テラスで通り過ぎる人々を眺める時間。二〇一五年一月以後、しばらくはこうした「何もない」時間が必要だった。結局、友人のメタファー「空中で破裂した羽まくらのようで、羽根が地上に落ちるまでには時間がかかる」は正しかった。私は身をただよわせることを繰り返していた。この「浮遊」の時間にピリオドを打ったのは、生活するために、そして娘の教育のために、再びフルタイムで働く必要ができたときだった。でも、だからこそ娘には、ときには「何もないこと」あるいは「たいしたことないもの」が元気を取り戻させてくれるのだと教えている。「さあ、ベッドに入って、あまり動かないで、ちょっと退屈だけれど、すごく気持ちいいってわかるから……」
そして、ここぞとばかりに娘のうなじの匂いをかぐ。

最後にお話しするレジリエンスの手段は特別なものだ。毒に変わってしまった妙薬だから。それはアルコール。とくにワイン。

以前から親しい人たちは知っていることだが、襲撃事件に関わりなく、私はワインを飲み過ぎるくらい飲んでいた。十八歳になったときからつねに。友人や家族とのアペリティフ、ディナー、お祝い。ただし、フランス人として、異常なほどではなかったと思う。二〇一五年以前は、友人たちと比べると、飲む量が多いこともあれば少ないこともあった。一人では絶対に飲まなかったし、毎日飲んでいたわけでもなく、飲めば必ず飲み過ぎるということもなかった。それが襲撃事件後に変わった。次第に飲み過ぎるようになっていった。そうなってしまうときの状況には二つある。

まず、夜に夫と二人で飲むケース。つらかった一日の終わりにリラックスするために、緊張をほぐすために、ワインを飲む。これだけ聞けばなんらおかしなことではない。問題は、私のほうは一杯で満足することがなくなってきたこと。もっと飲まずにいられなくなったことだ。それも毎日。

予想はできたことだった。そもそも私たちが出会ったのも、健康的なテーマについて話すためではなかったから。私たち夫婦はもともと、かなり飲み過ぎるタイプだった。夫が一月七日の編集会議に遅刻したのも、一番の理由は、前の晩に（質の悪い）ワインを飲み過ぎたせいだった。

襲撃事件後、私たちにとってワインが抗不安薬がわりになった。二人とも医薬品は服用していなかった。一月七日の夜十時頃、オルフェーヴル河岸から、警察官に家まで送ってもらう途中、小型スーパーの前で止めてもらった。赤ワインを二本買って、その晩二人で飲んだ。もちろん、それぞれがタバコを一箱吸いながら。その日、私の脳内で「赤ワイン」が「ようやく得られた落ち着き」と結びついたのだ。それからは、最低でもボトル一本飲むようになる。そうすることで眠りにつけるのだ。アルコールを断ったのは二〇一五の三月末になってから。妊娠がわかったときだ。最初の数週間はつらかった。

出産から数週間後、また飲みはじめた。ありとあらゆる言い訳をこしらえながら。「これまで乗り越えてきたことを思えば、これくらいの楽しみは許される……」と自分に言い聞かせた。ワインは慰めであり、不安をやわらげてくれるものだったが、私のなかに少しずつ侵入してくる何かになった。夫はアルコールに溺れることなく、何週間もまったく飲まずに過ごせるのに、私は毎日夕方五時になると、アペリティフのことを考える。ボトルがちゃんとストックしてあるかを確かめる。「飲みたい」から「飲まずにいられない」に変わっていた。おそろしいのは、それに気づかないこと。自分ではこう思っていた。私は酔ったりしていない。仕事も母親としての役目も立派にこなしている。目の下の隈（くま）が少し増えたけれど、それだけだと。やせた体も見えていなかった。だが、内面への影響は大きかった。目覚めたときにぐったりと疲れ、異様なほどに落ちこんでいることが多くなり過ぎていた。

ほかにもよくない影響があった。夫といるときに飲み過ぎて政治的な議論が始まると、右派になってしまうのだ。グレムリン〔スピルバーグ監督の同名映画に登場する不思議な生き物〕は真夜中過ぎに何かを食べることで怪物に変身してしまうが、私はグラス一杯飲み過ぎるとナディーヌ・モラノ〔共和党の政治家。人種差別的な発言がある〕のまがいものに変身する。これは非常に問題だった。

二〇一五年以降、仕事でパリに行って、夜に友人に会うと、必ず飲み過ぎるようになった。どうにもやめられない。夜が終らなければいいと思う。ワインかビールが欲しくなる、いや、何でもよかった、ただ帰りたくないだけなのだ。まるで、まだ寝たくないと駄々をこねる子どものように。酔っぱらったおしゃべりな子どもだ。アルコールが入ると言葉を止められなくなるから。何杯か飲んだあとでも意識ははっきりしていて、距離を保ちユーモアをまじえて話すことができた。でも、心の奥底には怒りと悲しみがあって、それをシャルドネで薄めていた。あるいはピノ・ノワール、そのとき次第。いつも、翌日の仕事の打ち合わせはちゃんとするからと自分を安心させていた。

これについて周囲の人にわかってもらうのは難しい。「でも大丈夫よ。アルコール依存症ではないから。だって、朝起きるなりウォッカをひと瓶飲みほすわけじゃないでしょ？」そう言われてしまう。すべてをきっぱりやめることにしたのは、ごく最近、この本を書きはじめてからだ。「すべて」とはアルコールとタバコ。お酒を飲まないという、私にとって普通ではないことをすると決めたのだ。本当につらかった。その大変さが、精神的にどれほどこの物質に依存していたかを思い知らせてくれた。

このアルコールとの難しい関係、こうしたかたちでのアルコールの常習が、おそらく一月七日に関連する私の主なトラウマ反応の一つだろう。それでありながら、一番長いあいだ目をつぶってしまったものでもある。侵入思考は受け入れた。短期間うつ状態だったことも認めた。他者に対して抱いた怒りなどのネガティブな感情も分析した。身近な人たちの一部に対して無関心だったこともわかっている。でも、よく生きるための習慣に過ぎないと思っていたものが、実は私を苦しめる依存症だったことを悟るのに、五年もかかってしまった。よりどころだと思っていたものが、オオカミの罠だった。二〇一五年から二〇二〇年まで。五年間。長い時間だ。「跳ね返り」であるという事実が、この障害を見抜く力をにぶらせたのだろうか？　誰かこころの専門家に聞いてみなくては……。

私がこれまで書いた本——セクシュアリティが主なテーマだ——の読者は、おそらくいまこう思っているだろう。レジリエンスに役立つ手段として、どうしてセックスやエロスについて話さないのかと。安心してほしい。これから話すつもりだから。

エロスとタナトス

二〇一五年十二月三十日に話を戻そう。この年の十一月十三日に起きたテロ事件を受けて、『ロブス』に「パリにおけるテロ：二〇一五年、親密な生活への攻撃[*32]」と題する記事を書いた。セクシュアリティとテロとの関係を分析しようという試みだった。まず、イスラム過激派のもとでセックスの自由が保たれるかどうかについてのおそれと、テロリズムと性的欲求不満との関係にふれたのち、生存者とそのパートナーとのセクシュアリティというテーマに取り組んだ。

インセストや性的暴行やレイプにあったあとのセクシュアリティに関する文献を読

*32 http://leplus.nouvelobs.com/contribution/1463064-attentats-a-paris-2015-l-attaque-de-l-intime.html

んだ。病気や交通事故に結びつく性的なトラウマについての文献も読んだ。トラウマ性ストレスに関するエッセイも。だが、トラウマ後セックスに関する記事は？　かろうじて死を免れた、そして／あるいはつねに脅迫されている人は、どんなセックスをするのか？　サバイバーにはよく眠れているか、ちゃんと食べているかとたずねる。でも、どんなセックスをしているか、どんなふうに感じているかとは聞かない。しかし、生の欲動と狂気やうつとの闘いは、セクシュアリティの中心にこそひそんでいると私は思っている。

（中略）テロは心の防衛に対するレイプだ。テロリストたちは私たちの生活や精神のなかにあるものすべてをくつがえした。私たちはもはや以前のようには眠れず、同じ想像はできず、家族や友人と同じ関係はもてず、何かの物音がしただけで飛び上がり、映画やテレビドラマで銃撃シーン（とても多い）を観ることもできない。だが、私たちの欲望と、愛したい、感じたい、キスしたい、舐めたい、吸いつきたい、愛撫(あいぶ)したい、相手を感じさせたいといった欲求は保たれている。

私たちは運がいいと言えるだろう。一月七日以前は、セックスは私たちの生活と私たちカップルの基本であり、生きていくうえで不可欠とすら言えるほど根源的な何かだった。でも、これから数年後には、どうなっているだろうか？　相手を失うことへのおそれと、元に戻りたいという願いに加えて、警護上の問題から、私たちはつねに一緒にいるようになっている。昼も夜も。この極端な近さ、相手を見て、触って、感じたいという欲求は、私たちの心の復興に必要だ。しかし、結局は、私たちのエロティズムに害をなすのではないかと考えている。エロティズムは火と同じように、少しの空気を必要とするからだ。しかし、いまはまだ、相手が少し離れるだけで、少しのあいだ姿が見えないだけで、不安に襲われる。

だから、現時点では保たれているエロティックな欲望が、これから長期間にわたりどのように変化するかを観察するのは、意義深いことだろう。同様に、欲望がわきにくくなったカップルや、トラウマを負った独身者たち、身体的かつ心的に傷ついた人たちについても調べるべきではないか。そして最後に、フランスでも他国でも、テロの直接被害者ではないけれども、その人たちから大きな影響を受ける立場にいた人たちはどうしている？　かれらは新しいセクシュアリティを、変化した欲望との関係を生きているだろうか？（中略）憎しみよりも強いオーガズムを？

「数年後には、どうなっているだろうか？」と書いたのは、二〇一五年のこと。いま、その問いに答えることができる。変わったと。セクシュアリティは、心理療法において、とくにテロの枠内で、ないがしろにされていると私はずっと考えている。性科学者(セクソローグ)のマガリ・クロセット＝カリストの言葉を借りるならば、「野蛮さに対する応答の一つは、セックスの美徳のなかに存在する」[*33]。しかし、この素晴らしき欲望が長期間にわたって続くかといえば、そうとも言えない気がする。なぜか？　理由はとても喜ばしいものでもある。つまり、普通の生活が回復するから。そしてそれとともに、普通のセクシュアリティも戻ってくるからだ。もちろん、「普通」という言葉に意味はない。大人同士の同意による関係という義務的な枠組みを除けば、セックスに規範はないからだ。そこで、「抑えきれないほどではないセクシュアリティ」と呼んでみよう。

　二〇一五年一月七日後の一年間、私の欲望は無傷なだけではなかった。過剰にあふれていた。夫の肌にふれるたびに、数分違っていたら二度とこうすることはできなかったのだという思い――多少の差こそあれ――を抱いた。これが生存者のセクシュアリティだった。でもこれは、「死の欲動（タナトス）に対する性の欲動（エロス）ではなく、タナトスゆえのエロス」。喪失がありえたという新たな体験によって生命、それとともに欲望が増大したのだ。

　あれから五年が経ち、ブリーフ姿の夫を見てももう死を連想しなくなった。それにいまでは、別の大きな要素が加わった。子どもをもったことだ。これこそ、カップルの性生活をこれ以上ないほど攪乱（かくらん）する存在。とくに、いまは大きなベッドに寝ているこの子が、ほぼ毎晩そこから起き出し、両親のあいだで眠ろうとやってきては結局、ベッドの半分近くを占めてしまうときに。わかる人にはわかるはずだ。

　要するに、すべてのカップルにおいて、心的エネルギー（リビドー）は変化する。陽気でクリエイティヴかと思うと、怠け者で内気になる。サドマゾとセックスの夜を過ごすよりも、ピザを食べながらネットフリックスを見たい夜もある。

また、カーマスートラ〔古代インドの性愛書〕にある六十四の体位を実行するよりも、絵や執筆といったそれぞれの仕事における表現に欲動やエネルギーをそそぐ時期もある。フロイトはこれを「昇華」と呼んでいる。具体的にはこう表現される。「今夜はダメ。本を仕上げなくてはいけないから」

冗談はさておき、セックスは二〇一五年の私たち夫婦にとって、トラウマに対する最高の薬だったように思える。だからこそ私は、この「トラウマ後セックス」について、とりわけ一部の直接および間接被害者がセックスをまったくしなくなることも含めて、心理学的研究をもっと進めるべきだと考えてきた。

だがいまは、襲撃事件後に私たちのセクシュアリティが激変したことを、一九六八年の五月革命世代のスローガンのように「オーガズムは憎しみより強い」と表現することはできないとわかっている。私たちが体験した荒れ狂う欲望は、単に恐怖に対する好ましい反応ではなかったと思う。そんなに単純なものではない。哲学者クレール・マランがエッセ

*33 *Moins de stress grâce au sexe*, Magali Croset-Calisto, Albin Michel, 2019.〔未邦訳、直訳は『セックスでストレスを減らす』〕

イ『断絶[*34]（*Rupture*（*s*））』で書いているように、「内面深くの変化から起こる強い症状の一つ」にちがいない。

それは、生きる意欲の再生や生きることへの渇望ではなく、その反対で、いまや私たちのなかに刻みこまれている無の表現だ。（中略）この貪欲なセクシュアリティは、無からの回復そのものと己の存在の承認として、いまや私たちの生活の中心となっている。受けた暴力の何らかが介入している。私たちのなかには、焼けつくような痛みが、無の刺し傷が残っている。この享受すべき憤怒のなかで、試練を受けた人物は、自分を突き動かしている破壊的な緊張を少しゆるめる。その人は心ならずも暴力の原動力となり、その責任を背負う。抑えのきかないリビドーは私たちをつらぬき、一部を破壊し、ほぼ打ちのめした暴力を思わせる。私たちのなかに打ちこまれた無を思わせる。それは身体による表現であり、そのうえ、他人との関係においては伝えることが非常に難しい喪失体験の表現である。

この反直感的な分析は、私が『ロブス』に書いた記事ほど素朴なものではなく、もっと複雑で含蓄がある。そしてこの記事もまた、よい知らせをもたらしてくれる。たけり狂っていない欲望への回帰はおそらく、もはやタナトスではなく、エロスに向けてのセクシュアリティの真の回帰のサインだ。いま私が愛を交わす相手は、もはや生存者ではない。

*34 *Rupture (s)*, Claire Marin, Éditions de l'Observatoire, 2019.〔未邦訳〕

幕間Ⅴ：植物

さて、普通の鳥はダメだった。ハタネズミもダメ。キンカチョウもおそらくダメ、それでは植物ならばどうだろう？　花盛りの春、晴れた火曜日に考えた。

テロとはまったく関係のない人と話す必要があるのを感じた。その数日前から、二〇一五年一月九日にポルト・ド・ヴァンセンヌ駅近くのスーパーマーケット「イペール・カシェル」で起きたテロによる被害者たちの証言を読んでいた。事件がどんな経過をたどったのか、ほとんど覚えてしまった。被害者の近親者たちは、フローレンス・ボイヤーの話に出た「待機（と心配）による損害」を経験している。人質状態は四時間以上に及んだのだから……。

一月十一日を思い出す。「私はシャルリ」のほうが、「私はユダヤ人」あるいは「私は警察官」よりもずっと多かったことを。一月七日の事件と、一月八日（モンルージュで警察官クラリッサ・ジャン＝フィリップがアメディ・クリバリに殺された）および一月九日（イペール・カシェルが襲撃された）の事件とで、メディアの扱いと世間の同情に差があることを、被害者の近親者たちはどう受け止めたのだろう？　絶対に耐えがたいと思う。不公平だとも。これらの近親者数名にメールを送ったけれど、返信はもらえなかった。おそらく、私が一月七日の襲撃事件に関する本を書いているから、そして、かれらにとって自分たちの苦しみや経てきた道のりがシャルリとは別のものとみなされる必要があるからだろう。今回もそれ以上の連絡はしなかった。そうしたくなかった。かれらの物語はかれらのものであり、私は跳ね返りによる被害者全員の代弁者ではないのだから。

逆に、私は新しいテーマの調査を始めた。そのほうがつらくなかった。

ヴェルサイユ庭園の庭師であり、植物や木や花に関する世界的な専門家、アラン・バラトンに連絡を取った。二〇一五年の初めに一度、彼の家で会ったことがある。リュズとパトリック・ペルーと、バラトンの友人数名と一緒に昼食をとったのだ。当時、ヴェルサイユ庭園は一般公開されていなかったが、彼は私たちを秘密の場所に案内してくれた。魔法にかかったようだった。マリー＝アントワネットの瀟洒（しょうしゃ）な東屋（あずまや）で、しばしのあいだ二人だけで過ごしたのだ。ようやく私たちだけで……もちろん警護の警察官二名と一緒に。日付が変わるときには前後不覚に酔っていた。それはさておき、彼との出会いは素晴らしい思い出になっていた。

電話で、私が何を探しているかを説明した。バラトンは三十分間、低く美しい声で、信じられないような話を聞かせてくれた。キヅタは一般的に思われているのとは違って、木と共生している。ビカクシダはランの一種で寄生植物ではなく、反対に木々が養分を蓄えるのを助ける。マリー＝アントワネットのコナラは、守ってくれていた周囲の木々が暴風で倒れたのちに切り倒された。アフリカのフルートアカシアは、ゾウに食べられないようにアリを住まわせる。バラトンの木や植物の話――彼は語りが素晴らしく上手だった――に私はすっかり聞きほれていた。しかし、跳ね返りの経験に通じるものはまったくなかった。

それでも彼は、私の想像のなかにキヅタやゾウや王妃やアリを住まわせてくれた。この数か月、この本を書くために毎日読んだり聞いたりしてきたテロに関する話題のすべてとは違って、就寝前の娘に聞かせることのできる話。

「むかしむかしあるところに、とても食いしん坊なゾウさんがいました……」。

自己への回帰

内面について語りはじめたので話すことにする。襲撃事件後の私の行動のなかで、強く印象に残っているけれども、認めるまでに時間がかかったものがある。それは「自己への回帰」。別の言葉で呼ぶならば、「他人のことをまったく気にかけない行動」あるいは「わがままを恥ずかしいと思わない行為」だろうか。

私は、自分がソファ・フェミニストと呼んでいる通りの人間だ。活動家ではあるけれど、戦場ではなく、書くことで闘う。おおまかに言えば、自分の調査と著作を介して「セックス・ポジティブ」のフェミニズムのある考え方を支持し、三月八日〔国際女性デー〕のデモに参加し、イニシアティブを引き継いでいるけれども、毎週土曜日の夜に、家庭内暴力の被害者団体を支援しに出かけはしない。しかし二〇一〇年以後、書くことのテーマがどんどん政治的になっていくなかで、集団で行動したい、現場で活動したいと感じるようになってきた。思っていることを、記事や本のなかだけではなく、もっとうまく主張できるようになりたいと。とくに、もっともっと取り組みたいと願うのが、青少年の性教育問題、HIVとの闘い、セックスワーカーの権利といった分野だ。そう思っていた、二〇一四年には。

そして一月七日がやってきた。集団で行動したいという気持ちは完全に吹き飛んだ。パーン！　と。重要なのは何か？　夫が身体的にも精神的にも生き延びること。それから私たち三人が生き延びることに変わった。夫と私と私たちの娘。それ以外のことはどうでもよかった。気持ちを奮い立たせてエッセイを出版し、性教育をテーマとしたヤング向けの小説も書いたけれど、それが私にできる精一杯の活動だった。

ジャーナリストのリュシル・ベルランは『生きている／生きたい』[*35]でこう述べている。「生存者は、自分や自分の近親者のための時間が必要だと口にするとき、少し罪悪感を抱く。〝恥ずべきエゴイズム〟ではないかと感じる。しかし、精神分析の観点からは、逆にこの自己への回帰の動きは健全な何かであり、回復の始まりを示すものとみなされる。一見すると自分の殻に閉じこもるように見えるこの行為は、社会と再びつながるための避けられない通過点となるだろう」と。私は生存者ではない。けれどもまさしく「自分の殻に閉じこもるように見えるこの行為」を体験した。そしてこれは、非常に厄介だ。数週間ではなく、もっとずっと長く続くものだから。

作家のシゴレーヌ・ヴァンソンは、シャルリの襲撃事件における生存者だが、二〇二〇年一月の『シャルリ・エブド』に非常に美しい文章を載せている。彼女は自分の主体的社会参加（アンガージュマン）がどこにいったのかを問いかける。

あたかも生き延びるという行為が、一九九五年、パリの壁に、ロベール・ユー〔当時フランス共産党全国書記〕のポスターを貼ろうとしたときよりも、大きな勇気を必要としているかのようだった。ほら、私はまだ笑うことができる。もっと大きな声で笑うことだってできると思う。たくさん泣くこともできる。ああ、苦しみが私に、都会の生活と集団での行動を捨てさせたのだ。

自己と身内の輪への回帰という動きは、間接被害者に共通するものだろうか？　私はそうだと思っている。しかもそれは、多少とも長いあいだ続く。イザベル[*36]は、バタクラン劇場テロ事件の生存者の母親だが、フランス・キュルチュールの番組で自分の体験を語っている。彼女はその晩、ほかの観客十数名と一緒に楽屋に閉じ

*35　既出〔注釈19を参照〕。
*36　https://www.franceculture.fr/emissions/lsd-la-seriedocumentaire/vivre-avec-le-terrorisme-14-les-mots-des-survivants.

こめられていた娘から、警察に知らせてほしいという電話をもらった。その後の数日間は、何時間にもわたって娘がどれほどおそろしい体験をしたかを聞き、自分も「その場にいた」ような感覚を味わった。さらに数か月間、娘を支え続けた。四年後、彼女は頭ではどれだけ理解できるようになったか、しかし、身体はどれだけ「いまだにすべてを託されているか」を語る。そしてこの「自己と家族への回帰」について、こう説明する。

ほんの少しですが、自分のまわりで起きていることに再び興味がもてるようになってきています。でも三、四年間は、すべてのものから切り離されていました。車のなかで聴くのはフランス・ミュズィック〔クラシックとジャズ専門のラジオチャンネル〕。ニュースはできるだけ聞かないようにしていました。何かのニュースを聞いて、私がふさぎこんだり悲しくなったりしたら、娘やその他の子どもたちを支え、生きる意欲をもたせることができなくなるからです。だから、そうなる可能性のあるものはすべて遠ざけていたのです。共感と言えるものにも心を閉ざしていました。たとえば、その後に続いたテロ事件の被害者たちにも共感することはまったくできませんでした。人としての境界が悲しいほど狭まっていたのです！　優先すべきは娘と家族。それが当然だと思っていました。

自分の身を守り、直接被害者と自分の世話をすることが死活にかかわるほど重要だった時期が過ぎると、それ以前にはなかったアンガージュマンが必要になることがある。それを体験したのが、フィリップ・ランソンの兄アルノーだ。フィリップはシャルリ・エブド襲撃事件で顔に重傷を負った。第一次大戦の「顔を壊された」兵士たちと同じような傷を負ったのだ。アルノーは襲撃後の数か月間、フィリップの最も近くにいた人間だった。フィリップがその素晴らしい著作『断片』で記しているように、それは襲撃の数時間後から始まった。フィリップが病院で目覚めたとき、最初に見た近親者はアルノーだった。

兄は、私の新しい人生という色で塗り直されていた。同時に、意欲と疲労と不安によって若返り、受け入れてすでに取りかかっていた任務のなかで活力を取り戻し、強くなっていた。この任務によって、兄は数か月のあいだ私の分身となり、事務や社交や内面のすべてに関する参謀役になった。最初に視線をまじえたこの瞬間、互いの意志にかかわらず、指令が発せられたのだ。[*37]

フィリップは、苦痛をともない体力を消耗させる手術を何度も受けることになる。アル

*37 既出〔注釈8を参照〕。

ノーは、非常に親しい友人たちと協力して、弟の生活が少しでも楽になるような体制を整えた。多くの事務的な手続きを処理すると同時に、親しい人たちとの関係もとりさばいた。それについて、私が電話したときにこう語っている。

弟には取材依頼が殺到していた。当然だ、顔に銃弾を受けたんだから。まさに、その言葉の通りにね。たくさんの人が彼に会いたいと電話してきた。かなりデリケートだったし、もっと言えば難しかった。でも、最初の数週間は、本当にたくさんの人にこう言うほかなかった。いいえ、会えないんです。会いたくないのでありません。面会時間がひどく限られているものですから、とね。

当時のアルノーは二児の父親で、従業員十名の中小企業の経営者だった。妻は保育園の園長だが、妻の給与だけで家族全員を養うことはできない。そのため、アルノーは仕事をこなしながら毎日病院に通った。大変ではあったが、乗り越えられないことではなかった。彼にとっては明白なことだったから。「最優先すべきはフィリップだった。残りのすべては二の次だったんだ」。よく「自分の体も労わらなくては」と言われたが、そんなことは気にも留めなかったという。つねに行動していたから。だが、そのペースが落ちたとき、つまり数か月後、フィリップが少しよくなって転院したとき、まさしく反動が起きた。そこで彼はカウンセリングを受けにいく。

突然うまくいかなくなった。いったい何が起きたのかと思うほどだった。いわゆる喪失感というやつだ。任務がなくなってしまった。いろいろなことを考えたよ。緊張感がゆるむとすべてが「無味乾燥」に見えた。普通の生活に戻ると、緊張感が失われていた……。愕然としたよ。何か意味のあるものを見つけたかった。カウンセラーとの最後のセッションで、この「喪失感」について話した。説明するのは難しかった。だってこう思っていたから。「これでよかったんだ。最高のはずじゃないか」と。するとカウンセラーはこう言った。「任務がなくなったのですから、あなたが喪失感を抱くのは当然のことですよ」。この言葉で乗り越えることができた。前に進めるようになった。

その後、二〇一八年に『断片』が出版された。アルノーは、フィリップが精神的に味わったことのすべてを本当の意味で知り、この物語の事実上の中心人物となった。体験したことを話してほしいという依頼を受けて、彼は承知した。活動することに決めたのだ。

中学校などで講演をしているんだ。『断片』が出版される前は、そうした場所にはまったく行かなかった。いまは活発にやり取りしたり証言したりしている。目的は、被害者を紹介することでテロリズムを具体的にイメージしてもらうこと。被害者を実際に見てもらうことでね。いつも二人で証言しているんだ。寛容さと政治的な柔軟さについて考える場になればと思っている。「荒れている」とされる地区に行くこともある。一年間に三クラスから五クラスだから、たいしたことじゃない。でも、僕にとっては本当に重要なことなんだ。

私と話すまで、彼はこうした若い聴衆の前で、間接被害者として自己紹介していた。「跳ね返り」という言葉を教えると、このほうが適切でしっくりくる、と言ってくれた。

とくに重要で伝えたいと思うのは、僕たちが二人とも被害者だということなんだ。跳ね返りの被害者も、被害者である。講演によってそれを伝えることができる。直接被害者以外にも傷ついた人々がいると教えることができる。僕が体験した暴力は、僕だけのものだ。あの部屋にはいなかったけど、事件のただなかにはいた。もちろん、フィリップが体験したこと、見たことに比べれば同じレベルにいない。それについては議論の余地もない。フィリップとは全然違う。でも、テロとまったく関わりのなかった人たちとも違うんだ。この中間の立場を理解してもらうことが、難しい。

私ももちろん同意見だ。それでもこの会話のなかで、体験の違いについては念を押さずにいられなかった。リュズはカラシニコフ銃の銃弾で、顔の四分の一以上を失ってはいないのだから……。

僕たちの身内が身体的に重傷を負ったか、それとも精神的にどん底にいるかは、結局のところほとんど重要ではない。身内として被害者を支えなくてはならないのは変わらないのだから。助けて寄り添う。結局は同じ方法でね。直接被害者であっても間接被害者であっても、被害者同士はいわば見えない糸で結ばれていると思う。共通の何かをもっている。絆さ。僕はシャルリのメンバーのことはほとんど知らない。知っているのはシゴレーヌだけだ。でも、あれを乗り越えた人たちの誰か、たとえば印刷工場〔襲撃事件の犯人たちが事件翌日に押し入って人質を取った工場〕の経営者ミシェル・カタラーノに会うと、会話にも熱がこもる。いろいろ話せるんだ。何を話すべきかなんて考えなくていいからね。

見えない糸……絆……それが私の求めていたもの。ここ数か月、意識していたにせよ、いなかったにせよ。

二〇一五年一月に続く数か月のあいだに、シャルリの近親者や生存者が集まる社交的な機会が何度かあった。どれもが非常に素晴らしいものだった。とくに記憶に残っているのが、二十名ほどが参加した文化大臣主催のとんでもないディナー。『リベラシオン』に置かれた仮事務所と葬儀と一月十一日のデモを除くと、これが初めての再会だった。金ぴかの広々とした応接室で、背すじを伸ばしてナポレオンチェアに座り、はじめは全員が少し緊張していた。そこで何をしたか？　会が終わる頃にはぐだぐだに酔っぱらい、誰もがテーブルのまわりで踊ったり、紙タバコを吸ったり、大騒ぎしていた。もちろん大臣の許可を得て。責任者が困惑と怒りに満ちた視線を向けていたので、その気持ちをやわらげてあげようと、大臣のシックな応接室を千鳥足で出るときに声をかけた。「大目に見てくださいい、みんな代償不全[*38]なんですから」。このほかには、エルザ・カヤット〔精神科医・精神分析家、シャルリ・エブド襲撃事件で殺害された〕の素敵な姉ベアトリスの家での感動的なディナーも忘れられない。パトリック・ペルーと一緒に、ヴェルサイユにある彼の友人アラン・バラトンの家で過ごした夢のような一日も。

夫が、数人を除いた「シャルリの人たち」から離れるべきだと、それも早急にそうすべきだと感じているのはわかっていた。死んだ友人たちや以前の生活を思い出させるすべてが、彼に耐えがたい苦痛をもたらしていた。だから、そうした接触を断つほうが、彼の健康にとってはよかった。でも私には、襲撃事件後の生活についての考えや思いを分かちあえる人と会うことが必要だった。毎日でなくてもいい。全員とでなくてもいい。精神の不調を訴えなくてもいい。でも、アルノーが言った「見えない糸」に指でふれている必要があった。それなくして「自己への回帰」の本当の終わりは起こりえない。

「私には」とはっきり書いたのは、この歩みは私のものだからだ。跳ね返り全体に共通するものではまったくない。こうしたすべてから逃げたのがローランの配偶者、パスカルだ。

調査報道ジャーナリストのローラン・レジェは、二〇一五年一月七日、『シャルリ・エブド』の編集室にいた。最初の銃撃を聞いてテーブルの下に隠れたので、奇跡的に身体的な傷をまったく負わずに済んだ。

一月七日以後、ローランとは『リベラシオン』に置かれた仮事務所で会った。それから二〇一六年の春、彼はパスカルと一緒に、友人たちを招いて盛大なパーティーを催した。場所はギリシアのある島、かれらはそこで小さな家をリフォームしていた。私たち夫婦も招待された。これが生後半年の娘を連れた初めての旅行だった。夫はそこで被害妄想の発作を起こした。島の上を飛んでいるドローンが自分を撮影していると思いこんだのだ。ま

*38 訳注：ここでは不安やストレスを軽減するための心理的なメカニズム（防衛機制）がうまく働いていないことを意味している。「代償」とは、ある対象に向けられた欲求をほかの対象に向けたり置き換えたりすること（平成医会「苦手な人に対する心理と防衛機制」を参考）。

ったくもって「すべてを忘れるヴァカンス」からは程遠い雰囲気だった。

とは言っても、それ以外では滞在は楽しかった。ローランとパスカルは幸せそうで、愛しあう二人が仲間に囲まれているのを見るのは感動的だった。かれらは、白と青の宝石箱のような愛の巣を築き、そこに新たな根を見出そうとしていた。二人とは、それからパリでも一、二度会った。しかし、パスカルと二人だけで話すのは、二〇二〇年四月にスカイプで呼びかけたこのときが初めてだった。彼がどんな話をするかはまったく想像できず、こちらが用意した十問程度の質問に答えてくれるだけだろうと思っていた。だが実際には、彼は何よりも語ろうとした。そしてその内容は、私を驚かせるものだった。

一月七日の朝、パスカルがオフィスにいると、ローランが電話をかけてきてこう言ったという。「上で銃撃されている。警察を呼んでくれ」。電話はそれで切れた。


僕は糖尿病なんだ。この電話を聞いて低血糖症状が出てしまって、何をしたらいいのかわからなくなった。警察にかけるつもりで、国鉄（SNCF）に電話した。三六三五番だよ。だから応答メッセージが流れた。何がなんだか理解できなかった。オフィスでそばにいた人間が、僕の様子がおかしいのに気づいてくれた。それで、警察の電話番号を調べてくれるように頼んだんだ。警察にかけたら「承知しています」と言われた。いったん外に出たけど通りでまたおかしくなって、どうやって行けばいいのかわからなくなった。それでローランの妹に電話して『シャルリ・エブド』の住所を聞かなくてはならなかった。

彼はオテル・デューで心理士に会うことを断った。ローランが帰宅すると、二人でウイスキーを飲んで寝た。翌朝、彼の電話は鳴りっぱなしになった。ローランと連絡を取りたがるジャーナリストたちからだ。気がおかしくなりそうだった。そこでローランに言った。「こんなふうじゃ暮らしていけない」と。そして数日後、転勤というかたちでイタリアに移住する。友人たちからは「ローランをたった一人にしておくのか？」と言われたが、ほかにはどうしようもないんだと答えた。ローランは取材に応じるようになっていたが、これがパスカルを怯えさせた。会話ができなくなっていただけにいっそう。

すごく複雑な状況だった。起こったことについては話さなかった。これが僕たちの関係に緊張を生んだ。互いにぎこちなくなった。自分を取り戻すには長い時間がかかった。少なくも半年間。驚いたのは彼が、自らが体験したことをかなり冷静に分析していたことだ。彼が遠くに感じられることがときどきあった。僕が話しかけると、彼は自分の殻に閉じこもってしまう。何が起きたのかをどうしても知りたいわけじゃなかった。でも、彼がそれをどう受け止めているのかは知りたかった。落ち着くには五、六か月かかった。いまはうまくいっている。
かれらにとってレジリエンスに役立つ手段が何だったのかを聞こうとしたまさにそのとき、パスカルが、ギリシアの船の上で初めて会ったときのことを覚えているかとたずねてきた。ぼんやりと覚えていた。

リュズの顔を見たとき、彼の調子が悪いのがわかって、そのことでものすごく不安になった。それで、ローランに「行けないような気がする」と言ったんだ。またあの状態に陥りそうな気がしたから。でも翌日、家で見たリュズはまったく違う顔をしていた。別人みたいだった。だいぶよくなっていた。でも、前の晩、僕はローランにこう告げていた。「あの状態に戻りたくない。そんなことは予定していなかった」と。そう、すごく記憶に残っているんだ、船上でのこのイメージが。リュズの顔に「襲撃事件後」を見ていた。でも、たぶんそれは、ページをめくる一つの方法だった。それまで僕がめくっていなかったページを。いまはむしろ、ドラマでバイオレンス・シーンを見ると不安になる。たとえば最近、『ファウダ（*Fauda*）』〔ネットフリックスで配信されているイスラエルのドラマ〕を観た。おかげで悪夢と不眠に悩まされた。でも、ローランは全然だった！　こう言われたよ。「しょせんは映画じゃないか！」ってね。ランソンの本も読めなかった。とにかく、少しでもシャルリに関係するものがダメなんだ。バンド・デシネもルポルタージュも……。そうだ、あれ以来、『シャルリ・エブド』も買えなくなった。変だろう？　でも、できないんだ。

襲撃事件が彼の生活をくつがえしたかどうかをたずねると、もしも自分たちカップルが乗り越えられなかったらそうなっていたかもしれない、との答えだった。数か月間は本当に難しかった、と彼は繰り返す。とくにローランが、シャルリのほかのメンバーたちと一緒に、従業員全員によって運営される新しい『シャルリ・エブド』を立ちあげようと奮闘していたからだ。自分は「闘士の魂をもって」いないと認めるパスカルにとっては新聞社は継続したほうがいいけれども、そのなかにローランはいないほうがよかった。だが、それを伝えるのは難しかった。二人はコミュニケーションをとれなくなっていたから。

ローランはそこにいなかった。どこか別の場所にいた。彼がカウンセリングを受けたことから、会話を再開することができるようになった。僕自身は彼のカウンセラーになりたくなかったし、テーブルの下に隠れていたときに、彼の身に起きていたことの詳細に立ち入りたくなかった。ねえ、カミーユ、僕はシャルリじゃない。理解はしているけれど、でもシャルリじゃない。あの部屋に押しこまれたくないんだ。ギリシアの初日みたいに、あの苦しみのなかに押し戻されてしまう。だからローランに言った。「これはきみの物語だ」と。僕の物語じゃないと。

パスカルの記憶には、ギリシアの船上でのリュズの顔が実に深く刻まれている！ リュズはひどくこわばって、不安に満ちた顔をしていたにちがいない。私はそうした彼を見慣れていたけれど、何か月間も会っていなかった人たちにとってはそうではなかったのだ。答えはほぼ予想できていたが、自分を跳ね返りによる被害者だと思うかどうかたずねた。

いいや、思わない。僕が体験したことなど何でもないことさ。ローランが何を体験したのか、僕には想像もつかない。だからいつも自分に言い聞かせている。「我慢しろ、お前は生きている、あの部屋のなかにはいなかったんだ」ってね。こう思うんだ。「思い切っていけ」と。母から教わったことだ。自分のことを気にし過ぎるのをやめて積極的に行動する、ネガティブよりもポジティブな面を見る。被害者という言葉は、僕が体験したことに比べたら強すぎる。あのテーブルのまわりにいた人たちが体験したことを過小評価してしまうような気がする。だから、いつも意図的に距離を置いているんだ。これについて話したことはない。ローランには「僕はシャルリじゃない」と言っている。自由とかを守ろうとする意志は理解できる。でも、「僕はシャルリ」

と言ってしまったら、あのおぞましい部屋に押しこまれてしまう。それは望んでない。「僕はシャルリ」と口にすると、不安でたまらなくなって、息ができなくなって、はらわたがよじれる。あの部屋に戻ってしまう気がする。ローランがインタビューを受けると、あるいは記念日が来ると、僕は、自分がいなかったあの部屋にまた沈められてしまうんだ。

（沈黙）

話に出ただけで、息苦しくなって、喉がつかえたようになる。そして夜にはうなされる。きみとはこの話になるとわかっていた。だから今週はずっと眠れなかった。動揺させられると知っていたからね。だけど、僕は脅迫されてはいなかった。命の危機を感じたこともない。そこが、きみたちと僕たちとのものすごく大きな違いだと思う。ローランの命についても心配したことはまったくない。襲撃事件のあとでも、自分が安全でないと感じたことは一度もないよ。僕の願いはただ一つ、シャルリのページをめくって、そこに行くのをやめること。

そうだ、ひどい体験をしたんだ。シャルリの女性たちの家でのパーティーから帰るときだった。フィリップ・ランソンも一緒だった。退院したばかりで、顔は完全に砕かれていた。タクシーに乗った。ソレーヌ〔二〇一五年四月からシャルリの編集委員〕とローランとフィリップと僕。その運転手が、事件についてしゃべりながらこう言ったんだ。「いやあ、結局はフェイク・ニュース（fake news）ですよ。全部モンタージュでしょう」ってね。その車にはランソンとローランが乗っていたんだよ……。気がおかしくなりそうだった。このパーティーのあと、ああいうところには二度と行かないとローランに言ったよ。もう一度言うけれど、「私はシャルリ」のスローガンのなかに僕はいない。その言葉は僕をあのおぞましい部屋に引き戻してしまうんだ。

パスカルは毎年、フォトアルバムを作る。二〇一五年のアルバムには、イタリアで撮った「私はシャルリ」のポスターの写真があった。「もっとあとだったら、そうしなかったと思う」と言われた。このアルバムを作った時点では、おそらく意味があったのでは、と聞いてみた。「たぶんそうだろうね」。スカイプの画面越しに見る彼の顔と首がかすかに充血している。視線も定まらない。不安が身体にあらわれているのがはっきり見てとれた。そこで、ギリシアでのヴァカンスの予定をたずねてインタビューを終え、挨拶を交わした。「あの部屋のテーブルの下に入りたくない」。会話の最中に、いくどなくパスカルが繰り返した言葉だ。彼は二〇一五年以降、カウンセリングを受けていない。自分を跳ね返りによる被害者とみなしていないから。それでも私と話しただけで、精神的苦痛を覚える状態に追いこまれていた。二〇一六年には、リュズのこわばった顔を見たことで、どうにもならないほどの不安に襲われてもいる。彼のおそれは非常に明白なものに集中している。襲撃の最中に彼のパートナーがいた、物理的な場所。編集室のデスクの下。

このインタビューは私を大いに動揺させた。パスカルに大変な負担を強いたことがわかったから。そもそも彼には、私のインタビューに応える義務などまったくなかったのに。その一方で、彼が気づかせてくれたのは、襲撃後の私たちの行動は大きく異なっていたけれども、どちらも襲撃のあいだ、配偶者が体験したことに直接結びついていたことだ。配偶者が見たこと、見なかったこと、したこと、しなかったことに。

ローランはデスクの下にいた。死ぬかもしれないと思いながら、友人や同僚たちが死んだり負傷したりするのを見た。私の夫は少し遅れて着いたから、通りにいた。シャルリのメンバーを虐殺したばかりのテロリスト二名が出てきて、空に向かってカラシニコフ銃を撃つのを見た。とっさに隠れてかれらをやり過ごした。パスカルをいまも不安にさせるのは——もちろん、彼が言うように、いまは前よりよくなってきているが——シャルリであること、あのデスクの下にいること、あの部屋のなかにいることだ。私を不安にさせるのは、シャルリであることではない。彼とは違って、私の恐怖はシャルリの事務所に結びついていない。そう、私のおそれは外部の世界に集中している。

二〇一五年、ショック状態にあるときに私たちの頭から離れなかった思いは、いまもおそらく、多少は私たちにまとわりついている。

「彼はシャルリで、デスクの下にいた。おそろしかったにちがいない。彼は部屋にいた。あのいまわしいデスクの下に……」

「彼はどこにいた？　彼は通りでテロリストたちを見た。やつらはまだそこにいる？　彼を探しに来るのだろうか？」

『テロの手当をする（*Panser les attentats*）』のなかで、トラウマを専門とする臨床心理学者マリアンヌ・ケディアはこう説明する。テロのようにトラウマをもたらす状況に置かれると、人間の脳は即座に非常に強い反応を示すが、それは闘争（ファイト）、逃走（フライト）、凍りつき（フリーズ）の三つのタイプの行動（英語の fight、flight、freeze の頭文字をとって「３Ｆ」と呼ばれる）で表現される。

あらゆる哺乳類と同様に、われわれ人間は危険を乗り切るために用いるまさに「配電盤」と呼ぶべきものをもっている。しかし、危険とおそれが非常に大きい場合、この配電盤はショートし、自動的な防衛反応を引き起こす。つまり、闘争するか、逃走するか、感情的にも身体的にも凍りつくか、だ。ひとたび危険が去ると、これらの生理的なメカニズムは、われわれの精神生活に重大な影響をもたらす。起こった反応の奇妙さが、われわれに罪悪感を抱かせたり、恥じ入らせたり、自分たちには価値がないのではと思わせたりすることさえある。[*39]

多くの人が巻き添えとなった十一月十三日のテロでも、この三つのタイプの反応が見られた。はっきりさせておくが、どの反応がよいと言えるものではない。ある人が凍りついたことで本人や周囲の人の命を救うこともあれば、逃走や闘争によってそれらの人々を危険にさらすこともある。そしてまたこの逆もある。さらに、すべてはテロが継続していた時間にも左右される。シャルリにおける襲撃は数分間だった。イペール・カシェルとバタクラン劇場でのテロは数時間に及んだ。そのあいだに、一部の生存者は複数タイプの反応を体験している。ある人はいったん逃走してからほかの人たちを救うために闘い、ある人は凍りついたあとで逃走したのだ。

カトリーヌ・ウォンの経験によると、闘争反応を示した人が、必ずしもその後をうまく乗り切れるわけではないという。

これは実に意外なことです。身動きできなかった人、事態にまったくついていけな

*39 *Panser les attentats*, Marianne Kédia, Robert Laffont, 2016.〔未邦訳〕

かった人のほうが、行動した人、事態を把握していた人より、精神面で必ずしも悪くなるわけではないのです。行動した人たちの一部は、現在も心的に極めて深い傷を負っています。中期的に生活を継続することができなくなっているのです。また、これらの人々はその後の助けをあまり求めません。自分を信じ、それがうまくいったために、助けが必要だと思わないのです。ここでは直接被害者について話していますが、直接被害者と間接被害者とのあいだに根本的な違いはないと私は考えます。

跳ね返りによる被害者も、同じように「3F」を体験するのだろうか？ ウォンはそう確信している。

たとえばシャルリの場合、事件当日に、一部の間接被害者たちは通りで活発に動いていました。当局や治安維持隊によって行動を制限されなかったからです。一方、身動きできなくなった人たちもいます。そんなところに行ってはいけないと言われたために、実際そこには行かず、完全に思考停止状態となってしまったのです。直接被害者と同じように。

パスカルは電話をもらって通りに出たが、完全に身動きできなくなった。私はタクシーに飛び乗り、なんとかニコラ・アペール通りに近づこうとして警察官に食いさがった。パスカルは、シャルリにつながるすべてにひどく不安を抱くという意味において、シャルリではない。私はいま現在、襲撃事件と生存者の調査に一年間を費やしている。パスカルは一月七日の一年半後、親しい人たちを百人ほど招いて、陽気で楽しい盛大なパーティーを催すことができた。そこでの話題は、愛とタコのグリルと友情の物語だった。私は五年経ったいまでも、飲み過ぎたときにはニコラ・アペール通りの話をしないよう気をつけなくてはならない。パスカルとローランは固い絆で結ばれたカップル。それは私と夫も同じだ。パスカルは自分を跳ね返りによる被害者とみなしていないが、私のメールに返事をくれた。彼のおかげで私は、この見えない糸をまた少し、織り進めることができた。

運命愛

「私を殺さないすべてのものが、私をいっそう強くする」。先史時代の男性ラハンのこの言葉は、実はニーチェからの引用だ〔Rahan はフランスの同名コミックの主人公であり、高い知性を備えている〕。知っておいてほしい。**運命愛**と呼ばれるこの概念について、ニーチェは『偶像の黄昏(たそがれ)』のなかで詳しく語っている。

カオスは有益だと、ニーチェは確信している。カオスによってわれわれは自分の力を示し、開花させることができるのだから。突発的な出来事は、それがどれほど残虐なものであったとしても、すべてが日ごろの実力以上の力を発揮し、それによって自分がより活気に満ち、決然としていると感じるためのチャンスになる。

私たち夫婦に関しては、ニーチェは正しいとも間違っているとも言える。私たちはカオスを必要としていなかったけれども、体験したことすべてのおかげでより強くなった。私自身カオスを必要としていなかったけれども、おそらく以前よりしっかりと、より強く、より決然としている。日常生活における細かな面倒ごとが、前ほど気にならなくなった。

やらなくてはならないこと（仕事関係、友人関係、家族関係）も、前ほどうんざりせずに引き受けている。そして母親として、分別をもって娘の心配をしている。これはかなりのパラドクスだ。侵入思考をもち、最悪を想像しているのは確かなのに、多くの物事に立ち向かえると感じているのだから。

ニーチェ――またしても――は『反時代的考察』のなかで「造形力〔可塑性〕」について述べている。「私が意味するのは、自己の内面から固有の仕方で生長し、過ぎ去ったものや異質なものを造りかえて自分のものとし、傷を癒し、失われたものを補い、壊れてしまったかたちを模して自ら造り直すあの力のことだ。こうした力をほとんどもちあわせていないために、ほんのわずかな傷口からの出血で死に至る場合のように、たった一度の出来事、苦しみ、ときにはほんのささいな不正のために、破滅してしまう人がいる。一方で、このうえなく残忍でおそろしい不幸や災厄にも傷つかず（中略）、すぐに比較的良好な状態となり、ある種の平穏に至る人もいる[*40]」

夫はすぐに「良好な状態」になどならなかった（いまだって本当にそうだと言えるだろうか）。彼が「過ぎ去ったもの」を「造り変えて自分のもの」とするには何年もかかった。

*40 *Seconde Considération intempestive*, Friedrich Nietzsche (1874), Flammarion, 1998.〔邦訳は『ニーチェ全集』第I期第二巻、白水社、一九八〇年に収録。大河内了義訳を参考〕

でも、彼が造形力をもっているのは明らかだ。

では私は？　もっていると思いたい。脆弱なだれそれではないと思いたい。私は犠牲的精神の持ち主ではないし、救済者の立場にいることに喜びも感じない。そもそも、二〇一五年に夫がいくつかのメディアで私に救われたと発言したときは、いらだちを覚えたものだった。それでも自分が強くなり、一部の傷を癒やすことはできたと思っている。その理由は以下の二つだ。

第一に、私は悲劇に打ちのめされてはいなかったから。夫も親も、あるいは子どもも、亡くしていなかったから。夫は重傷を負ったわけではなかった。私は苦悩のなかに埋もれてはいなかった。

第二に、これは非常に書きづらいことだが、すでにトラウマになるような体験をしていたから。前に述べたニューヨークでのレイプ事件だ。この二つを結びつけるのは難しい。加害者か被害者が有名人でない限り、レイプは個人的なトラウマとなる。新聞で自分のレイプに関する記事をいやというほど目にすることはない。これをテーマにした社会的な言説も確かにあるけれど、レイプは、言わせてもらうならば、私たちに属している。しかしテロは、集団共通のトラウマだ。それはさておき、一月七日に続く数日から数週間、私は起こりうる事態をかなり明確に思い浮かべながら、夫を良好な状態に、というよりも、少しでもいい状態にすることに神経を集中させていた。彼は食べることも眠ることも忘れようとしていた。壁に頭を打ちつけ、解離症状を起こすか否認のなかに閉じこもるかと思われた。心理士による検査と、おそらく催眠療法かEMDR〔眼球運動による脱感作と再処理法。PTSDに有効な心理療法の一つ〕を必要としていた。麻薬に逃避すべきではなかった。被害妄想にもなりやすかった。ずっと泣き続けることもあった。それについて話すことも話さないことも必要に思われた。そして少しずつ、本当に多くの時間をかけて、本当にゆっくりと、彼は窮地を脱していった。

私はトラウマやPTSDを専門とする心理学を学んだことはない。だが、そうしたすべてが二〇一二年、私に起きた。あえて言うならば、低いレベルで。だから、そうだ、やはり、結局は、私を殺さなかったすべてのものが、私をいっそう強くした。悲劇のあとで身体と精神に何が起こりえるかを知っていたことが、いわば夫に寄り添う準備をさせてくれた。もちろん、二〇一五年以前にレイプを体験していてよかったなどとは言わない。ただ、トラウマとなる出来事をすでに体験していなかったら、同じ反応はしなかっただろうというだけだ。

要するに、私の力は、彼の力からもたらされている。直接被害者と間接被害者の関係は一方的でない。それについては、フィリップ・ランソンが実にうまく語っている。病院で初めて目を開けたときのこと。

私は二重の慰めの要請から、兄の手に向けて手をさしのべた。私は兄を慰めなくてはならなかった。そして兄も私を慰めなくてはならなかった。どちらかだけではいけなかった。一方通行の慰めはないはずだ。*41

私に勇気をくれたのは、夫に勇気を与えるための勇気をくれたのは、夫の冗談、傾聴、芸術的な好奇心、映画のおもしろいけなし方、優しい情熱、あるいはあの力そのものだ。**運命愛**の概念が疑わしくなっているというのに、私は人生における次の悲劇に対してまったく備えていない。むしろその反対だ。

この五年間、とんでもなく愚かな信念を抱いてきた。この先、私たちには、本当におそろしい出来事はもう何も起こらないだろうと。これはテロ以外の、という意味だ。それから、たとえば、親の死などのとてもつらいけれども普通に起こることも除く。

私は神も運命も信じていないが、呪術的ともいえる考えを発展させてきた。二〇一五年の襲撃事件があまりにおそろしく残虐だったので、これで悲劇に対する免疫ができたのではないかと。天上に万能の存在がいて、夫を見下ろし、「あの男はもう充分つらい目にあっている。だから、前立腺がんにかからないようにしてやろう。そうでもしないことには哀れだから。そっとしておいてやろう」と言ってくれるのではないかと。理性的でないことは重々承知しているし、私の無神論とも矛盾する。いや、ほとんど迷信だ。私を殺さないすべてのものが、私をいっそうバカにする、のか？　新型コロナウイルスによるパンデミックが始まった頃、こんなメッセージを友人に送った。「心配だけれども、本当におそれてはいない。私たちはすでに津波に襲われているから。センザンコウ〔この動物からコロナウイルスが見つかった例がある〕を食べた人間のせいで死ぬことはないでしょう……」と。実際、免疫があるなどという愚かな思いこみは捨てるべきだろう。「雷は同じ場所には二度と落ちない」という有名なことわざがある。そうかもしれないが、雷に打たれて傷んだ木は、その後少しずつ虫に喰われていくものなのだ。

虫と言えば、ぶんぶんとうるさい羽音のように、この五年間、私の頭を悩ませている疑問がある。それが「もしも」だ。この疑問は個人的なものではなく普遍的なもの。誰もが抱く疑問。

もしも私があの場所に、あるいはあの家庭に生まれなかったら？　そして、もしも両親が別れていたら？　あるいは別れなかったら？　もしも私があの小説を読まなかったら？　もしもあの教授に会わなかったら？　もしもあの男性あるいは女性と恋に落ちなかったら？　もしもその人と別れなかったら？　もしもあの日、あそこに行かなかったら、あるいは……

＊41　既出〔注釈8を参照〕。

いはあの旅行をしなかったら？　もしもあの仕事を辞めなかったら？　もしもあの道を通らなかったら？　運命は、迂回、出会い、断絶からできている。そして、こうした「もしも」にインスピレーションを得て、多くのハリウッド映画が作られた。

その一つが、一九四六年に公開されたフランク・キャプラ監督の『素晴らしき哉、人生！（*La vie est belle*）』。映画史上最も美しい作品の一つだ。舞台は第二次世界大戦直後、安堵感がただようアメリカ。背景はクリスマスのおとぎ話。雪、モミの木、ブルジョアの居心地のよい家、固く結ばれた家族、愛に満ちたまなざし。そしてもちろん、このコミュニティの調和を破壊しようという考えにとりつかれている敵意に満ちた冷血漢。

ストーリー：ベッドフォード・フォールズに住むジョージ・ベイリーは勇敢で、夢を抱く少年だった。だが、予想外の出来事が続いたために、思い描いていたのとは違う人生を送ることになった。そしてクリスマスの夜、粗忽者の伯父が犯した失敗と冷血漢の悪意によって悲劇が起こる。絶望したジョージは自殺を考える。

それを阻止するのが、神の介入と翼を求める天使クラレンスの行動だ。ジョージは、自分は存在しなかったほうがよかったのではないかと自問する。それならば、とクラレンスは、ジョージのいないこの町がどうなったかを彼に見せることにする。そこでは町民それぞれの運命が悲惨なものになっていた。「一人ひとりの命が、ほかの人の人生に影響を与える。そして、一人ひとりの不在がおそろしいほどの欠落をもたらすのだ」

私はこれまでの人生で天使に出会ったことはない。でも、しばしば人生を逆回しで考える。もしも二〇一四年十二月十一日に、『アンロック』の編集長アン・ラフテにメールを送り、俳優オセアンの紹介記事を載せよう、そのために二〇一五年一月六日に彼のショーを観にいこう、と提案しなかったら？　そしてショーのあとに、仲間たちとワインを飲んで悪酔いしなかったら？　もしも翌朝、アラームで目を覚ましていたら？　もしも夫がガレット・デ・ロワ〔一月六日の公現祭を祝って食べるお菓子〕を買うために立ち寄ったパン屋に行列ができていなかったら？　もしも通りに着いたときに「入るな！　武装した男たちがいるぞ！」と窓から叫んでくれる人たちがいなかったら？「もしも」はもっと前にさかのぼる。もしも二〇一三年十二月末に、私がリュズにインタビューをしなかったら？　もしもインタビューの数日前に、あの男と別れていなかったら？　もしも私たちが互いに夢中にならなかったら？　リュズの運命はどうなっていただろう？　そして私の運命は？

もしも二〇一四年十一月まではそうだったように、建物の下にシャルリを警護するための警察のライトバンが停まっていたら？　被害者たちの運命はどうなっていた？　そしてもしも、公然と脅迫されていた『シャルリ・エブド』がもっと厳重に警護されていたら？

ささいな疑問は個人的なものにとどまらない。それは世界的で、集団的なものでもある。ブラジルにおける蝶の羽ばたきがテキサスで竜巻を引き起こすというのは有名な話だ。最近では、中国の武漢奥地で作られたセンザンコウのスープが、全世界でパンデミックを引き起こした〔起源の特定は実際には困難である〕。

襲撃事件の数週間後、『ル・モンド』のサイトで読んだ記事によると、襲撃の前日、クアシ兄弟は計画を「延期」しようと考えたという。兄弟のうちのサイードが……下痢になったから。結局は七日に少し回復するのだが。

もしも七日に行動を起こさなくても、おそらく別の日に「決行」したにちがいない。でも、その前に計画が露見していた可能性もある。そう考えると、もしも下痢のウイルスが、過激派の犯罪者をトイレにくぎづけにしていてくれたなら、一月七日から九日にかけて起きたテロは起こらなかったかもしれず、罪なき人たちの命も救われたかもしれず、フランスの歴史も世界の歴史もまったく違ったものになっていたかもしれない。そして、もしもロペラミド〔下痢止めの薬〕が開発されていなかったら？

なんといまいましい運命！

ムステラ

二〇一九年九月のある晩、八時頃だった。パリ十一区のテラスで、友人三人とテーブルについていた。ビールとピーナッツを楽しみながら。そのなかでは一番つきあいの浅い一人と話しこんだ。リポーターをしているという青い目のきれいなブロンド女性で、物言いは早口で率直だった。互いの仕事の予定について語ったあと、話題はカップル、貞節、性的魅力（セダクション）に移った……。

「一月七日以来」――私は言った。「ナンパされなくなった。フェイスブックでもそうだし、仕事でパリに行ったときにはたまにパーティーに参加するけれど、何も起こらない。襲撃事件のせいでナンパお断りのバリアが張られているみたい。男たちは、リュズの女に誘いをかけるなんて下品で恥ずかしいと思っているんでしょうね。彼が愛によって救われたとかなんとか話しているから。本気で裏切りたいなんて絶対に思っていないけれど、ただ、私としてはちょっとつらいと言うか……」

「違うわ。女としてどうかってことは関係ないの。あなたがママになったというだけ」

「え？」

「いい？　私の夫はテロにはあっていない。でも二年前、私が母親になったときにそういうのは終わったの。セダクションのマーケット、誘惑する女のマーケットからは退場したの。本当に。外を歩いても、男たちは私に目もくれない。見えないみたいにね。見てほしいわけじゃないけれど、でも……」

「同じよ。でも、私はバカじゃないし、ちょっとはセクシーだし、パーティーでは子どもがようやくおまるを使うようになったなんて話はしない……」

「そうね、わかっている。でもそういうこと。もう終わりなの」

「だけど、ＭＩＬＦ（ミルフ）と思われることもあるんじゃないの？」

「それはないでしょ。ＭＩＬＦは思春期の子どもの母親。あと何年か待たなくちゃ。私たちはまだムステラ[*42]の匂いをさせているから、普通の男たちは寄ってこない」

テロのすさまじい暴力が作った落とし穴。すべてをテロと関係づけて分析してしまう。私がナンパされなくなったのは？　一月七日のせい。ＳＮＳでヴェール着用に賛成するフェミニストをひっぱたきたくなるのは？　一月七日のせい。目じりにしわが増えたのは？

一月七日のせい。実際には、母親になったこと、非宗教的（ライック）で[43]普遍主義的な教育を受けたこと、あるいは単に時が経ったことが、アイデンティティと価値観の問題に、テロと同程度かそれ以上の影響を与えている。

それはわかっているが、どうしても私の脳は、出来事を襲撃事件との因果関係を通して分析してしまう。時間的にも、それらを襲撃の前か後かに分けて感じ取らずにいられない。まるで紀元前と紀元後のようだけど、こちらはシャルリ・エブド（CH）前とシャルリ・エブド（CH）後だ。二〇一四年十一月に公開された映画に関する記事を読むと、「ああ、CH前二か月ね」と思う。二〇一五年三月に出版された本ならば「CH後二か月」。

頭がおかしくなったわけではない。この現象について、ボリス・シリュルニクは『素晴らしい不幸』のなかでこう述べている。「轟音が基準値となって記憶に刻みこまれ、それ以後は必然的にすべての出来事がそれを参照することになる[44]」

この記憶の「タトゥー」は、これから数年間、私の心のなかに、存在に関する二元的なイメージを創り出すだろう。明確に定義され、永遠とみなされていた一月七日以前の私の

*42 ベビースキンケアのブランド名。

*43 訳注：laïque はフランスの政教分離原則を意味する laïcité（ライシテ）の形容詞。国家の宗教的中立性と個人の信仰の自由の保障に関する言葉。

*44 既出〔注釈28を参照〕。

アイデンティティが存在したはずだと。たとえばこんな感じ。カミーユ・エマニュエル、「セックス」をテーマにするジャーナリスト、フェミニスト、パリジェンヌ、独立心が強く、こっけいなことだけではなく社会活動についても書く、ブロンドの髪、ピンナップガールみたいな服装。そして、分断され、あいまいで、永遠に揺れ動く以後のイメージもあるだろう。しばしば、以前の私にとっての将来を懐かしく思い出す。ブラジルポルトガル語でサウダージ・ド・フトゥーロ（saudade do futuro）と呼ばれる「未来への郷愁」とは、訪れなかった未来への哀惜のこと。二〇一五年に起きたことが起こらなかったならば訪れたはずの「以前の自分にとっての未来」を、私はもの悲しい気分で想像したものだ。

ごく最近、この幻影的なビジョンを打ち砕くことができるようになった。幻影的という言葉を使ったのは、二〇一五年以前の私は、たったいま描写したようなジャーナリストではなかったから。ちょっとふざけて私のパーソナリティを誇張してみただけ。ほかの側面を隠すために。

その後、ほかの要素が、私の欲望や表象や外観を変化させた。母親になったこと、書くこと、時間が経ったことなどだ。もしも襲撃事件とそれに続く離郷がなかったら、私はあのカミーユのままだっただろうか？　そうではなかったと思う。「もしもあれが起きなかったら」といくどとなく考えた。世界各地に行って、売春婦と孤児を救うためのルポルタージュを書いていただろうか？　そうかもしれない。でも、そうでなかったかもしれない。

リュズは二〇一四年末に、シャルリを辞めようと考えていた。そして私についても、そうしたルポルタージュにお金を出してくれるメディアが実際にあっただろうか？

この個人的なサウダージ・ド・フトゥーロは、両価性をもっている。単純に以前の私のままだとみなされるのも耐えがたいからだ。以前のアイデンティティを懐かしむと同時に、そこから逃げてもいる。クレール・マランは著作『断絶』のなかで、「己と他者に対する不可能な信頼」について完璧な分析をおこなっている。

私は試練にあう前の無頓着さを保つことはできない。（中略）事件が私に侵入し、私のパーソナリティの内なる均衡を変えてしまったことを、なかったかのようにはできない。[*45]

だが、このパーソナリティはつねに変わらぬ一つのものだろうか？　クレール・マランはアンリ・ミショーを引用している。「人はおそらく、ただ一人の自分のためだけに作られてはいない」と。そして自問する。

[*45] 既出〔注釈34を参照〕。

われわれは小さな断絶の連続、状況に応じて組みあわされるつながりのないアイデンティティの連続によって作られているのではないか？（中略）私は、出来事によってつくられた自分とは違う存在ではないか？　それよりもむしろ、どうして首尾一貫した主体のうちに、偶然によって無数の人物の内面があらわれることはないと思うのか？

二〇一七年十一月九日、カナール・プリュス（Canal+）〔フランスの有料民間テレビ局〕で放映されるムッシュ・プルプの新番組「クラック－クラック（Crac-Crac）」の最初の打ち上げに参加した。この番組には九月から関わっていた。リモートでの協力だったので、スタッフのことはよく知らなかった。私は「セックスについて書くジャーナリスト」として雇われていた。みんなとは打ち解けていたので問題はなかったが、撮影のあいだ、私より若い人も多い作家やユーモリストたちのなかで戸惑いを感じることがときどきあった。軽さ、知性、ユーモア、そしてセックス。これが「クラック－クラック」のキーワード。二〇一四年のカミーユにはぴったりだ。でも、二〇一七年のカミーユにはしっくりこなかった。ある役を演じているような気がした。もちろん、仕事となればあらゆる人物を演じるものだ。だが今回は、言ってみればその衣装がきつくて、ナフタリン臭いように思われた。

十一月のその晩、バーの閉店後、番組ディレクターのアンリと、そのパートナーであるカメラマンのジュリエットが、残っていた十名ほどを自宅で飲まないかと誘ってくれた。私もそこに加わった。

アパルトマンに着いてすぐ、居間の床に、きれいな色に塗られた木製の大きなドールハウスが置かれているのに気づいた。そこで、ジュリエットのそばに行ってたずねた。「お子さんがいるの？」まるで「麻薬をやっているの？」と聞くような口調になっていた。彼女はうなずき、三歳と六歳の娘がいると答えた。私は顔を輝かせた。チームの誰かとちょっとだけでも子どもの話ができるとは。それまでは絶対にそんなことはしなかった。もちろん、禁じられていたわけではない。ただ、自分に子どもがいなかったときは、たとえ三十秒間でも子ども自慢を聞かされるとうんざりしていたから。だから数週間、子どもなどいないみたいにふるまって、いっさい話題にはしなかった。それに、この番組で扱うのは、家具に変身したり、乱交パーティーの写真を撮ったり、野菜でフェラチオする練習をしたりして、性的ファンタジーを楽しむ人々だ。チュピ（T'choupi）〔同名アニメーションのキャラクター〕のような子ども向けの番組ではない。ジュリエットとは少しだけ娘の話をした。パリにいるあいだは会えないのですごく寂しいこと。そして、笑顔や甘えるしぐさやうなじの匂い……。ジュリエットはほほえみながら聞いてくれた。次に会うときには、小さくて着られなくなった娘の服をあげようと言ってくれた。親であることについて話すささやかな機会をくれたことで、彼女は意図せずに、私がそれまで着ていた窮屈な衣装のボタンをいくつか外してくれたのだ。

二度目の打ち上げは、二〇一八年一月に、オベルカンフ通り近くのバーで開かれた。そこでアンリと話をした。それまでほとんど言葉を交わしたことがなかった。仕事のあいだは二歳になる娘の話だけではなく、いやそれ以上にリュズや『シャルリ・エブド』の話はしないようにしていた。これも当然だ。第一に仕事だったし、しかもこれは楽しいセックスの番組なのだから。テロリズムの精神的な影響について語る場ではない。それに、フェミニストとしては、はたして「だれそれの妻」と名乗ってよいものだろうか？　だが同時に、ふりをしているようにも感じていた。起きたことのすべてを否定しているような気がした。偽善者になっているように思えた。壊れているくせに、作られたばかりのピカピカの新品みたいなふりをする、操り人形のような気分だった。どうしてそんな話になったのかは覚えていないが、夫が誰であるかをアンリに告げた。すると彼は、急に私を抱擁した。まさにその言葉通りに。そこで、この経験豊かな五十代のディレクターが左派の政治活動に身を投じていたと知った。彼は一月七日の襲撃事件に大変なショックを受けていた。しかし、トラウマになったと大げさに言うことはしなかった。二人でかなり長いあいだ話しこんだ。誇張せずに。でも、感情をこめて。アンリのおかげで、私は衣装のパッチワークに一片を付け加えることができた。これからは、その後の世界についてと同様に、その後の私自身についても、彼と自由に話せることを知っている。

二〇一八年、「クラック－クラック」の撮影が二年目に入ったとき、アンリたちは私の事情に配慮して、パリにいるあいだはかれらのアパルトマンの横にあるとても小さな女中部屋（chambre de bonne）〔屋根裏などの小さな部屋。かつては住みこみの使用人が住んでいたので、いまもこの名前で呼ばれる〕を使ったらどうかと言ってくれた。この部屋を一目見て、私は「美女の部屋（chambre de bonnasse）」と名づけた。朝食の席では、かれらの二人の娘と顔をあわせる。そして、娘と同じムステラの匂いがする髪をそっとかぐ。夜には世界がどうあるべきかについてかれらと議論を交わす。セックスについてだけではなく、読書や闘争やユーモアやアンガージュマンについて。「私のアイデンティティのパレットは広がった」とクレール・マランは断言する。パリの一つの家族のおかげで、私もある日、自分のパレットに塗られた色を明らかにすることができた。

フランス万歳、共和国万歳

〔新型コロナウイルスの感染拡大防止を目的とする〕外出禁止令のおかげでやる気になった、くだらないことがある。クロゼットの片づけだ。そこで居間の引き出しから、懐かしいDVDを見つけた。タイトルは「娘たち」。アルファベット順に並べ直す前にビューアーでチェックしてみた。中身はわかっている。父が撮った家庭用ビデオを三十分間に編集したもの。観るのは本当に久しぶりだった。

さて、実はパリを散策していて、マリー＝アントワネットに会った。墓穴のなかでね。つまり、頭だけ。ほら、ここにある。持ってきたんだ。大丈夫、まだ少し血がついていたけれど、拭き取った。ギロチンの調整が悪かったんだな。肩の一部がついている。首が見えているね。ルイ十六世のときはもっとうまくできたんだが。

この独白（モノローグ）が流れるのは、あるクリスマスの夜、ラ＝ボル＝エスクブラック〔ロアール河口の町）で、父がキャノンの8ミリビデオH460/E44を使って撮ったシーンだ。

一九八九年、私は九歳。例年通り、父や義母や兄弟姉妹に見せるために、そしてもちろん、キャノンのビデオで撮ってもらうために、お芝居をした。この年のテーマはフランス革命。マリー＝アントワネットの——切られた——頭部に見立てているのは、手持ちのバービー スタイリングヘッドだ。髪は人工毛の長いブロンドで、実物大の顔には化粧がほどこされている。めちゃくちゃ恥ずかしいビデオだった。

ただし、いま見ると、という意味で。なぜなら、フランス革命二百周年にあたるこの年、私はフランス革命に夢中になっていたから。両親にねだって、四巻本の箱入りバンド・デシネ『フランス革命の歴史』を買ってもらった。『バスティーユ襲撃』『危機にある祖国』『恐怖』『帝国へ』。六十七回読んで、暗記した。小学校の校庭では、「ダントンか、ロベスピエールか？」と名づけたロール・プレイングを企画した（大成功とはいかなかった……）。二月の謝肉祭ではサン＝キュロットの仮装をし、『ラ・マルセイエーズ』を覚えて、車のなかで声を限りに歌ったものだった。

その後、情熱は少し衰えたけれど、消えはしなかった。一九九三年九月、母と義父に連れられ上京した。ものすごく嬉しかった。競技場（パレ・デ・スポーツ）でおこなわれる、ロベール・オッセンのショー『私の名はマリー＝アントワネット』のチケットを買ってもらったのだ。私は十三歳だったが、それまでの人生で観たショーのなかで最高のものだった（上半身裸のM

Cソラー〔セネガル出身、フランスで活動するラッパー〕は舞台では観ていない。その翌年だったから)。

このショーのすごさは、観客がマリー＝アントワネットを裁く陪審員になること。私が陪審員なのだ！　死刑か、無罪か、投獄か、国外追放かに投票しなくてはならない。死刑と政治的投獄には反対だったので、国外追放に投票しようと思った。でも義父が言った。

国外追放に投票するのかい？　でも、もしもアントワネットがオーストリアに行ったら、軍隊を率いて戻ってくるかもしれないよ。ヨーロッパの王室には彼女の支援者がいるからね。きみの投票で、共和国は危険にさらされるんだ。

冗談じゃない。共和国を攻撃することになってはいけない。たとえその後、共和国が血を流したという事実があってもかまわない。私は投獄のコインを取って、サン＝キュロットに与えた。この晩、四千六百名の観客の大部分は、オーストリア皇女に無罪判決を与えた。こんにちは(ボンジュール)、共和主義者たち……。

私の子ども部屋には、一七八九年の「人間と市民の権利の宣言」のポスターが貼ってあった。レジスタンス活動家だった曾祖父がそのために戦った、不可分で非宗教的(ライック)で民主的で社会的な共和国。食事の席で両親が擁護する、経済的かつ社会的権利を保証してくれる、庇護者たる政府。年間五百……フランの登録料で勉強させてくれる政府。無料で治療を受けさせてくれる政府。普通選挙を実施してくれる政府。一九九九年六月十三日の欧州議会議員選挙で、初めて「投票を受けつけました」と言われたときの感動の涙。要するに、私は共和主義者の精神にどっぷり浸かっていた。

二〇一五年一月以後、状況はがらりと変わった。私はまったく別のものを見出すことになった。呆然とした思いで、腰抜けの政府を眺めた。ふがいない政府を。一月十一日にBFMのカメラの前で「サバイバー」たちの手を握った政府は、同じその人たちを助けることに関しては完全に無能だった。

私たちの部屋は安全が保証されていないので、最低限のセキュリティを備えたアパルトマンを緊急で借りる必要があるのですが？　自分でなんとかしてください。

転居作業を信頼できる会社に特別に依頼すると、法外な料金を請求されます。その費用はわが家の家計からの出費になりますが、一部を政府に負担してもらえませんか？　自分でなんとかしてください。メールに返信がなかったから、こういう意味だと解釈した。

ビザを三通取るのに外交的な配慮をしてもらえませんか？　自分でなんとかしてください。「連絡先を知らせますが、それ以上の権限はこちらにはありません」

二〇一七年現在、夫に対する脅迫があるかどうかの情報を知らせてもらえますか？　自分でなんとかしてください。何も言わない。何もない。音の出ないラジオのよう。私はツイッターで、ジハードを専門とする同業のジャーナリストに、いくらか情報を流してくれるように頼まなくてはならなかった。フランスでテロリストによる脅迫が起きている場所をまとめ上げるのが私の仕事になった。

夫と同じ場所に行くときに、便宜上、私もときどき警護付きの車に乗せてもらうことはできますか？　自分でなんとかしてください。

二〇一六年四月、私たちは生後数か月の娘を連れて初めてフランスに戻った。娘を家族に会わせるためだ。空港に着いて飛行機から降りると、二人の警察官が夫を両脇から挟みこみ、「こちらに来てください」と言った。びっくりするほどさりげなく。誰もが、同じ飛行機に乗っていたあの犯罪者は誰だろうと思ったにちがいない。

そして私は、空港の通路にぽつんと取り残された。体重八キロの赤ん坊を抱っこひもで抱え、スーツケースと哺乳瓶やオムツがぎっしり詰まった大きなバッグを持ったまま。夫たちが足早に遠ざかるのを見ていた。なんとかしなくてはならない、ひとりで。真面目な話、人間（ひと）に対してこんなやり方があるだろうか？　警護の警察官たちを恨んではいない。かれらは困難な仕事に就いて、命令に従っているのだから。恨んでいる相手は警察組織の幹部だ。かれらが強要するマニュアルは、市民のパーソナリティをまったく考慮していない。とくにそれが父親になったばかりの男性である場合には。

政府は無能だったとはっきり書いた。だが、それは違う。能力はあるのだ。ただやる気がないだけ。たとえば体格のよい少年が、中学校の廊下では仲間を助けたり正義漢を気取ったりするのに、バスのなかでは知り合いが困っていたり助けを求めたりしても気づかないふりをするのと同じだ。

秘密保持の問題があるので詳細にはふれないけれど、この数年間で、私たちがほかの人間よりもはるかに顧(かえり)みられていないことを知った。ほかの人間というのは、私たち以外の被害者のことでも、脅迫されている人のことでもない。権力者にもっと近い人間のこと。政府は、政府に近い人間、もしくは公に政府の評判を落とす力のある人間を助ける。政府はエゴイストでナルシシストな少年だ。テロの被害にあって脅かされ、特別待遇ではなく適切な保護と支援だけを求めている市民には関心をもたない。これらの人々は、政府の無能さを批判したり、LCI〔フランスのニュース専門放送局〕の番組で政府の偽善に抗議したりしない限り、政府にとっては見えない存在なのだ。そして、かれらにはそんなことはできないし、したいとも思わないので、自分たちでなんとかするほかない。

だから私たちはそうした。自分たちでなんとかした。自分たちでなんとかしている。いわゆる上層部にはもう何も期待しない。私の場合、最初の数か月間に感じた激しい怒りは消えて、冷めた恨みに変わった。怒りは失望につながっていたが、その失望は期待につながっていた。何の期待もしなければ、失望や怒りを感じさせられる心配もない。便利ではあるが、それほど単純なことではない。なぜなら、私は社会民主主義者からプジャジスト〔一九五〇年代に起きた反議会主義的極右運動の支持者〕にはならないし、熱心な共和主義者から反国家主義者やネオファシストにもならないから。誇らし気にフリジア帽〔フランス革命の象徴とされた〕をかぶっていた少女はもういない。だが、その少女はどうなった？　国家レベルの事件、そのなかで何百万人というフランス人が共通の価値観のもとに結束するような事件のただなかに置かれて、自身の価値観をくつがえされ、目に涙を浮かべてフランスを自由と平等と友愛の国だとほめたたえる政治的な言説にアレルギーを起こすようになったとは、誰が信じるだろう？　**クソったれ……**。

跳ね返りは信仰や価値観の体系にも影響を与える。もしも明日、ロベール・オッセンにオマージュを捧げて『私の名はマリー＝アントワネット』が再上演され、それを観にいくとしたら、自分が投票箱にどのコインを投げるかわかっている。無罪判決だ。決まっている。今度は共和国が自分でなんとかするといい。

そのほかの価値観も変わった。私の一族は大半の人間が無神論者だった。母方の曾祖父母はブルターニュのカトリック信仰が非常に強い村に住みながら、二人とも非宗教的な教師だった。最近になって知ったのだが、祖母が子どもの頃、地域の子どもたちは祖母の家に遊びにいくことを司祭から禁じられていたという。理由は「悪魔の家」だから。私はこの呼び名が気に入っている。

　義父は熱烈な反教権主義者だった。私が五歳だったある日、母や姉たちと一緒にローマを訪れたとき、義父は教会には入らないと宣言した。蕁麻疹が出るからだと。それがメタファーだとわかったのは何年も経ってからだった。長いあいだ教会とは、行くたびに吹き出物ができるようなものすごく怖い場所だと思いこんでいた。

　啓蒙的とも言える文化のなかで育ったために、私はずっと、宗教とは迷信家で臆病者で死後の世界を想像せずには死と向きあうことができず、科学的に正しい知識をもたない人たちのものなのだと、少々うがった見方をしていた。もちろん信仰をもった科学者もいると知っている。でも稀なケースだ。それにその人たちも、かつて復活した男がいるとか、ベーコン入りのキッシュロレーヌを食べると永遠に地獄に落ちるとか、本気で信じてはいないだろう。ずっと――少なくともこのテーマに関心をもちはじめてから――思ってきたのだが、女性蔑視と自由侵害の古いモラルにもとづく三つの一神教は、一度たりとも女性やＬＧＢＴ（これは婉曲表現だ）の権利の側に立ったことはない。

　二〇一五年一月のあとも、ずっとそう思っている。いや、さらに一つの厚みが加わった。いまでは宗教に関するあらゆるものが我慢ならない。とくにみせかけの信者と新たに改宗した人が。長期的には、世界全体では無神論が勢力圏を広げていると知っている。テロリズムと宗教的暴力は、これらの信仰に支配されていた昔の世界の名残だということも。それでも表情に出てしまう。宗教に関連した行為や話を見たり聞いたりすると、顔がひきつってしまう。

「神なんて存在しないというのに、まったく、それをどう言えばいいの？　あなたのおぞましい神の名において、テキサスでは中絶手術をおこなった医師が殺されている。一方、世界ではほかの神の名において、日常的に〝無宗教者〟の虐殺がおこなわれている。愛と平和の宗教？　絶対にそんなものは信じない」

それでは、通りでガチガチのカトリック信者やサラフィー主義者のカップルに会ったとたん、おおざっぱに、そしてごくエレガントに私が考えることは？　かれらは誰も傷つけないと思いながらも、その先の段階、つまり過激主義の存在や可能性を連想してしまう。実際にかれらがそうなるという根拠は、まったくないというのに。

かれらはきっと私と同じように、フランプリに買い物へ行こうとしているだけなのに。

横になってください

二〇二〇年六月。数週間前から、マリアンヌ・ケディアに連絡を取ろうとしていた。彼女はトラウマを専門とする臨床心理学者で、飢餓対策組織（ACF）〔国際援助団体〕で働いている。二〇一六年に『テロの手当をする』[*46]という非常におもしろい本を書き、トラウマのもたらす諸影響を分析している。なかでも詳しく述べているのが、「価値観の変化」。日頃はあまり耳にすることはないが、前章でふれたばかりの事柄だ。彼女は私とほぼ同じ年齢だが、インタビュー記事を読むと、心理学にポップカルチャーを取り入れて、現代的で率直な表現をしている。彼女の意見を聞くことが、この本を書くには絶対に必要だと感じていた。だから今回はしつこくねばり、返事をもらうまでメールを十二通送った。

ついにスカイプでのインタビューにこぎつけたとき、ありきたりなテーマを扱う中立的

*46 既出〔注釈39を参照〕。

な、ジャーナリストのふりはしないと決めていた。この五年間、トラウマに詳しいこころの専門家にかかる機会は一度もなかった。聞きたい質問が山ほどあった。今日、ついに、差し向かいで話せるのか？　ジャーナリストとして聞きたいことがたくさんある。潜在的な患者としても同様だ。しかも無料。

しかし、それならば……これはインタビューなのか、セッションなのか？　たぶん両方。職業倫理に反していないかと言えば、反している。ではどうする？　別の言葉を思いついた。寝椅子（カウチ）〔精神分析療法に用いる患者用の椅子〕のジャーナリズム。私と一緒に横になってくださいと言ってみるのは？　しかし……カウチという言葉はよくなかった。話しはじめてすぐにわかったが、マリアンヌ・ケディアは精神分析にとくに関心をもっているわけではなかった。彼女によれば、フランスでは長いあいだ、こころの科学の領域は精神分析の甚大な影響を受けており、トラウマ、とくに間接被害者のトラウマは否認されていた。しかし、バタクラン劇場でのテロが状況を変えた。研究論文の数が増え、心理学界において二次的なＰＴＳＤ[*47]が次第に認められるようになったのだ。「代理受傷〔代理トラウマ〕についても同様です」と彼女は言った。代理受傷とは、私の調査でも繰り返し登場した用語だ。とくに介護する人に結びつく場合が多かった。だがマリアンヌによれば、介護者だけに関係するものではないという。それは「観察することによって」という意味をもつ。

二次的トラウマについて話すときには、フラッシュバックや悪夢や何らかの恐怖症の進展などの症状が話題になります。これらは一般的なＰＴＳＤの症状です。危険にさらされなかった人が、近しい人への共感によって同じタイプの症状を呈するのです。代理受傷の場合はもっとひどくなります。こうしたすべての症状に加えて、世の中の見方が変わるのです。近親者のパーソナリティが変化すると考えられています。たとえば楽観主義といったものの考え方が変わってしまいます。

マリアンヌは、ソーシャルワーカーと共同作業をすることが多い。ソーシャルワーカーは日常的に亡命希望者と関わっているが、それを何年間も続けていると、フランス政府や人間同士の暴力に対する見方が変わるという。かれらが担当しているのは、リビアで拷問されたり性奴隷にされたりしていた人たちだ。これはちょっと悪夢を見るなどというレベルではない。日常生活で軽い会話をすることさえ難しい。ベビーシッターがまだ来ないとか、浴室に貼るタイルを探しているのに気に入るものが見つからないとか、そういうたぐいの愚痴を友人と交わすこともできない。価値観が完全に変えられてしまうからだ。ただし、この変化にはポジティブな面もあると、マリアンヌは指摘する。直接被害者において

*47　心的外傷後ストレス障害、あるいは心的外傷後ストレス症候群。

も、二次的被害者においても、こうしたおそろしい経験が別のものを生み出しうる。つまり、本質に立ち戻り、これまで当たり前にあると思っていたものの価値に気づくのだ。

私は、夫にあらわれた症状に下した自分なりの診断について話してみた。解離、幻視、過覚醒、被害妄想、悪夢、ひどい不眠、そして閉じこもり、他者といることの困難さ。また、私には侵入思考が多くあらわれること。すると、それはどんなものかとたずねられた。夫がそばからいなくなったり、送ったメッセージにすぐに返事がこなかったりすると、とたんにすべてを「映画」仕立てにしてしまうと答えた。以前と比べると格段に減ったが、いまでもまだ起きる。

それは過覚醒と呼ばれるもので、ＰＴＳＤの症状の一つです。あなたには非常に深刻なことが起きました。そこであなたの心のシステム、不安やおそれをコントロールする大脳の扁桃体(へんとうたい)がこう言います。「気をつけろ。連絡がないのは危険だということだ。離れているのは危険だということだ」と。しかも、あなたのお話から察すると、危険はその後も続いていました。その点が、ある時期に一度だけ起きた出来事を体験した人とは大きく異なっています。そうした人が過覚醒を起こすのは「合理的ではない」と言えるでしょう。もしも私が交通事故にあったとしても、そのせいで四日後に圧倒されることはまずありえません。でも、あなたの場合は違います。過覚醒が続いているのはまったく正常なことと思えます。

私にこんなことを言ってくれた人は、この五年間で、こころの専門家も含めて一人もいなかった。まったく信じがたい話だ。この言葉を聞いたおかげで、マリアンヌ相手なら、ミレイユ・デュマ〔ジャーナリストでTV司会者。相手の内面に切りこむインタビューをすることで知られる〕のインタビューのように、内面を打ち明けられるとわかった。そこでまず、夫が不眠で悩んでいても、私にはそれがまったく影響していないことを話した。まるで赤ん坊のようにぐっすり眠れるのだと。反対に、私はアルコール依存症になったけれども、夫はならなかった。そのため、被害者の近親者に起こる障害は、被害者本人のそれとは必ずしも一致しないと考えるようになったことも。マリアンヌはそれに同意してくれた。直接被害者に起きたことやその苦しみを通して、近親者は自分ならではの表現を作り上げる。そしてその表現が、恐怖症や過覚醒といった症状を生み出す。こうしたすべては、近親者と向きあっているときに、理性的な共感性（エンパシー）あるいは感情的な同情（シンパシー）のメカニズムによって起きる。人は他者と同期し、感情的につながりあう。伝染のようなものだ。かすかな物音にもいつも飛び上がる人と一緒にいたならば、私にもそれがうつって、シャッター音にも警戒するようになるかもしれない。しかし同時に、私の個人的な物語を反響させた私独自の感情も生み出すだろう。それによって、私の症状は私に固有なものになる。

こうした症状が事件によるものだと気づかなかったことも話してみた。私は被害者ではなかったから、被害者とは認められないと思っていたから、襲撃事件のときにその場にいなかったから。アルコール依存症と言える状態になったのも、数か月間だけだったから。私だけがこうだったのか、それとも跳ね返りであることが自覚を遅らせるのだろうか？

自覚も遅らせますが、発現も遅らせます。ときには、二次的被害を起こす引き金が出来事そのものでないこともあります。直接被害者の状態がトリガーになるのです。それは伝染というかたちを取るため、あなたがいま話したように、症状やより大きな変化があらわれるまでに時間がかかります。また代理受傷には、累積するという一面もあります。苦痛や精神的な負担が積み重なってあらわれるのです。これらの障害は慢性化し、あるとき突然、深刻な変化を起こします。たとえば、突然アルコールを飲み過ぎるようになることはありません。少しずつ増えていき、ある時点でよくない状態に陥るのですが、それにすぐ気づけるとは限りません。妙なことに、それが一日のなかの特別な時間に起きたり、決まった時間にしか起きなかったりするからです。このように、純粋なＰＴＳＤと比べると、はるかにわかりづらい部分が多いのです。

彼女の言葉の一つひとつをかみしめた。どうしてこの五年間、彼女のところに通わなかったのだろう？　理由はわかっている。パリを離れていたから。そして私がトラウマの心理学についてまったく知識がなかったからだ。彼女の話を聞いて、一月七日の午後、オテル・デュードで、すべきこととすべきではないことを記したパンフレットが、直接被害者に配られたことを思い出した。「最初の数時間はメディア相手に話さないこと」とはっきり書かれていた。あとで読み直してみた。こうも書かれていた。「アルコールや麻薬成分を摂取しないこと」。どうやらアルコールに関する箇所を読み飛ばしていたらしい。まさしくあの晩、帰宅後に飲んだのだから。薬のようなものだった。自宅でようやく安全になり、ソファに二人で腰かけたあの時間を、ワインを飲むことに結びつけたのだと思う。今日、もしもトラウマ体験をしたばかりの被害者かその近親者に助言するならば、こう言うだろう。「ユロップ1には返事をしないこと。わかった？　でも、とくに大事なのは、最初の数時間はどんな物質も摂らないようにすること」。マリアンヌによれば、これには二つの理由があるという。

第一に、直接であれ間接であれ、つらい出来事を体験したときには、ストレスホルモンが多量に分泌されるからです。体というのはよくできていて、これらのホルモンは数日間のうちに分泌量が減っていくのが普通です。そこに外部から化学分子――よくいる開業医が「レキソミル〔ブロマゼパム〕を飲めばよくなりますよ」と言って処方するベンゾジアゼピン〔向精神薬〕、あるいは麻薬やアルコールなど——を加えると、たちどころに緊張感がやわらぎます。開放と弛緩が起こるのです。それが常習になると、「この薬にはこんな効果があるから、こういう気分になったらすぐに飲もう」というよくある発想が生まれます。これが自己治療になる。

しかし、レキソミルやアルコール、あるいは麻薬などの化学分子は、脳の自然なプロセスを混乱させます。つまり、こうした製品を摂取すると、回復の自然なメカニズムが乱され、予後が悪くなるのです。そのためいまでは、トラウマになりかねないショックのあとは、応急処置としてレキソミルを与えてはいけないとの勧告が出されています。現在のところ、試験がおこなわれている唯一の薬はベータ遮断薬で、これは心疾患のある人に処方する薬です。脈拍を測定し、ある基準を越えた場合に、脈をゆっくりさせるためにこの薬を投与します。脳には作用せず、心拍数を減らしますが、それによってアドレナリンの分泌も減ります。それが予後をよくするのです。

あの日がそうだった。トラウマ体験は、長期間にわたって価値観をくつがえす。それも、私たちの好む方向へとは限らない。しばしばレジリエンスについて、その後に**前よりよくなった**人の話を聞かされる。マリアンヌに、私が受けた教育は左派で反教権主義だったけれども、必ずしも反宗教的ではなかったことを話した。それなのにいまは、宗教的な話や行為がどうにも我慢ならなくなっている。この物語は、私をガンジーにはしなかった。どうやったらトラウマ後の価値観と和解できるのか？

それは第一に挙げるべき重要な問題、つまり、レジリエンスの問題ですね。私は、自分の研究生活の大部分において、ボリス・シリュルニクを敬愛してきました。彼は私が深く尊敬する人物であり、レジリエンスという概念を普及するのに比類なき貢献をしました。しかし、この概念は大きくゆがめられています。私の患者の多くが言います。「私はレジリエントではありません。これこれの症状が出ていますから」と。でも、レジリエンスとはそうしたものではありません。症状がないことではないのです。レジリエンスを意味する言葉は限りなくあります。フランスではレジリエンスと呼ばれるものに、英国系の研究では少し異なった概念も含む別の名前がつけられています。レジリエンスは状態ではありません。「はじめまして、私はレジリエントです。」なぜなら小さいとき、とても愛情深いママかナニーがいたからです」と言えるものではない。こうした環境で育つことは非常に重要ですが、レジリエンスは構築され、発展するものです。トラウマ体験のあとで、元には戻せない変化があったとき、私はそれ自体が問題だとは思いません。価値観は生きているあいだに変化します。直接被害者にとっても間接被害者にとっても、トラウマにおける本当の問題は、トラウマ以前の価値観とトラウマ後の価値観とが対立するときに起こります。それが真の主題です。私がかつて診ていたある女性患者は、社会的混合運動[*48]がおこなわれていた二〇〇五年代に、当時非常に治安が悪かったパリのスターリングラード〔北東部、十区と十九区の境界〕に転居しました。彼女は社会党の活動家でしたので、「十五区になんか住むものか」と思っていたのです。ところがその部屋にはかつて、麻薬中毒者が不法に住み着いていたことがわかります。半年後、その人物が中毒症状を起こして、彼女の部屋に押し入り、トイレで麻薬を探そうとしました。彼女は襲われ重傷を負います。それ以後、こんなに危険な地区に住み続けることはできないと思うようになりました。つまり、以前の主義とは正反対の考えをもつようになったのです。このケースからもわかるように、トラウマ後に価値観の序列がどう変わったか、恐怖を覚える対象の序列がどう変わったかを把握するよう努力すべきです。

夫は、価値観に関してはあまり変わらなかった。非常に批判的かつ好奇心旺盛なままだ。毎週日曜日の朝、フランス・キュルチュールにチャンネルを合わせて、「イスラムに関する話題」を聴く。それから「正教会」。次が「プロテスタントな崇拝」。そして「タルムディック」[*49]……(うんざりしてくるが、私も毎晩、必ずフランス・アンテルでファブリス・ドゥルエルの「センシティブな事件」を聴くので文句は言えない)。私たち夫婦間のこの違いは、取るに足らないことだとマリアンヌは言った。リュズは夜眠れず、私は眠れる。けれども私の被った影響は甘く見てはいけないのであり、それはPTSDよりも代理受傷に近い性質のものだという。

いずれにせよ、あなたが抱いている疑問は当然のものであり、哲学的でもあります。ある状況である種の怒りを抱くのは、道理に適ったことですから。

個人的な例をお話ししましょう。私が飢餓対策組織の仕事で、ミャンマーに行ったときのことです。[*50] イスラム教徒の難民キャンプにいたのですが、かれらは飢え死にしかけていました。私の同僚たちも同様です。このキャンプで生活しているのですから。ところで、私の妹は大変熱心な仏教徒でして、そのことが私を非常にいらだたせ、おかしくさせます。仏教徒に出会うと、適切ではなく正当化もできない拒絶感が顔に出

*48 訳注：貧困層と富裕層が混ざりあう状況を物理的に作り出すという考え方からおこなわれた都市計画事業。この直後に出てくる十五区は、治安がよく住みやすいことで人気の地区。

*49 訳注：Talmudiques はユダヤ教の聖典を意味する Talmud（タルムード）の形容詞の複数形。ユダヤ教思想のさまざまな側面を語る番組。

*50 訳注：ミャンマーでは、国民の大多数を占める仏教徒と、少数派のイスラム教徒とのあいだで宗教間対立が先鋭化している。以下の発言はそのような背景にもとづいている。

てしまうのです。正直に言うと、そうなった場合の対処法を考えなくてはいけないと思っています。まあ、仏教徒には毎日会うわけではありませんから、生活に支障はないのですが。でも、集団虐殺（ジェノサイド）を犯すミャンマーの仏教徒は、とてつもなく愚かだといまも思っています。問題はそこです。激しい怒りを抱いたときに、それをやわらげることができるか、やわらげたいと思うかどうかなのです。

インタビューを始めて一時間以上が経過した。そろそろ終わりの時間だ。聞きたいことはすべて聞いた。重要な事柄がほかにもあるだろうかとたずねた。ある、と彼女は答えた。子どものこと、トラウマの世代間伝達についてだ。私たち夫婦には娘がいるから。彼女は深刻な言い方はせず、私たちの子どもがトラウマを負うだろうとほのめかしもしなかった。ただ、興味深い問題としてとらえていた。とりわけトラウマが、親であることにどのような影響を与えるかを。

もちろん、それについては私も考えてきた。何か月間も、この本を書きはじめてからずっと。いや、それ以前にさえも。大衆紙でこのテーマに関する一般向けの記事を読んだところ、大雑把に言えばこう書いてあった。「マウスでは、トラウマが伝達することが観察された。よって、人間にも同じことが起こるにちがいない」。単純化したが、こういう内容だったと記憶している。また、収容所の生存者から孫世代への世代間伝達についての記事も読んだことがある。だが、それについては、いまの時点では掘り下げない。少し怖いから。二〇一五年のテロ後に子どもをもった直接または間接被害者のあいだでは、かなりのタブーではないかとさえ思っている。たぶん、わが子を見るたびにトラウマの心配をするようになりたくないのだ。

この疑問は、とくに記念日が来るたびに頭に浮かぶ。その時期は明らかに調子が悪くなる。数日前から、数日後まで、空気のなかに強い緊張感と深い悲しみがただよう。娘も当然それを感じ取る。そこで、以前の私たちや一月七日の写真を使ってアルバムを作った。娘に娘の物語を語るために。それ以前と以後をつなげるために。それについて話すために。娘が九歳になったときに、起きたことすべてを、歴史の教科書から知ることにならないように。

ここでまた、言葉に関する私のこだわりに立ち戻る。「跳ね返りによる被害者」という言葉をどう考えるかと、マリアンヌにたずねた。非常に明確で訴えかけてくるものがある、との答えだった。ただし、彼女や同僚たちが用いるのは別の言葉で、「二次的被害者」あるいは「代理による被害者（victime par procuration）」、または「代用被害者（victime vicariante）」だという。

実のところ、私は用語にはそれほどこだわりません。日常会話において、あらゆる心理学の用語が曲解されています。たとえば、「外出禁止令がフランス人にトラウマをもたらした」「フランス国民はテロによってトラウマになった」などと言われると、耐えがたく感じます。でもまあ、それはよいとしましょう。「跳ね返りによる」というのは、ほかのどの表現よりもきれいだと思います。

その通りだ。私は「跳ね返り」をずっと守っていこう。いずれにせよ、私はすでに力動的な心理学で言うところの転移の状態になっている。マリアンヌは私の新たな偶像(アイドル)だ。だから彼女が「えっと……むしろそれはナマコシンドロームと呼びたいですが」と言ったなら、こう答えるだろう。「素晴らしい……あなたは本当に素晴らしい……」と。

インタビューを終えたときには、オンボロ船で五年間、嵐のなかを航海したあとで、ようやく新大陸を発見したような気分だった。彼女は多くの疑問を、数分間で明快なものにしてくれた。たとえば「代理」という概念。私は介護者だけに関わるものと思っていたので、ちゃんと掘り下げていなかった。

インタビューを終えるにあたって、どうしてトラウマを専門に選んだのかをたずねた。彼女は二十歳のときに、パリのトラウマセンターの性暴力被害者救援団体で、初めて当事者グループに入って研修したことを話してくれた。そこで二つの経験をしたという。一つは、被害者の女性たちが二重の苦しみ（こころの専門家や警察官などによるひどい扱いのために）を味わうと知ったこと。

そしてもう一つは、大学で学んだのとはまったく違うやり方をするカウンセラーに出会ったことだ。大学では、こころの専門家は何も言ってはならない、中立性を保つために意見を口にしてはいけないと教わった。だが、そのカウンセラーは黙らずに、こう話していた。「あなたが受けた暴力は尋常ではありません。不当ですし、制度上の不備でもあると思います。あなたがそれを不当だと思うのは、当然のことだとお伝えします」。そのときマリアンヌは悟った。こころの専門家になるというのは、ただ話を聴くだけではなく、ときによっては中立でなしに、客観的な立場でいることなのだ、と。

私の調査は中立ではない。客観的ではもっとない。正確に言えば、大部分が内省的ですらある。この五年間に起きたことを理解しようとしている。その意味を探っている。認識しようともしている。跳ね返りによる被害者たちとともに日々、活動している人たちのそばで。絆をつむぐために。もうひとりぼっちにはならないために。

パスタとワイン

先にも述べたが、いくつか試みたものの、イペール・カシェル・テロ事件の生存者の近親者には会うことができなかった。私は二〇一五年十一月十三日の事件における生存者の近親者にもインタビューしたいと考えていた。これらの事件はつながりがあるので、「二〇一五年のテロ事件」と呼ぶことにする。

非常に厄介な問題に直面していた。スタッド・ドゥ・フランス〔サン＝ドニにある多目的競技場〕とパリのテラスとバタクラン劇場では、百三十名の死者と四百十三名の負傷者が出ている。バタクラン劇場だけでも千五百名の観客がいたことを考えると、心的な傷を負った人の数はどれだけになるだろう？　二〇一八年、ＦＧＴＩは二千六百二十五名の被害者に補償金を支払った。負傷者と遺族と、トラウマもしくは障害を負った人たちだ。補償を受けたこれらの人々のなかに、跳ね返りによる被害者はいるのか？　いるとしたら何人くらい？　では、申請をしていない人は？　おそらく数百人はいるだろう。目のくらむような数だ。そのなかで、この近親者にはインタビューをして、この近親者にはしないといいうことが、どうしてできるのか？　生存者のなかに大好きな作家がいたので、その元恋人に連絡を取ろうとしたがうまくいかなかった。二〇一五年十一月十三日のテロ後に創設された団体「ライフ・フォー・パリ（Life for Paris）」の誰かに接触しようとも試みた。だが、つねに同じ疑問がつきまとっていた。インタビューするのは、どうしてこの人であって、ほかの人ではないのか？

そんなある日、『ル・モンド』で、『バタクラン劇場生存者の手記[*51]（*Journal d'un rescapé du Bataclan*）』という本が出版されると知った。著者は、歴史家でもある歴史教師のクリストフ・ノーダン。この記事のなかで彼は、自身の心の復興と繰り返すパニック発作に加えて、「最も熱心に支えてくれる人たちがイスラム教に対して寛大さを見せることが多すぎる」と気づいたときに味わう途方もない不快感について語っている。数週間後、この本を読んでみると、この現実にどれだけ心をかき乱されたかについても語られていた。「イスラム教は抑圧された人々の宗教だからと言って、タリク・ラマダン〔ムスリムの哲学者〕や共和国の原住民党（PIR）〔フランスのイスラム教徒の多くが支持する政党〕などの集団を、上っ面だけで支持する人間にはうんざりしている」。こうした好意が似たもの、つまり極右の言説に

*51　*Journal d'un rescapé du Bataclan – Être historien et victime d'attentat*, Christophe Naudin, Libertalia, 2020.〔未邦訳、直訳は『バタクラン劇場生存者の手記――歴史家としてテロの被害者として』〕

ひたっていることを知っているからだ。彼はこの本で、二〇一六年当時の雰囲気について書いている。

一方には、ジハード主義者〔イスラム過激派〕の実態に乗じてイスラム嫌悪の空気が強まるなか、フランスも治安維持を重視すべきだとの声があった。もう一方には、唯一の真の危険はイスラム嫌悪と極右だと主張するための、ジハード主義とイスラム教(公的に承認されていない場合)の否定もしくは矮小化があった。二つのイデオロギーが対立すると同時に、むさぼりあっていた。

この「現実に平手打ちをくらった左翼の人間」の怒りのなかに、私もそっくり浸かっていた。だが、それが明晰に分析されるのを読むのはほぼ初めてだった。そのことに礼が言いたくて、クリストフ・ノーダンに連絡を取った。そして、自分は間接被害者に過ぎないけれども、この五年間、知り合いの口から「でも、やっぱり風刺って侮辱的でしょう?」「シャルリはイスラム嫌悪だったよね?」「敵は人種差別的な家父長制国家さ、それだけだ」といった発言が出るたびに、怒りで頭がおかしくなりそうだったことを伝えた。私はエリック・ゼムール〔評論家で極右の政治家〕の信奉者になったわけではない。まったくそうではない。でも、進歩主義を自称する人たちから裏切られたと感じることがよくあった。

クリストフの返事には、あなたの言うことはよく理解できる、と書かれていた。「世界一優しい（おそらく優しすぎる）彼の母親」が、近所の人の噂をしたり、挑発的に思えるもの（これみよがしのヴェール――フルフェイスも含めて――の着用や、挑むような目つきなど）に拒否感や、ときには憎しみを抱くと話すのを聞いたりすると、おそれを感じるという。母親自身も「これはよくない」とわかっているが、息子に起きたことが彼女の信念と左翼の文化を大きく揺るがせたのだ。「母が明らかにトラウマを負っていること、そして子どもを亡くした親とは違って被害者とみなされなかった事実がその状態を悪くしていることは、わかっています。帰りを待つあいだの激しい不安や、真夜中に惨憺たる姿で戻ってきた僕を迎えたときの恐怖が、トラウマと認められなかったことに傷ついたのと同じように」。母と息子でそれについて話したことは一度もない。でも、私は彼と話してみたいと思う……。

クリストフは、バタクラン劇場で開かれたイーグルス・オブ・デス・メタルのコンサートを聴きにいっていた。友人二人と一緒だったが、そのうち一人はそこで殺された。彼が母親の家にあらわれたのは午前三時。母親はSNSを見ていたので、息子がコンサートに行っていることを知っていた。あとになってクリストフは、フェイスブック上のやり取りや投稿から、母親がその晩どのように過ごしていたかを断片的に知った。だが、それについて直接語りあったことはないという。彼は、ジーンズと靴を血だらけにし、「明らかに尋常ではない顔」で家に着いた。そして母親と固く抱きあったあと、パスタとワインが欲しいと言った。それはまさしく、一月七日の夜に夫と私が摂った食事だった。

それから、彼はテレビとインターネットを見はじめた。彼の記憶では、そして母と近しい伯母の話でも、母親のことは目に入っていなかったそうだ。彼はどこか別の場所にいた。「まだあの小部屋にいたんです……」。もちろん、母親は息子を恨んではいない。だが、その時間を分かちあうことができなかったと感じていた。それから数日間、彼は母親の家に泊まった。しかし、多くの時間を友人たちと過ごし、死亡した友人ヴィンセントの家族のもとに出かけた。わざとのけ者にしたわけではなく、母親が実際に存在しないかのようだった。

あとになってカウンセラーと話したところでは、その後数か月間に母が見せた反応のなかには、直接被害者と同じものがありました。カウンセラーにはこう言われました。「それが正常です。お母さんは、あなた方が分かちあうことのできなかったものを分かちあうために、あなたに同一化しようとしているのですから」

それについて話そうとすると、母親は泣き崩れてしまう。カウンセラーが母親に連絡を取ろうとしてくれたが、うまくいかなかった。その後、彼の強い勧めもあり、母親はFGTIに申請をおこなったが、間接被害者として認められなかった。「僕が銃撃を免れていたからです。それが母の心を傷つけました」。クリストフは似たような例をたくさん知っていると言った。直接被害者に関しても。

> 僕は運よく、バタクラン劇場のコンサートで指定席を取り、そのチケットを保存していたから、直接被害者として認められました。そのチケットがなかったら、補償されなかったかもしれません。テラス席にいたことを証明するのが難しかった人たちのようにね。

　間接被害者として認められなかったことで母親が傷ついていることを、彼は感じた。息子にははっきり言わなかったが、クリストフの伯母には打ち明けていたからだ。「被害者の立場になれなかったことが、母を苦しめているのです」。彼はメールのなかで、伯母と母親の政治的価値観が変わったことにふれていた。それについて詳しく話してくれるよう頼んだ。

　母親は長年、「ヴェールをかぶった女性や、いわゆる〝ひげをはやした〟男性をたくさん見かける」、いかにも下町といった地区に住んでいる。しかし二〇一五年十一月十三日以後、住み心地が悪く感じるようになった。その地域で何かが起きたわけではまったくない。だが、「イスラム教徒だとわかる人」に対して寛容でなくなり、それが彼には悲しかった。そこで彼は、ニエーヴル県にある実家に引っ越すようにと勧めている。母親にとってそのほうが絶対にいいと思うからだ。

別の問題も起きた。母親は、くだらないと知りつつも、ニュース番組をずっと見ているようになった。以前はそんなことはなかった。いまは依存症（アディクション）といえるほどだ。神経にさわってよくないとわかっていても、見てしまうのだ。

肉体的にも変化が見てとれた。「健康上の大きな問題はありません。年齢に関することを除けば、です。なにしろもう七十歳なので。歳よりも若く見えるとしても、やはり老けたなと感じます。髪の毛は一夜にして艶（つや）がなくなり、目も二〇一六年にはひどく落ちくぼんでしまいました」

彼との関係にも多くの変化があったという。

　ずっと仲はいいけれど、絶えず僕の心配をするようになりました。テロが起きるたびに、直接被害者に対するようにひどく情緒不安定になります。それが日常的な負担になっていると思います。ＦＧＴＩによって公的に認められていれば、まったく違っていたはずだとは言いません。でも、私のカウンセラーが言ったように、自分の居場所を見つけることはできただろうと思います。母も一種の罪悪感をもっているんです。僕と一緒にコンサートに行ったかもしれなかったから。あの頃、クイーンズ・オブ・ザ・ストーン・エイジなど、ほかにもコンサートが開かれていました。十一月十三日に関しては、最初はもう一枚、友人の分のチケットもあったのですが、彼女は来られなくなった。そこで母とデヴィッドのどちらを誘おうか迷って、結局デヴィットにしたのです。だから母は、「自分が行っていたかもしれない」と思っている。

母親はカウンセリングを受けていないし、息子とも話しあわない。いったい誰に打ち明けているのだろう？「猫にだけは話しています。そして猫は応えてくれる（笑）。伯母にも少し話していますが、伯母はタヒチにいるのでちょっと難しい面があります」夫は私に対して、こうしたすべてを「背負わせて」すまないと、ときどき口にする。彼の直接的なトラウマの影響を、私が間接的に受けていることに責任を感じている。クリストフも、母親に対して罪悪感を抱いているかとたずねた。

ヴィンセントに対してのほうがずっと罪悪感を抱いています。僕と一緒にいて殺されたのですから。でも、母に対してはコミュニケーションを取れないこと、助けてあげられないことに関して罪悪感をもっています。

しかし、チャンスもあった。彼は母親と一緒に、二〇一六年二月、オランピアでおこなわれたイーグルス・オブ・デス・メタルのコンサートに行ったのだ。二〇一七年、二〇一八年、そして二〇一九年の追悼式にも誘った。最初の二回は、母親もそこにいることを「喜んで」いたという。だが、二〇一九年には、バタクラン劇場の前で気分が悪くなってしまった。ふらついたのだ。救急隊から糖分をもらってよくなったが、そんな母親を見たのは初めてだった。著作のなかで語っているように、一年ごとに気難しくなっているようにも感じられる。クリストフは、跳ね返りによる被害者はテロに関連する事柄のなかで忘れられていると考える。

FGTIはそのために闘っていますが、それ以外には、公式にもメディア的にもまったく言及されないという印象を受けます。追悼行事があるたびに、一部のメディアにとって、被害者の近親者とは思いがけない幸運をもたらしてくれる存在なのだと感じます。やったぞ、被害者の近親者の話が聞ける、被害者がどんな体験をしたのかがわかるぞ、とね。でも、近親者は間接被害者とは認められない。僕の友人や同僚でさえ、母はどうしているかとはまず聞いてくれません。気遣ってくれるのは一人だけ、古くからの友人で、殺されたヴィンセントの友人でもあったマキシムだけです。彼は

「お母さんが大丈夫であることを願っている」と言ってくれますが、それは母を直接知っているからです。関わりの少ない人は、ショックの波が被害者本人以外に及ぶことをあまり意識していません。親のことはあまり考えないのです。

私は、夫が生きているので跳ね返りによる被害者として不調を訴える権利がないように感じることを、クリストフに打ち明けた。「何の不満が言えるのだろう？」そう思ってしまうのだと。彼は驚かずに、母親もそういう性格だと言った。「私は息子を支えるためにいる。自分のことはどうでもいい」と。だから、ニエーヴル県で暮らせば、母自身のことを考えざるをえなくなるのではないかと考えている。息子のことだけでなく。

彼が本を書いたのは、母親のためでもあった。自分が経験してきたことを正確に知ってもらうため、でも同時に、母が体験してきたことについての対話を始められるようにするためだ。

母の家に行くと、居間の本棚の正面に僕の本が置かれています。とても目立つところに。でも、それについて話したことは一度もありません。母が体験したおそろしいテロについて、そして僕が母の家に着いたときのことについて話さなくてはいけないと思っています。僕は残酷にもそれを望まなかった。パスタとワインを頼んだだけでした。

フィニステール県

二〇二〇年六月八日、午前五時五十一分。その前日、マリアンヌ・ケディアとのインタビュー／セッションで、私は文字通り、こう言った。「私はよく眠れますし、一月七日のことでうなされたことは一度もありません」。だがその晩、汗びっしょりになって目が覚めた。シャルリの夢を見ていた。一月七日の悪夢を。この五年間で初めてのことだった。

白っぽい光に照らされた広々とした編集室で、私は大きなテーブルに向って座っていた。全員そろっている。私の両隣はヴォランスキとティニュス。正面にシャルブ。かなり趣味の悪い茶色のスカーフをまいている。『シャルリ・エブド』が創った出版社、レ・エシャペ社の元編集者ヴァレリーもいた。突然、テロリストたちが闖入してきた。でも、全員を撃つかわりに、脅すだけ。私は二人のテロリストになんとか話しかけようとした。だが、かれらはいらだっていて攻撃的で、まったく聞く耳をもたない。預言者の復讐だの神だの無宗教者だのと言いながら、テーブルのまわりをぐるぐる歩いている。人質になっている時間はひどく長かった。みんな自分の席に座ったまま。ヴァレリーだけが部屋からうまく抜け出した。この夢のなかで、私は自分の命については心配していなかった。私は狙われていなかったから。ただ、事態を遅らせ、虐殺が起こらないようにしなくてはならなかった。それが私の務め。私はこの夢における全知の語り手だった。ここにいる人たちそれぞれが、死んだり負傷したりする危険があることを知っていた。だからこそ私は、二人のテロリストがカラシニコフ銃を撃ちはじめないように、かれらに向かってしゃべり続けた。話して、聞いて、注意をそらした（夢のなかではそうだった）。警察が来るまで。

警察は来なかった。でも、誰も殺されなかった。その前に夢から覚めたから。汗びっしょりになって、このおそろしくて奇妙な夢から覚めたから。

この一年間、鳥やかわいらしいげっ歯類や樹木に自分を同一化しようとしてきた。だが、無意識のなかで、私はごくあっさりとＲＡＩＤ（レイド）（フランス国家警察特別介入部隊）の交渉人の役割を演じた。防弾チョッキを着てトランシーバーを持ち、眉をひそめた男の役割を。

おそらく、脳が私を連れていこうとしているのだ。この数か月間、私が行くのを拒否してきた場所、ニコラ・アペール通りへと。

この五年間、一月七日を思い出すとき、私の記憶は夫の記憶と混じっている。オテル・

デューの小さな部屋で、夫が心理士に話をしているときにそのかたわらで聞いた記憶と。夫がバンド・デシネ『カタルシス』のなかで描いた記憶と。この五年間、とくに最近数か月間に読んだり見たりしたことすべての記憶と。記事やテレビのルポルタージュや体験談やドキュメンタリーと。あの通りに一人で戻るべきときがきた。その日をはっきり決めた。二〇二〇年六月十五日。

その日の二日前、自宅の居間で赤いソファに座り、娘と「七つの家族」〔フランスで昔から親しまれているカードゲーム〕をしていた。負けると娘は大泣きするので、勝ちをゆずっているところに、パリに住む親しい友人からメッセージが届いた。仮にエリックと呼んでおこう。

エリックは四十がらみのアーティスト。アートで食べていくのはものすごく大変だが、がむしゃらに仕事をしていた。二〇一四年には単なる知り合いだった。二〇一五年以降、友人になった。思いやりがあってよく気がつき、とても陽気な彼とのやり取りは楽しく、パリに行くときはいつも会うようにしていた。彼のパートナーのことも大好きだった。

メッセージには電話してほしいと書かれていた。具合が悪いからだという。そんなことは親しくなってから初めてだった。

電話をかけた。聞かされたのは、彼が経てきた、そしていまもそのなかにいる、悲惨な状況だった。外出禁止令が出されている期間中、彼は文字通り気が狂いかけていた。新型コロナウイルスではなかったが、重度の肺炎にかかったのだ。死ぬかと思ったという。不安でパニック発作が起きた。二か月間、家にたった一人で何もせず、スーパーに買い物にも行かず、食料の配給を受けながら、おそれを抱いて過ごした。外出禁止令下で、誰もがハエのようにバタバタと死んでいくだろうと思った。自分も生贄(いけにえ)になって死ぬだろうと。そこで、一週間のうちに持ち物をすべて売り払い、格安で借りてアトリエとして使っていたアパルトマンを引き払い、大急ぎで地方にあるパートナーの家に移った。それ以来ひどいうつ状態にある。体重は十七キロ減った。結局、パリの往来に死体が積み重なるようなことにはならなかったと知り、バカだった、人生を棒にふってしまったと思いながら、一日中、白い壁を見つめている。もはや自分の住処も仕事場も金もない。どん底。それはわかっているけれども、精神科にかかるのは怖かった。

この話をここで書くのはどうしてか？　たぶん、外出禁止令下でおこなわれていたのが、自家製パンのレシピやインスタグラムでの「(笑)」のついた動画のやり取りだけではなかったことに気づいてほしいから。精神的に耐えがたい苦しみを受けた人たちがいることを知ってほしいからだ。エリックは、しっかりと、安定した精神の持ち主に見えていた。だが、この特異な状況が、彼の内に亡霊を、病や死に結びつく精神症状を呼び覚ましたにちがいない。

さらに、この電話が私を動揺させたのは、彼が恋人の話をしたがったからだ。彼は、彼女が精神的に脆くなり、疲弊していくのを見ていた。彼自身の苦しみが、彼女を極度に苦しめるのを見ていた。そのことで責任を感じていた。私の夫はうつ病にかかってはいなかったが、ＰＴＳＤを患い、悲嘆に打ちのめされ、被害妄想の発作を起こしていた。彼はそれを知っていた。だからこそ電話をかけてきたのだ。

カウンセラーのまねをするつもりはなかったが、友人として、重要だと思うことを伝えた。私自身は言ってもらえなかったことを。

まず、彼女も苦しんでいるだろうけれど、最優先すべきはひどく傷ついている彼の精神状態だ。シモンのパートナー、メイジーが言っていたように「緊急時のトリアージでは、まず最初に、危険な状態にいる人に関心を向けなくてはいけない」のだから。彼女は彼を助けてくれている。でも、それについてエリックが罪悪感をもつ必要はない。そうは言っても、彼女は一人でなんとかしようとせずに、可能ならば周囲の助けを借りるべきだ。そして、彼がいい方向に向かった時点で、今度は彼女もカウンセリングを受けるなり、あるいは話せる場や、どんなものであれ、彼女に適したレジリエンスを見つけるなりするといい。空っぽになった「心の湖」を新たに満たさなくてはならないだろうから。突然、しかも暴力的にうつ病になった人の回復を支えるのは大変な試練であり、支える側も精神的かつ身体的影響を受ける可能性があるのは間違いない。でもきっとうまくいく、と私はエリックに告げた。二人は愛しあっているから。いまの時点ではわからなくても、彼は、二人は、困難を脱するだろう。傷跡は残っても、おそらく以前よりも強くなっているはずだ。そして最後に、今後は彼だけでなく、彼女にも連絡を取ると約束した。定期的に「調子はどう?」とたずねることにするのだ。「大丈夫」という答えが返ってくるのが当然と思わずに。

月曜日の朝、パリで目覚め、小さなデスクに向かって書きはじめようとしたとき、頭に浮かんだのはエリックたちのこと、そして私たち夫婦のことだった。その朝に行くはずのニコラ・アペール通りではなかった。二〇一五年一月七日のことも考えなかった。その後のことを思い返していた。傷ついた人を慰め、その世話をして過ごした日々。彼の眉間に刻まれたしわがいつもほど深くないのを見て希望を抱いたあの時期。娘がおかしなことを言ったりしたりしたときの彼の大笑い。これは一日にほぼ四回あった。一緒に経てきた気が変になりそうな道のりや耐えがたい試練。そうしたすべてを乗り越えたのは、確かに愛によってではあったけれども、同時に何かのためでもあった。この本のため。いまの私は、「跳ね返り」とは何であるかを知っている。法的にも精神的にも形而上学的にも内面的にも。だからこそ、他者を助けることができるのだろう。厳密な意味での「トラウマ」がなかったとしても。それぞれのパーソナリティや傷や置かれた状況が異なっていたとしても。

興味深いことに、私はもう「跳ね返りによる被害者」とは言わない。「跳ね返り」とだけ言う。数か月前にインタビューした二名の弁護士、フローレンス・ボイヤーとローラン・ポーリーのように。

私は跳ね返り。跳ね返りたちが存在するのだ。被害者か、被害者でないか、あるいは元被害者か、それはその人が経てきた道のりと、自分をどう定義したいかによる。だがその影響は、私たちのなかに刻まれているのだ。

「私たち」と言えば、シモンとメイジーから連絡をもらった。かれらはうまくやっている。もう別れることはない。いまではそれぞれが本格的な心理療法を受けている。よかった、私のインタビューのせいで夫婦の絆が粉々に砕け散ってしまわなくて。反対に、二人はそれを再構築している。

さて、この月曜日の朝、パリの街は外出禁止令が解除されたばかりだが、変わっていなかった。歩道はひどく汚く、車の騒音が耳をつんざき、汚染された空気のせいで、半日で髪がベタついた。このいまいましい街が、本当に愛おしい……。

浮き立つ気分は、バタクラン劇場の前を過ぎる頃には沈みはじめ、喉が締めつけられるのを感じた。ここを歩いている理由が重くのしかかってきた。友だちとテラスでカフェラテを飲みにいくのではない。これから向かうのは、残忍なイデオロギーの名のもとに、人々が突然殺害されたり負傷させられたりした場所の前。バタクラン劇場のように。ニコラ・アペール通りは、もう遠くない。

心を落ち着けようと自分に言い聞かせた。たぶん、私には何も起こらない。それに、何かが起きたとしたら、書くことができる。ならばメリットもあるはずだ。

そうはならなかった。

リシャール・ルノワール通りを歩いて、パサージュ・ポパンクールに到着する。ここで警察官に止められたのだった。息を切らせ、パニックになりかけていた自分の姿が思い出された。今日もまた、ここに来ると呼吸が速まる。報道陣が群がっていた曲がり角を通り過ぎた。ここからは通り全体が見渡せる。記憶にあるよりも小さく見えた。一月七日には大勢の消防士や警察官や救急隊員が詰めかけていたので、大きく感じたのだろう。いま目に映っている通りは、事件以前に夫と待ちあわせていたときと同じ姿だから。どこにでもあるような静かな通り。小さな劇場とオフィスと住宅以外、カフェもブティックも何もない。劇場の前を通り過ぎた。ここで震えながらタバコを吸ったのだった。ここでシャルリの元編集者カロリーヌ・フレストが鉄柵にもたれて、周囲をみまわしながら手で口元を隠し、電話しているのを見かけたのだった。そのとき、「報道関係者と話しているのでなければいいけれど。ここで見たことをそのまま話したりしていませんように……」と思ったのだ。襲撃後わずか二時間、私はすでに被害妄想的になっていた。

あと少しで十番地区。相変わらず醜い建物だ。涙がにじむのを感じた。喉がますます締めつけられる。何か持ってくれればよかった。たとえば一輪の花を。何かここに残せるものを。ペンは？　ふざけてはいけない。でも、すべきことがあった。高い位置にはめこまれた記念のプレートを読んだ。そこに置かれたのは、心無い人間に破壊されないためだろうか？　身の置き所がないように感じた。腰かけられるベンチはなかった。急に白ワインが飲みたくなった。まだ午前十一時半だというのに。アルコール依存症からまだ抜け出せていないことに気づかされた。

もっと近づいて、C215という署名(サイン)のある大きな壁画を眺めた。隣の建物の壁にスプレーで書かれたもので、犠牲者全員の似顔絵がリアルに描かれている。かなり美しかった。だがこの壁画の左側、小さなくぼみのなかに、リュズとパトリック・ペルーの顔が描かれているのを見つけた。ここで何をしている？　二人は死んでいないのに……。どうしてこの二人であって、身体的に傷を負った人たち全員、シモンやフィリップやファブリスやリスたちではないのか？　どうしてこの二人であって、心的に傷ついた生存者、襲撃のとき現場にいあわせた人たち、ローランやココやシゴレーヌやリュスやアンジェリクたちではないのか？　どうしてそこにいるはずだったけれども少し遅れた人たち、カトリーヌやジネブたちではないのか？　不思議だ……。確かにこの二人はメディアへの露出が一番多かった。でも、ほかの人たちよりもトラウマが重かったわけではない。いろいろ疑問に思ったが、この絵があったことは嬉しかった。生活は続いているけれども、痕跡はまだ残されている。

正面の歩道に向き直った。まだ涙をこらえていた。しかし、もしも私がホラー映画のシナリオのなかで一月七日に投げこまれたとしても、ここはハリウッドではない。主の公現（エピファニー）は起こらない。私が啓示を受けると同時に、天から光線が降りそそぐこともない。背後でピアノの独奏（ソロ）が流れることもない。私ひとりが通りを歩いている。いや、むしろ彷徨（さまよ）っている。右に、左に。ぎこちなく。

二人連れが十番地の建物に入っていった。私はなかに入るつもりはまったくなかった。怖いからではない。このなかで、建物のなかで、事務所で起きたことは、私の物語ではないから。彼／女の物語、彼／女らの物語だから。逆に、その後この通りで繰り広げられたすべては、私の跳ね返りの物語の一部になっている。ここから始まったのだ。それについて話す権利が自分にあると感じるためには、この本を書くことが必要だった。この通りを去るときがきたと感じるためにも。別れを告げるためにも。永遠に、ではもちろんないけれども、それでも別れを告げるため。そして同時に、青いコートを着たあの女性、ショックに体を震わせながらも気丈であらねばならなかったあの女性にも別れを告げるため。今日の私は革ジャンを着て、寒さに少し震えている。

通りを去るとき、建物の外壁にフェミサイド〔性別を理由とした女性の殺害を意味する言葉〕と性差別に反対するスローガンのコラージュが貼られているのに気がついた。数か月前からパリやフランスの大都市でよくみかけるコラージュで、白い紙に黒く太い文字が書かれている。破れていたが、何が書かれていたかは読み取れた。「アデルの軍隊」[*52]。こうしたコラージュは、二〇一五年には存在しなかった。フェミサイドという言葉も、まだメディアに登場していなかった。#MeTooもその他すべても同様だ。コラージュのそばにはくだらない落書きがスプレーされていた。「うんざりさせるな」「捕食者（プレデター）」「クーガー〔若い男性を狙う中年女性を意味するスラング〕」。思わず笑ってしまった。こんな単語を並べるとは、これを書いたのはきっと、『コゼット（*Causette*）』〔ユーモアたっぷりのフェミニスト誌を自称する月刊誌〕を読んでいた恋人にふられて以来、フェミニストと聞くだけでいらつくようになった男だろう。

笑みを残しながら街角を去るとき、「シャルブだったら、こういうバカな男を本当にうまく描いただろうに」と思った。実際シャルブは、バカ者たちをからかうのが得意だった。古めかしい信仰や実践を傷つけられたからといらだつ男――女――たち……。修道士、愛国者、国民戦線（FN）の闘士、武器商人、ミソジニスト、漁色家（ぎょしょくか）。とくに。

*52 訳注：俳優のアデル・エネルのことと思われる。二〇一九年、アデルは未成年のとき、デビュー作の監督クリストフ・ルッジアから性加害を受けていたことを告発、二〇二〇年のセザール賞授賞式では、一九七七年に未成年の少女をレイプして有罪判決を受けたロマン・ポランスキーが最優秀監督賞を受けたことに抗議し、会場をあとにした。

心が沈んだ、でも大丈夫。これから六区で、この本の編集者ジュリエットと会うことになっている。少しずつ、喉の締めつけがやわらいでくる。ノートルダム大聖堂の前を通り過ぎる。〔二〇一九年四月の〕火災にあったあと、こんなにも近くで、こんなにも無残な姿を見るのは初めてだ。がんばって、と私はつぶやいた。大きな犠牲を払ったけれど、きっと立ち直れるからと。シテ島が見える。二〇一一年に恋に落ちていた警視のことを思い出した。彼はここにあるオフィスで働いていた。おかしなものだ。彼のことを思い出すなんて。どうしてオルフェーヴル河岸三十六番地ではないのだろう？　一月七日の夜、私がいたのはそこだったのに。もしも当時、あの男に妻と別れる勇気があったなら、そしてもしも、そうしてほしいと彼に頼む勇気が私にあったなら……。でも、そんなことは起きなかった。起きていたとしても、別々の人生を歩いていただろう。

サンタンドレ・デザール通りで、アリを見かけた。『ル・モンド』の露天商だ。私が二十三歳でパリに来て、スイユ社の研修生だった頃に毎日会っていた。まだここにいるなんて信じられない。「ほら、マクロンが言ったよ！　キスをしてもいいってさ。口にしたっていいんだよ！」新聞を掲げながら、声を張り上げている。

ジュリエットと落ちあったとき、スイユ社での数か月間を思い出した。当時の私は地方からパリに出てきたばかりで、自分の服装がひどく野暮ったく思えていた。とうとうパリに住めるのだと有頂天になっていたけれど、夜には孤独と無力感にうちひしがれ、十四平方メートルの部屋で泣いていた。昼どきは、いつもシックに装った女性編集者たちが、私には目もくれずに、担当作家とのランチに出かけるのを羨望のまなざしで見つめていた。私はと言えば、パソコンの前でチキンカレーのパニーニを食べていたものだった。ささやかな社会的復讐。私は今日、作家としてグラッセ社の編集者と昼食をとる。

その夜は、友人のカミーユとシルヴィーと、「ブルテシェ風の夕べ」[*53]を過ごした。いろいろなことを語りあった。仕事、子ども、そしてセルライト（これについては話すのをやめようという結論になった）。いつもと違って、ボトルワインの三本目を注文しようとは思わなかった。いつもと違って、酔っ払って跳ね返りとしての経験を話さずにいられなくなることもなかった。何かをやり遂げたような気がした。パリで丸一日を過ごしたことで気持ちがやわらいだように思えた。もう悲しくもなく不安でもないような気がした。

そんな気がしていた。真夜中に母から電話をもらうまでは。友人たちと別れてタクシーに乗っているときだ。

「カミーユ？　タティが亡くなったの」

*53　訳注：フランスの漫画家クレール・ブルテシェの有名な作品 *Les Frustrés*（直訳は『欲求不満の人たち』）を参照した表現だと思われる。作中では、裕福でインテリの男女らが、社会、教育、女性、結婚生活などの広いテーマにわたって、日々の小さな悩みを語りあう。

今朝だという。私がニコラ・アペール通りにいた頃。タティは私の祖母だ。

祖母は九十歳で、ナントの要介護高齢者入所施設（ＥＨＰＡＤ）に入居していた。数日前に大腿骨を骨折したのだという。健康上の問題をいろいろ抱え、少し認知症でもあったので、この七年間はつらい晩年生活を送っていた。伯父伯母たちは頻繁に面会に訪れ、苦しむ母親の姿に胸を痛めていた。でも、タティはこんな女性だった。ブルターニュ人で、フェミニストで、六〇年代にミソジニストで暴力をふるう夫と離婚し、四人の子どもを連れて家を出た。そもそも結婚したのは、夫を愛していたからではなく妊娠したから、そして「シングル・マザー」になることが許されなかったから。当時はこのうえなく恥ずかしいことだった。『セックスパワーメント』を書くときに祖母にインタビューしたことがある。

離婚して自由になったとき、信じられないほど嬉しかった。ようやく生きることができるって！　でも、私の手に入れた自由を喜んでくれる人はいなかった。父も理解してくれなかったけれど、もっとひどかったのは、サンシール陸軍士官学校を出た軍人の兄。私は縁を切られた。だからすぐに働きはじめたの。別れた夫からはほとんどお金はもらわなかった。子どもたちのための扶養定期金だけ。こう言われたわ。「お前はどうせ戻ってきて、俺に土下座するに決まっている」って。こんなことも言われた。「とっとと失せろ。パリで娼婦にでもなれ」。地方ではね、パリに住む一人暮らしの女性はみんな娼婦だと思われていたの。自由を手に入れた女性はよく思われなかった。

こうした話のすべては、まだ小さかった私が、ブルターニュやパリにある祖母の家に遊びにいっていた頃から聞かされていた。旧フランス社会党（ＳＦＩＯ）のレジスタンス活動家であり、カンペール〔フィニステール県の県庁所在地〕市長でもあった祖母の父親のことも。フリーメーソンの友人たちや、自由・平等・友愛の価値観についても。パリで暮らすべきだと、祖母は私に言っていた。素晴らしい人たちに会える街だからと。そして女性も経済的に自立しなくてはいけない、さもないと自由な選択ができないからと。祖母は長年、香水業界で働いていたので、香水のサンプルやミニボトルをたくさんくれた。私は祖母の真似をして、それを自分に振りかけたものだった。祖母は信じられないほどのバイタリティをもっていた。私が十六歳のときには、中国に連れていってくれた。ワインとアカザエビが大好きだった。愛人は何人もいたけれど、決して特定の相手を作ろうとはしなかった。いっさいの後悔をもたない人だった。

私の子どもたちは両親にではなく、シングルの女性に育てられた。それは残念なことかもしれない。でも、そうするしかなかった。あの足枷から逃げ出さずにはいられなかったから。何も後悔していない。よき配偶者、よき母になることもできたかもしれない。でも、私を押しつぶそうとする人と関わっていたくなかった。批判されていたのは知っている。でも、孤独ではなかった。

訃報がショックで、床に就いても眠れなかった。四か月前、最後に会ったときのことが思い出された。「それで、絵は描いているの？　生活はできている？」と夫にたずねていた。「いい？　私の孫娘はどこにでもいるような人間じゃない。きれいだけれども、それだけじゃない。家族のなかでも特別なんだから」。笑みを浮かべ、彼に指を突きつけながら、ブルターニュ訛りとパリ訛りをまじえて言っていた。「自由こそ大切にしなくてはいけない価値観だよ」。祖母は繰り返し言っていた。私は祖母の言葉に従った。パ、リ、に上京した。祖母が予言したように、素晴らしい人々に出会った。祖母のようにたくさん働いた。三十歳のときに安定した給与生活を捨てて、セックスの自由と権利の平等を語るフリーのジャーナリストになった。真っ赤なリップをたっぷり塗るので、祖母と同じで歯についていることがよくあった。人にそれを指摘されるたび、「祖母へのオマージュなの」と笑ったものだった。

私が体験したことについては、この五年間については、何も話していなかった。祖母の状態がよくなかったから。それよりも、ひ孫にあたる娘の話をするほうが好ましかった。でも、もしも話していたならば、祖母はどう思っただろう？　私は愛を優先した。それによって、自分の自由、メンタルヘルス、キャリア、そして経済的自立までも多少犠牲にすることとなった。しかし、祖母の場合とは違って、夫は私を息苦しくさせることも見下すこともなかった。それどころか私が創り出すこと、母親だけの存在でいないこと、書くこと、一人で旅行すること、彼のせいで失うものが何ひとつないようにすることを、あと押ししてくれた。私が選んだのだ。彼を愛し、そばにとどまり、支え、ともに家庭を築くことを。うんざりしようとも、不安であろうとも、生活が困難になろうとも、それでもやっぱり、こうする以外は考えられなかったから。これが、そう、私の自由だった。

タティがもしもこの本を読んだなら、私を誇りに思ってくれることを願っている。

翌日、仕事の打ち合わせをいくつもこなし、その間ずっとすべてが順調であるかのように見せたあと、親しい友人でもあり同業者でもあるジョスランと飲んだ。またテラス席で、ただし今回はオベルカンフ通りだ。しかし、そこで私は飲み過ぎた。そのせいで真夜中頃、椅子にかけていたハンドバッグを誰かに盗まれたのに気づかなかった。鍵も、携帯電話も、クレジットカードが入った財布も、すべてそのなかに入れていた。私はバーのトイレに続く階段に座りこんで泣いた。激しく泣きじゃくった。若い女性が寄ってきてそっと聞いてくれた。「マダム、どうかしましたか?」「ニコラ・アペール通りに行って、電話をとられて、それから祖母が亡くなったんです」。私は鼻をすすりあげながら言った。何もできることはないと察して、彼女は涙を拭くためのトイレットペーパーを渡してくれた。

翌日、新しい携帯電話から夫にかけて、この失敗談を話した。すると、彼の母親が体調を崩して、緊急入院したと知らされた。心臓疾患で手術を受けるという。

わかった。連続の法則。不運な週だ。本を完結させるために、ニコラ・アペール通りに行くだけの週になるはずだったのに、悲劇の続く週になってしまった。

義母がどんな容態か、義父はどうしているか、そして夫は大丈夫かを知るために、二時間おきにメッセージを送った。何千キロメートルと離れていても、彼の眉間に刻まれたしわや、ひきつった顔が目に浮かぶ。見慣れた表情。抱き締めてあげたかった。

同時に、私も抱き締めてほしかった。金曜日の夜、つまり祖母の埋葬の前夜、家族と泊まっていた宿で、親戚の一人と口論になったときのこと。彼女と言いあいになるのは伝統行事になっていた。少なくともこの二十年間の。彼女は、人生で不幸な目にあうことが多いだけの理由があって、非常にトラブルを起こしやすいパーソナリティをもっている。静かに祈るべき日の前日、ブルターニュの宿で夜もふける頃、私は彼女にひどく怒っていた。彼女にしても、タティへの敬意があれば、人生で一度くらい騒ぎを起こさないように自制できたはずだった。乗り越えてきた試練をわかってもらえない苦しみがどういうものかは知っている。それを本に書いたばかりなのだから。でも、そのことを彼女に話そうとは思わない。いますぐには。とりあえず怒りを収めて、彼女に愛していると告げた。

土曜日の午後二時半、フィニステール県の石造りの小さなかわいい教会の前に、一族全員が集まった。葬儀会社のスタッフが霊柩車から棺を運び出す。伯母の一人が希望して、一族のなかから選ばれた若い男性一名がビニウ（一種のバッグパイプ）を、若い女性一名がボンバルド〔低音の金管楽器〕を一緒に演奏することになった。とても素敵な思いつき。でも最初の旋律が響きわたったとき、涙があふれ出した。もともと、ブルターニュ地方の伝統的音楽は私の心を震わせるのだ。けれどもこのときは……。

「挨拶できない」。姉や姪やそばにいた人たちにささやいた。「この曲は無理、つら過ぎる」

フラッシュバックが起きていた。シャルブの葬儀でもバッグパイプの演奏がおこなわれた。シャルブが大好きだったから。祖母と同じように。そうだ、確かにあのときだった、私が号泣したのは。いま思い出した……。

でも、今日は大臣はいない。メランション〔急進左派の政治家〕も群衆もいなければ、テレビも公式行事もない。むごたらしい死もない。カラシニコフ銃もない。殺されなければ、この先何十年間も私たちを笑わせたり考えこませたりしてくれたはずだったアーティストもいない。
カンペールの通りのいたるところに、「私はタティ」のプラカードが貼られることもない！

逝(い)ったのは、ただの九十歳の高齢女性。でも、私の祖母だ。そしてこれが、私の人生における初めての、本物の喪。これまでに三人の祖父母を亡くしているけれど、受けた影響も絆も違っていたから。

なんとか挨拶をやり終えた。マスクをしているせいで、身内の表情を読み取ることができずに少々とまどったけれども。

夫を抱き締めることはできなかったが、姉たち、兄、義兄、甥と姪をきつく抱き締めた。母はヨーロッパに住んでいないので、コロナのせいで来られなかった。

この五日間で体験したのは、知らせを受けたショック、悲しみ、（盗難による）喪失感、ノスタルジー、夫への心配、ストレス、怒り。でも、笑いもあった。愛も。抱擁(ほうよう)も。癒してくれる言葉もあった。月曜日には、パリに行くことで私の本を完成させたいと思っていた。でも結果として、この五年間で味わったあらゆる感情の縮図を体験した。違うのは、今回起きたのは、人生における普通の出来事だったこと。大好きな祖母を亡くしたことのない人、持ち物を盗まれたことのない人、家族とけんかしたことのない人などいるだろうか？

「コーダだよ」と夫が言った。彼に電話をして、まるでこの五年間を凝縮したような五日間について話したときのことだ。「楽曲の終結部のことだ。それまでに出てきた構成要素が再現されるけれど、もっと短い。とくにクラシック音楽やオペラでよく使われるんだ」。祖母のタティは私が八歳のとき、パリのオペラ・ガルニエに連れていってくれた。これまでの人生で一度だけの体験。おしゃれして、紺色のビロード生地で作った白い丸襟（まるえり）ワンピースを着た。演目は『白鳥の湖』。素晴らしかった。でも、バレエはどうでもよかった。オーケストラの指揮者しか見ていなかった。あとで自分もやってみたいと思ったのだ。

オーケストラに関する語彙（ごい）のなかから、跳ね返りに近い何かを探すべきだろうか？　適切な言葉を見つけられるのは、動物界でも植物界でもなく、音楽の世界ではないか？　楽譜が途切れたときに、いきなりほかの楽器と調和しなくてはならない楽器の動きのようなもの？　オペラにめちゃくちゃ詳しい友人に電話してみようか？　うんざりさせられることもあるけれど。

跳ね返り。それでいい。

私は例外的な悲劇におけるひとりの人間、ひとつの跳ね返り。その概念について調べて、それが精神的に、法的に、形而上学的に、具体的に意味するものをよりよく理解したかったし、よりよく理解してもらいたかった。日常生活において、同時に、とくに他者との関係や価値観において何が変わったかを。私は知識と承認を求めていた。それができたのは、読んだもののおかげ、そして何よりも、尊敬すべき弁護士たちや優秀なこころの専門家たち、一月七日の「跳ね返り」である寛大な友人たちへのインタビューのおかげだ。私たちのあいだに絆が生まれたように思っている。「私たち」が存在するのを感じている。「私たち」はときどき、荒々しく立ちあらわれる。二〇一五年一月七日、八日、九日のテロ事件に対する裁判が、二〇二〇年九月初旬に始まったときには、どんな感情がわき起こるかまったく予想していなかった。シャルリのある近親者がおもしろい言い方をしたように、「覆面を作るだけで終わったテロリストたち」の裁判だと愚かにも思っていた〔襲撃事件の実行犯三人は射殺されたため、共犯者とされた被告らは、武器の入手や物資供給を支援した罪に問われていた〕。公判の初日となった九月二日に、友人から励ましのメッセージをもらったときにも、たいそう親切だけれど奇妙だと思った。今日は記念日ではないのに、一月七日ではないのに……。夫は原告ではない。心配してくれるのは嬉しいけれど、大丈夫なのに、と。

その数日後、二人そろって記事に読みふけり、原告や目撃者や近親者の証言に打ちのめされ、動揺させられたとき、悲しみと怒りの新たな津波に襲われたのを感じた。夫に関してははっきりしていた。私に関しては、明らかに跳ね返りによるものだった。証言する人たちの姓名一つひとつが、この五年間でなじみ深いものになっていた。初めて知ったのはかれらの苦悩について、かれらがどれほど美しく勇気ある方法によって近親者を再生させたかについてだった。初めて読んだのは、こんなにもなじみ深い苦悩や怒りや悲しみといった感情の言葉。そして、「私たち」がいた。たとえ物理的には一緒にいなかったとしても。一方で、困惑しながらも理解したのは、一月七日の出来事に関する私の記憶が不完全で、いくつかの点について間違っているらしいことだった。担架を見たと書いたが、そこに乗せられていたのは誰だった？　重傷者ではないことは確かだ。私はかなり遅れて着いたのだから。劇場の前で、リュズはある女性から彼女の夫は死んだのかと聞かれたが、返事を阻止されたと書いた。だが、彼女は法廷で、そのおそろしい知らせをリュズから聞いたと話している。生涯における最もおそろしい瞬間についての証言だから、彼女の記憶のほうが正しいはずだ。私はショックのなかで、記憶の断片からジグソーパズルを組み立ててきた。それが事実とは少しずれているのだろう。でも、たいしたことではない。たとえ真実ではなくても、私は誠実に記憶をたどろうとしたのだから。

この本を書いたのは、跳ね返りである「私たち」が、いまだに社会全体で認められにくい事実を知ってもらうためでもある。バタクラン劇場のテロに関して、身体的な後遺症を負っていない被害者たちの近親者は間接被害者として認められなかったと知り、跳ね返りによる被害が社会的に認知されるまでの道のりはまだまだ遠いと思い知らされた。

この本を書きはじめたときには、多くのインタビューにもとづく国際的な調査をおこなうつもりだったが、それは果たせなかった。考えていたよりもずっと内面的な作品になった。ジャーナリストとしての役割から抜け出て、わが身をさらけ出した。自分の感情を詳細に分析したのは、それに流されないようにするため。そしておそらくは、これまでの人生において跳ね返りだった人、現在跳ね返りである人、これから跳ね返りになる人たちを助けるためでもある。

闘争（ファイト）、逃走（フライト）、凍りつき（フリーズ）。人がストレスや不幸に直面したときの基本的な三つの反応。さまざまなこころの専門家たちと話すなかでわかったのは、一番よい反応はないということ。三つすべてがごく人間的なのだ。

二〇二〇年九月二十五日金曜日。前日、決定稿を編集者に送ったところだった。十二時五十二分、友人からメッセージを受け取った。

あなたのことをすごく心配してる。議員に会うためにオフィスを訪れたカステックス〔第二十四代首相〕の口（bouche）から、襲撃のことを聞いたばかりだから。心をこめて。

私の脳は一瞬こう思った、首相が銃口（bouche）で襲われたと……。とてもいやなニュースだけれど、妙だとも思った。そこで、『ル・モンド』のサイトを見た。襲撃事件が起きていた。

たぶんテロだ。『シャルリ・エブド』があったビルの前。重傷者二名。

凍りつき。私は羽根布団の下にもぐりこんだ。動きたくなかった。眠りたかった。この現実を消し去って、夢のなかに、たとえ騒々しい夢であっても、入りこみたかった。でも、午後二時だったので、まったく眠くなかった。そこで、デンマークの政治シリーズに没頭した。動かず、考えず、感じずにいたかった。あのおそれ、怒り、悲しみを感じる。愛する人の目に浮かんでいたあの感情を思い出す。消防士や警察官であふれていたニコラ・アペール通りの光景がよみがえる。小石になってしまいたかった。

逃走。いつまでも羽根布団の下で、ナッツ入りのダークチョコを食べているわけにもいかない。遠くに行こうと車を出した。海辺に行きたかった。街の、メディアの、そして私の脳内のざわめきから逃れるために。

闘争。突風と戦った。悲しみや疲労と戦った。荒れた海に向かって背筋を伸ばした。幼い頃の日曜日に、海に向かって丸い小石を投げた、あのときと同じ光景。この五年間、私はリュックサックのなかにどっしり詰まった小石を、一行書くごとに振りまいてきた。

この小石をそっくりまとめて、したいようにできる。水のなかに投げこんでもいい。バカ者の顔に投げつけてもいい。彫刻を作ってもいい。その陰に隠れても。それを撫でても。その上に絵を描いても。あるいはわが家の庭で、娘が夫のそばでいつもそうしているように、それでアリをつぶしてもいい。

亡霊

この本はここで終わることができた、いや、終わっているはずだった。ちょっと詩的で、ちょっとおかしく、ちょっと政治的な一節で。希望に満ちた一節で。原稿の最後に、十六ポイントの文字で「完(ファン)」と打ちこみ、即座にそれを編集者に送信して、私は環(ループ)を閉じる。このループは、テロの社会的かつ個人的影響のループではなく、跳ね返りによる被害者か否かという問題のループでもなく、レジリエンスに関する問題のループでもない。単に、私のループだ。私は自分の物語と調査を通して、どんな本を読んでも答えを見つけることのできなかった問題、私以外の人々にも訴えかけられるようにと願っている問題に対する答えを出した。

そして二〇二〇年十月十六日、コンフラン＝サントノリーヌで、サミュエル・パティ殺害事件が起きた。

中学校の歴史教師がテロリストに殺害され、頭部を切断されたのだ。生徒に預言者の風刺画を見せたため、その「侮辱」をおぞましい卑劣漢たちがＳＮＳで拡散したためだった。

　二〇一五年以後、イスラム主義者が無実の人々を殺害するか、重傷を負わせるテロ事件が続いている。ヨーロッパだけでも約四十件にのぼるだろう。五年間で約四十件！　しかしそのなかで、なぜだかわからないが、コンフラン＝サントノリーヌの事件は私を恐怖のどん底に陥れた。多くの人と同様に、殺害方法の残忍さとそのターゲットが、私を動転させたのだ。中学三年生のときの歴史・地理学のユゴネ先生を思い出した。ちゃんと覚えているただ一人の先生。大好きだった。歴史だけではなく、現在起きていることを解読する楽しさを教えてくれた。生徒たちに報道記事を読むことを教えてくれた。

　だが、国家的（ナショナル）な出来事にショックを受ける以上に、自制が効かなくなったのを感じた。完全にパニックになっている。脳がループしている。三つの思いが頭のなかをぐるぐる回っていた。「この恐ろしい事件のあとで、サミュエル・パティの近親者はどうやって生きていくのだろう」「テロは絶対に終わらないだろう」そして「私たちは決して安全にはならないだろう」。荷物をまとめて世界の果てに行こうと思った。

　侵入思考がよみがえってきた。二〇一五年よりももっと頻繁に、もっと激しく。なぜなら一月七日の襲事件以後、私の頭に巣くっている病的なシナリオ、誰かが夫を直接狙うというシナリオが、もはや想像上のものではなくなったからだ。フランスで、中学校の出入り口で、それは起きたのだ。

私は再びワインをたくさん、飲み過ぎるほどたくさん飲むようになった。ひと晩おきに飲んだ。二日目の夜に飲まないのは、二日酔いだから。三日目にはよくなるので、飲む理由――簡単に見つかる――を探す。飲んだ翌日はぐったりして、日中はネットでサミュエル・パティ殺害事件に関する記事を読んで過ごす。何か物音がしただけで飛び上がった。家から出るなり、救急車やパトカーの音が聞こえないかと様子をうかがった。

ある晩、浴槽のかたわらでタオルを持って、娘が上がるのを待っていた。もう出るようにと四回言ったのに、聞こうとしない。思わず怒鳴りつけた。普段は絶対に声を荒げることはないのに。娘はびっくりして私を見つめると、泣きながら手を差し述べてきた。「ごめんなさい、ママ。怒らないで。イルカさんの真似をしていただけなの」。娘を抱き上げながら、私も泣き出しそうになるのをこらえた。「ママ、ちょっとイライラしていたみたい。ごめんね」。私はいったいどういう人間になってしまうのだろう？　不安に駆られて、なんでもないことでかっとするような母親に？（娘はイルカごっこを続けて五回することがよくあるけれど、私がこんなにいらだったことはなかった）

子どもはスポンジだと言われる。私のいろいろな不安が娘に伝わるのが怖かった。おまけに娘はだんだん爪を嚙むようになっていた。これは、私が何もかもをテロの亡霊に重ねてしまうから？　ヴァカンスでのある晩、娘が寝る時間になってお腹がすいたというのでバナナを与えた。

「バナナをベッドに落としたら〝深刻な問題〟？」

「いいえ、そんなことはないわ」

「人が痛がることをするのは〝深刻な問題〟？」

「そうね」

「人の頭を切るのも〝深刻な問題〟でしょう？」

体が固まり、血の気が引いた。なぜそんなことを言うの？　何を聞いた？　テレビはないけれど、ラジオは毎朝聴いている。サミュエル・パティに関する速報を聞いたのか？　寝かせる前にこう言い聞かせた。首を切るのは確かに〝深刻な問題〟、死んでしまうから。でも、そんなことはめったに起こらない、と。それからベッドで一人になって、パニックになりかけたとき、数週間前に娘と交わした会話を思い出した。体の構造について。障害や怪我について聞かれた。昼間、車椅子に乗った男性とすれ違ったからだ。手がなくなったり足がなくなったりするのは〝深刻な問題〟なのかと知りたがるので、深刻だけれども生きていくことはできると答えた。そこで、娘は安心したように言った。「じゃあ、頭が切られても深刻じゃないね！」あのとき訂正しておくべきだったのだ。

今回は偶然だったとしても、私たちの安全保障（セキュリティ）に関する強迫観念と精神状態は、娘にどの程度の影響を与えているのだろう？　私たち、と言ったのは、夫はアルコールに逃げこんではいないものの、やはり悲惨な状態に陥っていたからだ。不安にさいなまれ、眠れず、背中が痛いと訴えている。描くことに逃避しているが、つねに怯えているのが見てとれた。かつてのように、二〇一五年のように、眉間にしわが刻まれている。繰り返し「大丈夫？」とたずねあう。相手を心配させないために「大丈夫、大丈夫」と答える。彼は私が苦しむのを見ているし、私は彼が苦しむのを見ている。私はひとりの跳ね返りではない。私たちは鏡だ、無言で相手を映し出す。

二〇二〇年十月二十九日、ニースの教会で、イスラム主義者による新たなテロが起きた。犠牲者は三名。私はインターネットで、報道されているすべてを知ろうとした。すべての事実を、すべての証言を。ふさがった傷口をかきむしるような行為に思えたが、やめられなかった。私はずっと優等生で、テスト前にはよく勉強した。だから、現在のフランスでテロ行為がどのようにおこなわれているのか、すべてを知っておかなくてはならなかった。もしもの場合に備えるために。日々の生活で、肉切り包丁を振りかざす狂信者に会ったときの準備をしているかのようだった。私は疲弊していた。

ある晩、娘がそばにいないときに飲み過ぎた。翌朝ベッドから起き上がれず、涙が止まらなくなってしまった。夫が自分のカウンセラーにスカイプで相談してくれた。すると、急いだほうがよさそうなので話を聞きましょうと言ってもらえた。その当時、私には「ちゃんとしたかかりつけ」がいなかった。そのうえリュズのカウンセラーはとても有能で親切だったので、喜んで承知した。そして、自分がこれまでに体験したことを話した。彼女もいろいろ話してくれたが、とりわけ印象に残っているのが次の言葉だ。「二〇一五年一月七日とその影響により、あなたの人生には亀裂（きれつ）が走りました。足元に亀裂が生じたのです。それがトラウマの原理であり、生涯あなたから離れることはないでしょう。この五年間で、あなたはその亀裂をふさぐことに成功しました。でも、何か出来事が起きると再び割れ目が開いて、そこに落ちてしまうのです。地面をもう一度固めなくてはなりません」。このＢＴＰ〔建設および公共事業〕のメタファーが気に入った。だが、無人島にでも行かない限り、どうやったらこの不安な状態から抜け出せるのか、どうやったら地面を固めることができるのか、わからなかった。「おふたりとも、薬物治療を試されてもいい時期ではないでしょうか？」と提案された。彼女は精神分析家なので、病院に勤務する知り合いの精神科医を紹介しようと言ってくれた。二〇一五年十一月十三日の生存者たちをたくさん診察して、トラウマに関する知識も豊富な医師だという。

その通りだった。少し言葉を交わしただけで、この医師が私の状況を理解してくれたのがわかった。さらに、これまで誰も言ってくれなかったことを言葉にしてもらえた。私の苦しみは相手を守りたいがためであるけれど、自分が守られていないと感じるせいでもある、と。手の届かない場所があるからだと。これはトラウマのしみこみと呼ばれる。苦しみのなかで自らを正当化するために、自らトラウマを生み出すのだ。私が語ったアルコール摂取には、自分を傷つけたいという願いが含まれている。正当性を認められたいという被害者の近親者の願いが、トラウマという形になるのだ。

医師はまた、私たちの状態が融合状態、つまり同一化現象を生じていると言った。しかし、その一方で私は、無意識のうちに夫を恨んでいる。その二重性が私のアルコール依存の原因であり、私はアルコールを通して第三者になろうとしているのだと。「おふたりはそれぞれの空間、相手を気にしなくていい空間、脱融合できる空間をもつべきです。距離を取るという方法です」。まったくなんてことだ。不幸に直面したカップルとしての愛の「融合」こそが、この五年間あまり、私たちの力の一つだったと思っていたのに、この精神科医は、それが私たちの障害の原因になっていると言う。反直感的な考えは大好きなので、注意深く話を聞いた。

「好ましいのは」——彼は続けた。「あなたがたの苦しみが異なっていることです。おふたりの亀裂は違ったかたちで広がっています。別々の病気として脱融合してみえるのです。これはとてもいい徴候です」

笑ってしまった。

「私はスー・エレンになりかけていて、彼は毎晩三時間しか寝ていませんが、これがいい知らせなのでしょうか?」〔スー・エレンは、テキサスの大富豪一家をめぐる物語を描いた連続ドラマ『ダラス』の登場人物。一家の長男で狡猾なJR・ユーイングの妻のこと〕

「そう言えると思います。そもそも、おふたりに同じ処方はしないでしょうから」

実際そうだった。夫は毎晩、ＣＢＤオイルを数滴服用するだけでいい。これは植物の麻から抽出される物質で麻薬の親戚だが、大麻成分（THC）と違って、精神作用薬的な効果は生まない。不安を鎮める自然療法として、ここ数年どんどんトレンディ（trendy）になっている。私にはもっとオーソドクスに、抗不安薬と抗うつ剤が処方された。処方されてから数日間は、夫に冗談を言ったものだ。「ねえ、被害者はあなたであって私じゃないのに、どうして私がこんなに強い薬を飲むの？」

服用を始めて二週間後、もう冗談は言わなくなった。確かに、不安な気持ちがぐっとやわらいだから。夕方六時を過ぎると底なしに飲みたくなることもなくなった。だが、別のスパイラルにはまりこんだ。うつ症状だ。何もしたくなくなった。「何も」と私が言うときは、本当に「何も」の意味だ。仕事も書くことも読むこともセックスもしたくなく、誰にも電話したくなく、誰にも会いたくなく（外出禁止令が出ていたのでちょうどよかった）、要するに、ジョニー・アリディが歌うように、欲望をもつことを欲しなくなった（L'envie の歌詞より）。主な関心ごとは、眠る、娘の世話を少しする、ジョギングをしながらくだらないドラマ・シリーズを一気観（いっきみ）する（binge-watch）、の三つだけ。とにかく眠ってばかりいた。それ以外のすべては、実現不可能に思われた。そしてこの状態に罪悪感を抱いた。陽気で活発で楽天的なカミーユはどこに行った？　いまの私は、ライトグレーのジョギングウェアを着て、人生に何の意味も見出せず、髪を洗えただけで自分をほめるような四十代の女性だ。しかし、運よくクリニックを開業している別の精神科医に診てもらう――遠隔（リモート）で――ことができた。抗うつ剤の用量を増やしてもらえた。

最初に処方箋を書いてくれた病院勤務の医師は、電話で私の身内に双極性障害を患った人はいないかとたずねてきた。

「いいえ、母方には誰もいません！　祖父がアルコール依存症でしたけれども、ブルターニュの人で……」

「しかし、人は母系と父系の遺伝子を受け継ぐことはご存じでしょう？」

もちろん知っていたが、乳がんなどの検診では、母方の遺伝についてしか聞かれないことに慣れていたようだ。あるいは何か問題があるとすれば、それは必ず母方の遺伝によるものだとする考え――一部の精神分析学者たちによって一世紀前から伝えられている――が私にしみこんでいたのかもしれない。つまり、悪いのは母親です〔原文はMater culpa,mater, maxima culpa、自分がした間違いを認めるラテン語表現 Mea maxima culpa のもじり〕。

「父方に関しては、タブーなのですが、確かに精神的な問題があります。父の世代では、伯父の一人が二十代から統合失調症の治療を受けていますし、伯母の一人は橋から飛び降りて自殺しましたし、もう一人、躁病かと思っていた叔母はうつになって、最近ウォッカを飲んで自殺しました」

「なるほど、素因はあるわけですね。抗うつ剤が躁状態を引き起こさないかどうかを見なくてはいけません。一分間に一万個のアイデアが浮かぶとか、自信が満ちあふれてくるとか、山を動かしたくなるとか……」

「すみません、いまおっしゃっているのが、まさに元気なときの私のパーソナリティなのですが……」

「なるほど。でも、極端なたとえ話をしますと、あなたが突然、戦闘機のパイロットになりたいと言い出したならば問題がありますよ」

そしてこの十二月の初め、平日午後二時十二分、ベッドのなかで丸まりながらこの会話を思い出し、パイロット養成講座に登録するどころではないと思った……。夫といるのも気詰まりに感じた。誰だってどん底にいるとき、落ちていく様子を見られたくはない。それでも彼は優しく、私を落ち着かせようと気遣ってくれる。

生涯を通じてデカルト主義者である私は、自分のうつに関して合理的な説明をしようと試みた。確かにコンフラン゠サントノリーヌのテロ事件が影響しているにちがいない。夫が生き延びられるかどうかの責任が私にあると感じていたこの六年間もいくらか関係しているだろう。そしてもちろん、アルコールの飲み過ぎも作用しているはずだ。そこにおそらく遺伝的な素因が加わるのだ。それからこの本、『跳ね返り（*Ricochets*）』がある。

この本を書いたせいでうつ状態になったのではない。むしろ逆だ。この本を書くことこそがレジリエンスだった。だが、サミュエル・パティ殺害事件後、自分があまりにも脆くなっているのを感じて、編集者の同意のもと本の刊行を数か月延期した。だから、この本は亡霊になっている。この亡霊が私におそれを抱かせる。お前はこんな本を生きた者たちに読ませるつもりか？　亡霊が私をあざける。お前はセックスに関する本を書き続けるべきではなかったのか？　そのほうが簡単だったのでは？　少なくとも、人を笑わせる手助けくらいはできただろうに、と。冷酷な亡霊が、この原稿に「完」の文字を打つことはできまいと告げてくる。なぜなら終わりはないから。テロはこれからもずっと起こるだろうから。私たちが生きている場所で。多かれ少なかれ、私はずっとおそれを抱き続ける。だが、一生涯うつ状態ではいられない。それは私のアイデンティティではない。それでも、私はずっと跳ね返りであり続けるだろう。小石が飛び跳ねて水底に落ちるとき、あるいは波によって浜辺に打ち上げられるとき、自分で切り抜けなくてはならないのだ。

再び断酒したおかげで、調子は少しよくなった。そしてシャルリ・エブドとモンルージュとイペール・カシェルのテロ事件に関する公判が終了した翌日、私はベッドから起き出した。

パソコンを起動させ、「跳ね返り」というタイトルのファイルを開く。亡霊は相変わらずそこにいる。その亡霊に向かって軽く中指を立てながら、十六ポイントの文字で、この短い単語を打ちこんだ。

完

謝辞

まず、フランス国立書籍センターに感謝します。創作助成金を給付してくださったことで、数か月間にわたって、本書の執筆に充分な時間をあてることができました。

編集者ジュリエット・ジョストに、つねに信頼してくれたこと、妥協のない視線を向けてくれたこと、親切に話を聞いてくれたことに感謝します。そしてシモン・ラブロスに、その情熱と思慮深い助言に感謝します。

友人のジョスランとカミーユに、初期の原稿の頃から、本書を注意深く読んで批評してくれたことに感謝します。

友人のアンヌ、アナイス、ヴァランティンに感謝します。二〇一九年九月に、テラス席でポッドキャストの話をしたけれど、『跳ね返り』はこうして本になりました。でも、この物語が、母と私以外の人々にも興味をもってもらえる可能性があると知ったのは、あなたたちのおかげです。

アリアーヌ・ジェファールに、助言と、私が迷っていた将来への信頼に感謝します。

つらい思いをしながらも、時間を取って質問に答えてくれたすべての方々に深く感謝します。メイジー、パスカル、アルノー、クリストフには、とくに大きな感謝を捧げます。インタビューに答えてくれて、その知性と優しさで跳ね返りに関するあらゆる疑問を明らかにしてくれたすべての方々に心より感謝します。フローレンス・ボイヤー、ローラン・ポーリー、カトリーヌ・ウォン、マリアンヌ・ケディア、オリヴィエ・エルツシャイド、アラン・バラトン、本当にありがとうございました。

調査に協力してくれたすべての方々に感謝します。シモン・フィエスキ、リュシル・ベルラン、パトリック・ペルー、エルワン・ラーラー、シゴレーヌ・ヴァンソン、ヴァンシアン・デプレ、トーマス・リカール、マリオン・ジラール、アニー・ロランに、非常に貴重な手助けをしてくれたことに感謝します。お名前を書かなかった方々があったらお許しください。

この六年間、私を支え、そして耐えてくれた友人たちと家族に感謝します。

訳者あとがき

二〇一五年一月七日、フランスのパリにある風刺週刊紙『シャルリ・エブド』の編集部に、覆面をして武装した二人組の男（クアシ兄弟）が侵入し、十二名を殺害、十一名に重軽傷を負わせた。犯人たちは逃走するも、二日後に警察との銃撃戦で射殺された。また、八日にはパリ近郊で女性警察官が銃殺され、犯人（アメディ・クリバリ）は翌九日にユダヤ系スーパーマーケット（イペール・カシェル）に籠城するが、こちらも突入した警察部隊に射殺された。一月七日から九日に起きた事件は、犯人たちに交流があったため、あわせて「シャルリ・エブド襲撃事件」と呼ばれることが多い。

直接的な背景としては、同紙がムハンマドの風刺画をたびたび掲載し（とくに議論を呼んだのは二〇〇六年）、イスラム社会やイスラム主義者らの反発を招いてきたことがある。日本でも「表現の自由」をめぐって複雑な議論を巻き起こしたのは記憶に新しい。

フランス政府は、一月十一日に全国各地で犠牲者追悼のデモ「共和国の行進」をおこなった。参加者は全国で数百万人に及んだとされる。パリでのデモ行進には、フランスのオランド大統領をはじめ、イギリスのキャメロン首相、ドイツのメルケル首相などの各国首脳が参加した（いずれも肩書は当時）。

　本書の著者カミーユ・エマニュエルの夫リュズは『シャルリ・エブド』の風刺画家だったが、編集会議に遅刻し、わずか数分の差で襲撃を免れた。しかし、凄惨な犯行現場を見たことで、ＰＴＳＤ（心的外傷後ストレス障害）を発症し、「直接被害者」として認定された。不眠と悪夢に悩まされ、かすかな物音にも怯えてはパニック状態に陥る夫を支える生活が、こうして始まった。襲撃されるのではないかとの不安、警護による束縛、パリを離れての生活と異国の地での出産、加えて国の理不尽な対応や周囲の無理解……。夫ばかりか著者の生活も大きく損なわれた。だが、夫を気づかう人は多いが、著者に「大丈夫？」と聞いてくれる人はほとんどいなかった。夫は警護されていても、一緒に暮らしている著者は警護されなかった。夫のためにパリを離れ、仕事の多くを失い、交友関係を断たれても、妻として当然とみなされた。むしろ、感謝しろとさえ言われたこともある。「きみの夫は生きているじゃないか。幸せだと思うべきだよ」（七七頁）と。

　こうした日々を耐えがたく感じた著者の心をとらえたのが、事件当日の夜、心理士に言われた言葉だった。「あなたは被害者の近親者ですから、跳ね返り（リコシエ）による被害者なのですよ」（一六頁）――そのときは意味がわからなかった。自分が「被害者」だとは思いもしなかったから。だが、いまではこんな疑問を抱くようになった。どうして自分には「無償の愛」や「自己犠牲」ばかりが要求されるのか？　直接被害者である夫の影響を受けざるをえない自分のような存在を、どう考えればいいのか？
「いまの私には、何が起きたのかを理解すること、そして寄り添う人たち、つまり、心に傷を負った被害者と強い愛情で結ばれているがゆえに生活をくつがえされてしまった人たちが、何を経験したのかを理解することが必要だった。この役目を、この状況を、冷静に見つめることが必要だった。法的に、精神的に、内面的に、何が変わるのか？　集団の物語のなかに埋もれてしまわない、一人ひとりの物語を書くことが必要だった」（二二頁）――こうして著者は、実体験をもとに関係者や専門家へのインタビューをおこない、さまざまな調査を重ね、「跳ね返りによる被害者」とは何なのか、自分に起きたことにどんな意味があるのかを明らかにすることを決意した。

　ところで、この場合の「跳ね返り（ricochet）」は「被害者と身近な関係にある者が被る影響や被害」を意味する（一般的には「石の水切り」や「跳弾」を意味する言葉だ）。日本では馴染みのない表現だと思う。しかし、被害者に寄り添う近親者が、実際に出来事を体験していなくても、被害者と同じ症状を呈する可能性があることは、精神医学や心理学で公式に認められているそうだ。本書に登場する「テロ及び一般犯罪被害の被害者補償基金（ＦＧＴＩ）」も、跳ね返りによる被害者の損害を認め、補償金を支払っている。

　ただし現実には、跳ね返りによる被害者の存在はほとんど顧みられていない。理由の一つは、跳ね返りによる被害者本人が、自分をそうだとみなさないことにある。かれらの多くは苦しみながらも、「自分に被害者を名乗る権利はない」と思いこんでいる。「自分はその場にいなかったから。自分は被害者を支える立場のはずだから」と。また世間の風潮として、「自分以外の人間に起きた不幸で金をもらおうとするのか?」という批判的な見方があることも大きい。そもそも、精神医療と心理学の分野で、間接被害者にトラウマの症状が起こると公式に認められたのはごく最近、二〇一三年だという。FGTIの損害認定においても、跳ね返りによる被害者の申請が認められるのはかなり少ないのが現状だ(詳しくは「定義の試み」「再定義」の章を参照)。

そのなかで著者は、「跳ね返り」と呼ばれる人々がその立場を自覚すること、損害を公的に認めてもらうために行動することを強く望んでいる。その目的が補償金の受け取りでないことはもちろんだ。お金をもらっても、以前の生活が取り戻せないことは誰もが知っている。それでは何のためか? 本書にはポーリー弁護士の言葉が引用されている。「支払われる補償金の目的は、苦しみ自体を補うことでは決してなく」「被害者の苦しみは考慮すべきものであると、法が認めたと示すことにある」(一五四頁)と。公的に認められたという「証」を得ることで、被害者は自らの苦しみに意味を与え、その後の人生を(ときに「被害者」であることから自由になった人生を)新たに歩みはじめることができる。その歩みを体験したからこそ、著者は「跳ね返り」の定義を広めたいと考える。「あなたの本を読むことが、きっとかれらの助けになるでしょう」(一六一頁)とポーリー弁護士も述べている。

著者のカミーユ・エマニュエルは、セクシュアリティ、ジェンダー、フェミニズムを専門分野とするジャーナリスト。夫が「テロ事件の生存者」になったことから、突然「被害者の近親者」としての生活を送ることになる。当たり前と思っていたものすべてがくつがえされる日々。そこには失ったもの、得たもの、変わらなかったものがあった。本書では、傷ついた夫に寄り添って生きた五年間の思いが、偽りなく率直に語られている。自らも認めているように、著者はジャーナリストとしての中立な立場にとどまることができなかった（客観よりも主観に重きをおく「ゴンゾー・ジャーナリスト」を自称したのもそのためではないか）。被害者となった人間が、加害者や政治的立場を異にする同業者に抱く割り切れない感情も、非常にリアルに描かれている点は興味深い（だからこそその点は、慎重に読まれる必要もあるだろう）。

テロに限らず、人々の生活を一瞬で破壊する悲劇はいつ、どこで、誰に起こるかわからない。被害者だった人、被害者である人、あるいはこれから被害者になるかもしれない人のすべてにお勧めしたい一冊と言えよう。

最後に、本書を翻訳する機会を与えてくださった柏書房の天野潤平氏と、校正に協力くださった精神科医の阿部又一郎先生に深く御礼申し上げたい。

吉田良子

著者

カミーユ・エマニュエル

Camille Emmanuelle

1980年生まれ。作家、主観的な記述を特徴とするゴンゾー・ジャーナリスト。著作は『セックスパワーメント』などエッセイ三作とヤング向けの小説一作。『アンロック』誌などの媒体に記事を書き、テレビやラジオの番組制作に関わる仕事もしている。専門分野はセクシュアリティ、ジェンダー、フェミニズム。

訳者

吉田良子

Yoshida Yoshiko

仏文翻訳家。1959年生まれ。早稲田大学第一文学部卒。訳書に『世界一深い100のQ——いかなる状況でも本質をつかむ思考力養成講座』（ダイヤモンド社）、『色の力——消費行動から性的欲求まで、人を動かす色の使い方』（CCCメディアハウス）、『ボルジア家風雲録(上・下)』（イースト・プレス）、『葬儀!』（柏書房）など。

校正協力　阿部又一郎（あべ・ゆういちろう）

跳ね返りとトラウマ
そばにいるあなたも無傷ではない

2023年1月10日　第1刷発行

著者　カミーユ・エマニュエル
訳者　吉田良子
発行者　富澤凡子
発行所　柏書房株式会社
東京都文京区本郷2-15-13（〒113-0033）
電話（03）3830-1891［営業］
（03）3830-1894［編集］
装丁　北村陽香
組版　株式会社キャップス
印刷　壮光舎印刷株式会社
製本　株式会社ブックアート

Japanese text by Yoshiko Yoshida 2023,
Printed in Japan
ISBN978-4-7601-5494-4